Thomas Harlan

Die Stadt Ys

Juliusz Burgin & Leonard Borkowicz in memoriam

für Ramsey Clark und seine Benazir seinen Otelo und
für Aldo und Peter und Peter und auch für Jörg
für die Sechshundert Seelen der Anna von Cortina und
für Christopher und für Vera und für Katrin und
für Alice und für Chester und für Enrico für dich.

Wann die Stadt Ys Ker versank, weiß Gott. Sie brach von der Land-
masse der Britannia-in-paludis ab, sie brach unter dem Geheul
der Sirene Maria Morgan, der unmöglichen Liebe König Gradlons,
ab, und versank. Seitdem wandert sie. Sie wandert noch heute.
Sie verließ, Schwärmen toter Seelen folgend, auf der Flutwelle von
Saint Génolé die Bucht von Douarnenez, und wanderte, erst nord-
nordost-, dann ostwärts. 1944 erreichte sie mit den Novemberstür-
men in 55 Grad 13 Sekunden nördlicher Breite 20 Grad 55 Sekun-
den östlicher Länge die Küste bei Neustadt-Kunzen, der schmalsten
Stelle der sich hier aus dem Samland lösenden Landzunge, der
Kurischen Nehrung. Dort, zwischen Haff und Meer, grub sie sich
ein. Ihr erstes Opfer, Neustadt-Kunzen, zog die Stadt Ys an sich, als
die Deutschen noch da waren; sie zog es mit den Deutschen an, auf
halbem Wege zwischen Nidden, Nida, und Pillkoppen, Morskoïe,
dort, wo Wanderdünen sie später begruben. Seitdem decken Neu-
stadt-Kunzen Dünen zu, die jeweils im Monat November weiter-
wandern, so, als wäre es den Versunkenen nach, obschon sich Ys
längst in den Festlandsockel gefressen hat. Dort, unter Rußlands
Grundwasserspiegeln, folgt Ys-die-Versunkene den unterirdischen,
auch von Wünschelrutengängern nie entdeckten, wohl magneti-
schen Flußläufen, Adern, der Laukne vielleicht, der Memel nach,
und bleibt, im Frühjahr jeweils, oder des Sommers, stehen, still,
doch für einen Augenblick nur: dann reißt sie, zieht sie die Dörfer
an, und zu sich herab, die Städte, die Häusermeere, die Geschichten
in den Häusermeeren, die erzählten und die nie erzählten, die
sacht, freiwillig schon früh zu ihr hin sich absenkenden Ländereien,
auf denen Geschichten wachsen und Tag für Tag einem anderen
Wasserspiegel, wenn nicht gar dem Toten näherrücken und, in den

Gesichtern schon eingeschüchteter Anrainer, Kolonisten, Matrosen ihrer aller zukünftigen Untergang widerspiegelnd, abwärts in die Tiefe des Erdinneren drängen. Alljährlich erscheint dann, wie an Gedenktagen, über der Wanderdüne, die Neustadt-Kunzen bedeckt, die Turmspitze, ein Hahn, der Wetterhahn, und dreht sich, wirbelt, und die Glocke läutet Sturm; sie läutet, obwohl Neustadt-Kunzen nie irgend wohin mehr zurückkehren wird, die Rückkehr von Neustadt-Kunzen an die Oberfläche ein, und tönt, wenn die Zeit gekommen ist, aus der Erde, und kehrt in die Unterwelt zurück. Seitdem treffen sich in ihr die Geschichten, die nie erzählt worden waren, alljährlich mit den Geschichten, die erzählt worden waren, und werden erzählt, oder, weil es sie nicht mehr gibt, erfunden.

K.V. Chlebnikow, *Reise durch das Kaliningrader Land,*
Sowietsk (Tilsit) 1997

Die erste Geschichte ist kurz und bündig. Sie fängt gar nicht erst an. Sie bleibt dir im Halse stecken, Luszek! Luszek schluchzt anstatt. Wenn Luszek schluchzt, hörst du die Schloßhunde. So bitterlich hat noch nie ein Mensch! »Ich habe ein Alter erreicht, wo es erlaubt ist, nur noch zurückzublicken. Was habe ich angerichtet!« In der Tat. Was kann er noch anrichten, fragst du dich. »Ich bin ein Schwein!«. Er steht vor seiner Bleibe, nimmt die Hornbrille ab, putzt das Glas, öffnet beim Reinigen der Augenwinkel den Mund wie ein Karpfen und gähnt. Den bösen Satz sagt Luszek mindestens ein Mal pro Tag. Meist weint er dabei nicht. Er blickt dann nur noch zurück. »Bis an den Horizont«. Da dämmert es ihm: »Schlimmer kann es nicht kommen. Wer hier sein Leben verbringt, weiß: eine gute Nachricht kommt immer als schlechte daher; und schätzt sich drum glücklich. Ich schätze mich glücklich«. So beginnt und endet auch gleich schon wieder die zweite Geschichte. Luszek erwartet sich von einer Katastrophe viel, eigentlich alles. Sein Schwein setzt auf sie, sozusagen. »Oh Gott!« So stöhnt ein jugendlicher Held! Er ist sehr alt und groß und noch viel trauriger. Er ist trauriger und größer als irgendwer und neuerdings außerdem um ein paar Zentimenter kleiner. Er maß mal fast zwei Meter. Jetzt schrumpft er. Sagt er. Die Brust wird enger. »Das Herz macht nicht mehr mit«. Auch in diesem Punkt verschlägt es die Sprache. Der Schloßhund denkt an Frau und Sohn. Das Herzstück jeden Gedankens erinnert an den bürgerlichen Tod. »Ich starb tags darauf«, sagt er. Wir stehen in Saska Kępa, im ›Sächsischen Lager‹, am Ostufer der Weichsel, als er das sagt – vor seinem Haus. Tags worauf, gestorben woran? – sagt er nicht, will er nicht. Nur: »Das war 1953«. Du mußt wissen, sage ich zu einem Freund, dem ich die Geschichte erzählen will und erklären, was »tags darauf« heißen könnte: Luszek war als Offizier der Roten Armee nach Polen zurückgekehrt, war 1945 Woiwode von Stettin geworden und mit der Vertreibung der Deutschen befaßt (»Meine Untat!«), dann Botschafter der Volksrepublik Polen in der chinesischen Volksrepublik, dann akkreditierter Vertreter des Politbüros beim Politbüro der Bruderpartei in Peking und vorher oder nachher Botschafter der Volksrepublik Polen in der tschechoslowakischen sozialistischen Republik und akkreditierter Vertreter des Politbüros beim Politbüro der Bruderpartei in Prag. Ein Nichts ist er jetzt. Seit 1956 schon – Genosse Niemand: Hilfs-Redakteur im Parteiverlag KiW. »Bierut«, sagt er, wenn du ihn fragst, wenn du ihn auf Knien gebeten hast und es noch immer nichts nützt, und dann regnet es, und dann plötzlich nützt es doch, »bitte«, sagt er dann: »also Bierut ruft mich an, der polnische Staatspräsident, in Prag: ›Luszek, komm, komm sofort; ich brauche dich‹. Am nächsten Morgen stand ich vor ihm, er stand, nein, hing, er hing im Wasser zwischen zwei Leibwächtern, machte ein paar Schwimmbewegungen, und sagte: ›Danke, Luszek, daß du gleich gekommen bist. Es brennt‹. Dazu mußt du wissen, daß Bierut eine Schwäche hatte für Wasser, er liebte Wasser, er liebte es so sehr, daß er ganze Regierungssitzungen im Flußbett abhalten konnte, die Minister auf Korbstühlen, am Ufer, und er, im schwarzen Präsidentenbadetrikot mit Monogramm ›BB‹, im Wasser, schwimmend oder nicht, paddelnd, und links und rechts von ihm die Bademeister-Leibwächter in langen, schwarzen Badeanzügen aus den Pilsudski-Badejahren, den prüden Dreißigern, auch sie, die ihn unter den Armen festhielten im Fluß, dazu mußt du wissen, daß die Residenz des Präsidenten an der Weichsel lag, nahe der Ortschaft Błota, an dieser Uferprome-

nade dem Vorort Falenica zugehörig, kurz, Fluß, das war die
Weichsel, seine Regierungsweichsel, die an ihm vorüberfloß,
von der hatte Bierut sich einen Arm abzweigen lassen, unterirdisch abzweigen und in seinen Residenzgarten umlegen und
für das Weichselärmchen, am Residenzgartenzaun entlang,
einen kreisförmigen Kanal durch den Park graben lassen,
in den das Weichselwasser gepumpt und, wenn er ›baden!‹
rief, auf ein Signal hin die Wellenpumpe angelassen werden
konnte, um stehendes Wasser in bewegtes zu verwandeln und
ihm den Eindruck zu vermitteln, wie Mao im Gelben Fluß in
Flußmitte gegen die Strömung flußaufwärts zu schwimmen,
so, daß es tatsächlich die echte war, die Weichsel, die mit
ihm oder gegen ihn floß und er mit ihr auf ihren Wellen oder
auch ohne, oder die Oberfläche nur leicht gekräuselt, vom
Wind gekräuselt, je nach Lage und Gesundheitszustand, und
so war das auch am Morgen, als ich vor ihm stand und er sagte,
›nein, nein‹, rief er aus, er rief aus dem Wasser, als würde
ich schlecht hören: ›Luszek, setz dich, willst du Kaffee?‹,
während er dies rufend immer noch Schwimmbewegungen
machte zwischen seinen zwei schwarzen Engeln, die ihn über
Wasser hielten wie einen das Wasser verdrängenden Schiffs-
leib, denn er konnte nicht schwimmen. Dazu mußt du wissen, daß kein Kommunist, kein Revolutionär je schwimmen
konnte, die haben keine Zeit gehabt in der Jugend, schwimmen zu lernen oder irgendwo hinzufahren ans Wasser. Jedenfalls, Bierut, der schickte, jetzt, der schickte seine Adjutanten
weg, den Kellner, die Leibwächter mit einer Geste, die so
aussah, als wolle er Fliegen verjagen, dann paddelte er ein,
zwei Meter vorwärts, an mich heran, bis ans Flußufer, und
sagte, leise, so leise, daß niemand ihn hören konnte: ›Luszek,
tut mir leid, deine Frau ist eine Spionin, die muß weg, sofort,
widersprich mir nicht, gib mir keine Erklärungen, ich lasse sie
nach Kanada ausreisen, einen Prozeß wollen wir nicht, sowas
schadet uns, du läßt dich morgen scheiden, los, fahr nach

Prag, mach, was ich dir gesagt hab‹, das sagte er im Wasser, um dann augenblicklich wieder die Leibwächter, die Kellner und Feldadjutanten zurückzuwinken, sich Kaffee im Wasser servieren und mich nach draußen begleiten zu lassen, das konnte ich noch sehen, wo eine Limousine des Auswärtigen Amtes auf mich wartete, und aus. Aus der Traum. Drei Wochen später war ich geschieden. Das Erziehungsrecht für meinen Sohn wurde mir zugesprochen. Meine Frau, Brigyta, verließ Polen noch vor Verkündung des Urteils. Sie lebt seitdem in Kanada. Ich habe nie wieder von ihr gehört. Auch mein Sohn hat nicht. Ich bin ein Schwein«. Als ich Luszek zum letzten Mal sah, war er einundachtzig Jahre alt und bei bester Gesundheit und immer noch das viel gerühmte Opfer faschistischer Polizeibüttel, der große, schmerzbesessene Held aus den Konzentrationslagern der ›Sanacja‹, der Vorkriegszeit. Er hatte mehrfach versucht, eines natürlichen Todes zu sterben, erzählte er; das sei ihm nicht gelungen. Am vierzigsten Jahrestag seiner Scheidung nahm er sich das Leben.

Siehst du: Die erste Geschichte war kurz und bündig. Sie fing
gar nicht erst an. Auch die zweite blieb im Halse stecken. Die
dritte auch. Wenn Luszek heulte, hörtest du die Schloßhunde,
bitte. So bitterlich hatte noch nie ein Schloßhund. »Ich habe
ein Alter erreicht, wo es erlaubt ist, nur noch mit den Wölfen!
Was habe ich damit angerichtet!« In der Tat. Mit wem noch
heulen?, fragte ich mich. Jeder, der, wie ich, hier lebt, weiß:
eine gute Nachricht kommt immer als schlechte verkleidet
daher; und schätzt sich drum glücklich. Ich schätze mich
glücklich. Ich lebe in einer sehr kleinen Wohnung, auf einem
winzigen Fleck. Wer wüßte besser als ich, was auf einem winzigen Fleck leben heißt: Schon wartet eine größere Wohnung
auf dich. So verstehe ich die Anzeichen der Zeit. Anzeichen
gibt es viele, verständliche und unverständliche; die meisten
deuten auf Besserung hin. Vorbotin ist in diesem Fall ausnahmsweise mal wieder meine Putzfrau: Achtung! Sie kommt
an einem Wochentag, an dem sonst nie die Putzfrau kommt!
Das ist mehr als nur ein Anzeichen! Die Putzkolonne macht
für mich eine Ausnahme! So verstand ich das, so verstehe ich
das heute noch. Ich muß vorausschicken, daß ich nicht freiwillig hier bin; ich lebe hier zwangseingewiesen. Meine
Wohnfläche befindet sich im Gästehaus ›Zgoda‹. In Wahrheit
ist ›Zgoda‹ kein Gästehaus; es ist ein Ort der Verbannung.
Der Umstand, daß ich verbannt wurde, ist eng verknüpft
mit der Tatsache, daß ich in meiner Bewegungsfreiheit eingeschränkt bin: meine Papiere wurden eingezogen; so nennt
das die Bürgermiliz. Auch die Bankkarte. Ich kann mich nicht
mehr ausweisen; und soll auch nicht können; auch nicht

Geld abheben. Von der Anordnung, mir das Wohnen zur Untermiete zu untersagen, hat die Kaderabteilung des Verlags mich direkt in Kenntnis gesetzt. Von der Kontosperre auch – später; erst sollte ich mal scheitern. Grund? Liegt auf der Hand: Ich habe mich ungewollt mit den Ordnungshütern angelegt, will sagen, mit dem Innenminister. Ich habe den Minister verleumdet. Nun, die Verleumdung stammt nicht von mir; was ich gesagt habe, steht in einem Dokument aus dem Jahre 1943 und in einem zweiten aus dem Nachkriegsjahr 1946. Und die Dokumente stammen aus dem Innenministerium! Um nicht vom Hundertsten ins Tausendste zu fallen, sage ich nur dies: Die Archivarin des Innenministeriums ist eine an der Weltgeschichte nicht interessierte Idiotin: sie hat all ihre Schätze, scheißegal, ob aus Zarenzeit, erster Republik, Besatzungszeit oder Volksrepublik, alphabetisch geordnet. Mehr sage ich dazu nicht. Auch die Spitzelberichte. Auch die über mich. Insofern ist der außerplanmässige Besuch der Putzkolonne bei mir an einem Mittwoch nicht unschuldig. Wenige Minuten nur, nachdem die Frau zu scheuern begonnen hat, erscheint nämlich in der Wohnungstür ein Scheibenreinigungsdienst, der alsbald wie besessen mit einem Gummischwammbesen das Fenster traktiert und den Kulturpalast zum ersten Mal seit langer Zeit in voller Herrlichkeit vor mir erstrahlen läßt; so dreckig war mein Fenster! Es ist eine Pracht! Klar. Unmittelbar darauf trifft, aha, eine Delegation der ›Zgoda‹-Dienstleistungs-Leitung ein, ›Zgoda‹-Gästehausdirektor, Assistent und Hilfskräfte, denen in meiner Gegenwart aufgetragen wird, die Vorhänge abzunehmen, ›zwecks chemischer Reinigung‹. Bitte. Daß Direktor und Assistent die Ausführung der Arbeiten durch Hilfskräfte persönlich überwachen, ist nicht die einzige Ausnahme, die mich stutzig macht. Die zweite ist, daß der Assistent selbst Hand anlegt, um den Scheibenwischern zu zeigen, wie man Scheiben wischt, und der Scheibenwischer sich für seine Drecksarbeit auch noch entschuldigt. Die dritte Überraschung, erquickend und labend, kommt mit dem Abend: Warschau ist bereits ein Lichtermeer, als mein Freund Luszek eintrifft, um mich, täglich wie sonst auch – mal mittags, mal abends – zum Essen einzuladen. Ich habe drei Freunde, die mich über die Runden kommen lassen – die eine ist meine Freundin, die andern sind Luszek und Adolf, Adolf Rudnicki, ein großer, geiziger Schriftsteller, der mir täglich gegen Mittag Geldscheine unter die Tür schiebt, und auch manchmal einen Gruß. Genau genommen ist Luszek mein Mitarbeiter. Er heißt eigentlich Leonard, Leonard Borkowicz, und arbeitet im Parteiverlag auf der untersten Stufe, als Hilfs-Redakteur, und für mich. Leonard Borkowicz hat bereits ein bewegtes Leben hinter sich, als die Partei ihn fallen läßt. Das weiß ich von ihm. Dabei muß immer wieder daran erinnert werden, daß in einem sozialistischen Land leitende Genossen, die fallen gelassen werden sollen, nicht irgendwohin fallen dürfen, sondern in den jeweiligen Parteiverlag fallengelassen werden müssen. Tief unten hinein in unseren Parteiverlag ist zum Beispiel Berman, Jakub, gefallen, der ehemalige Chef der Geheimpolizei, der jetzt Hilfskraft ist und jeden Tag am Arm seiner Frau und in Begleitung seines Pekinesen in der Smolna-Gasse 13 erscheint, um seinen Dienst anzutreten. Luszek, der nicht nur sich, sondern auch Berman für ein Schwein hält und schon, als er die Wohnung betrat, sich darüber gewundert hatte, daß die Vorhänge fehlten, macht mich, während wir beide noch am Fenster stehen und einen Blick auf den hell erleuchteten Kulturpalast werfen und dabei Jakub erwähnen, flüsternd – warum flüsternd? – darauf aufmerksam, daß auch in der Wohnung gegenüber jetzt die Vorhänge fehlen und auch Möbel, und zieht mich vorsichtig – warum vorsichtig? – vom Fenster weg. Tatsächlich kann man gut erkennen, daß in der abgedunkelten Wohnung, in deren Fenstern sich die Lichter anderer Fenster spiegeln und sogar der ganzen Stadt, Personen am Werk sind und sich an etwas zu schaffen machen, wahrscheinlich an einem Gerät. Durch Luszeks Wachsamkeit jedenfalls beruhigt und auf schlechte Nachrichten gefaßt, schlage ich vor, abendessen zu gehen. Dann gehen wir auch. Wir gehen in die Kantine des Journalistenverbandes, hier in der Nähe. Schon im Gehen spricht Luszek erneut über seine Scheidung. Seine Scheidung ist Anlaß, ihn wieder von sich »Schwein« sagen zu lassen und einer weiteren Geschichte lauschen zu müssen, einer fünften, die noch trauriger ist als er selbst, aber leider falsch; deswegen erzähle ich sie hier auch nicht nach. Jedenfalls, als ich zu meiner Geschichte und in das Gästehaus zurückkehre, beschließe ich kurzerhand, die Wohnung zu betreten, ohne das Licht anzuknipsen, ich betrete also die Wohnung und finde im Dunkeln, was finde ich da, da finde ich am Fußboden einen Zettel und einen Umschlag mit Geldscheinen – Grüße von Adolf. Dann stelle ich mich ans Fenster, auf Zehenspitzen, sicherheitshalber. Auf der gegenüberliegenden Straßenseite erkennt man jetzt Vorhänge, neue, weiße, plüschdicke und, sieht man genauer hin, zwischen den Vorhängen das Objektiv einer Kamera. Wer hier lebt wie ich, weiß spätestens jetzt, daß es Zeit ist, für sich und sein Bett einen toten Winkel zu suchen; dann erst schlafe ich ein und schätze mich glücklich in Erwartung der guten Nachricht und überhaupt. Und dann: nichts! Fünf Tage lang: nichts; kein Blickfeld; niemand im Bilde. Und am sechsten, dann, Post – ein Donnerwetter! Bevor ich mich dazu erkläre und das Ereignis schildere, kurz Folgendes: Die schönsten Menschen, denen ich je im Leben begegnet bin, waren Kommunisten. Das stimmt, so wie ich es sage. Es gibt keine Schöneren. Gab keine, wird keine geben, Kommunisten gibt es nicht mehr, sie sind ausgestorben. Etwas, womit ich nicht fertig werde, ist der Unterschied zwischen den Kommunisten und dem Kommunismus. Warum es ihn gibt, begreife ich nicht. Doch er ist da, da ist er: Der Kommunismus kann mit den Kommunisten nichts anfangen; sie stören ihn. Weil aber der Kommunismus von Kommunisten gemacht wird und also von denen, die ihn machen, nicht gestört werden kann, wird er eben doch gestört; woraus man den Schluß ziehen muß, daß, wer den Kommunismus, ja, wie soll man das sonst nennen, wer den Kommunismus ›macht‹, aufhören muß, Kommunist zu sein und sich in eine Sache verwandelt, die gute Sache des Kommunismus; doch wie er dabei den Widerspruch überbrückt zwischen dem Kommunisten, der er ist oder war, und dem Kommunismus, der ihn zum Kommunisten gemacht hat, weiß ich nicht; überbrücken kann man Widersprüche ohnehin nicht, nur auflösen, aber das ginge jetzt zu weit; und wahrscheinlich geht sowieso alles zu weit und wahrscheinlich ist der Tod der Kommunisten, die für den Kommunismus gestorben sind und noch immer sterben, der Tod des Kommunismus, und so sind also die Schönen, die einmalig der besseren Welt ähnlichen, der herrlichen Welt verwandten Wesen einmalig herrlich und der Tod auch der guten Sache und die Sache schlecht und umso schlechter als das Gute noch lange nicht tot. Überbrückt doch, Kinder, um Gottes willen, nichts! Punkt. Absatz.

Hier zwischenzeitlich der Bericht, den ich angesichts der beschriebenen Lage der Genossin dott. Laura Conti vom Mai-
länder Institut Feltrinelli zukommen ließ und als ›Geschichte
Nr. 5‹ bezeichne: Ich verließ, wie vom Verlag gewünscht,
Warschau und Gästehaus ›Zgoda‹ mit Gepäck am 2. November und begab mich mit meinem Wagen nach Falenica und
dort wiederum an die vom Verlag angegebene Adresse. Mir
vorausgefahren war die Redakteurin Jadwiga Smolińska, die
mich in meine neue Wohnung einwies. Die mir zur Ver-
fügung gestellte Wohnung besteht aus zwei Räumen in der
ersten Etage einer ansonsten leerstehenden Villa. In beiden
Räumen befinden sich Kachelöfen. Die Wohnfläche der un-
bewohnten Villa beträgt etwa 2000 m², die meiner beiden
Räume etwa 80 m². Die Villa liegt am Weichselufer. Sie ist
von der Weichsel durch eine schmale, geteerte Uferstraße getrennt. Eigentümer der Villa ist Ignacy Śpiewak, ein Arbeiter,
der die verfallene Immobilie nach Auskunft der Smolińska
von einer im Ausland lebenden Tante geerbt haben soll und
sie aus Kostengründen nicht selbst bewohnen kann. Śpiewak
und Frau besitzen neben der Villa auch noch ein im Park des
Anwesens gelegenes Gartenhäuschen. Das Gartenhäuschen,
auf Pfählen gebaut, groß wie ein größeres Zimmer, ist, wohl
weil einstmals Hühnerstall, nur über eine Leiter erreichbar;
es wird von vier Personen bewohnt: dem Paar Śpiewak und
einem zweiten, unbekannten, erheblich älteren Paar. Śpiewak
ist in den Straßenbahn-Ausbesserungswerken als Elektro-
schweißer tätig, die Ewa Ś. in einem staatlichen Wäscherei-
betrieb. Das Anwesen grenzt im Nordwesten an die Residenz

des Kardinal-Primas von Polen, im Südosten an das ehemalige Gästehaus des Staatspräsidialamtes. Die Residenz ist bewohnt, das Gästehaus versiegelt; auch die dazugehörige Bootsanlegestelle ist es; das gegenüberliegende Weichselufer abgesichert, weil unbebaut. Die Miete wird durch den Verlag entrichtet, der auch die Pauschale für Heiz-, Verpflegungs- und Reinigungskosten an das Vermieter-Eheepaar übernimmt. Telefonanschluß besteht nicht. Ignacy Ś. verläßt das Haus wochentags gegen 6 h 30 früh, Ewa Ś. circa eine Stunde später. Mittagessen wird jeweils für den folgenden Tag zubereitet und auf dem Kachelofen warm gehalten, das Abendessen gegen 19 h 00 in der Küche der leeren Villa, und auch dort serviert. Zwischen 7 h 30 und 16 h 00 stehen wochentags Küche und Werkstatt leer. Ewa Ś. kehrt um 16 h 00 von der Arbeit heim, Ignacy Ś. gegen 18 h 00, trunken meist, meist mit Beschimpfungen empfangen, bisweilen Handgreiflichkeiten. Paar II zeigt sich tagsüber nie. Es verläßt erst in der Dunkelheit das Häuschen; dann, und nur bei Mond, sieht man es unsicher über die Treppen in den Garten hinabklettern, nach allen Seiten Ausschau halten, den Garten durchquerend hinter Hecken verschwinden, um dann, drei bis vier Stunden später, in den Stall zurückzusteigen. Im Stall selbst brennt kein Licht. Hühner hört man nicht, auch Stimmen nicht, nur gelegentlich Schreie, Gepolter (Holz) – Tätlichkeiten, angeblich, der Ś. Wer Paar II ist, verrät Ignacy erst nach einem letzten Schluck aus der Flasche am fünften Freitag nach meiner Ankunft, Zahltag, als Ewa ihn – warum? – nicht erwartet. »Zum Tode«, sagt Ignacy; dann: »Peng-peng«. Will sagen: »verurteilt«. Ignacy will »verurteilt« zeigen, schwankt, weiß nicht mehr, wo das Genick ist, zeigt sich den Vogel. Erst später, lange, nachdem es geknallt hat, plappert der Schwindsüchtige (»mein armer Zahnstocher« – Ewa Ś.) auch das letzte Geheimnis noch aus: »Alles abgekartet«. Als die obengenannten Namenlosen, die Piotr und Sylvia Puchalski, die Puchalsci, wie man in Polen sagt, 1950, 1950 [?], verhaftet werden, sind sie – bunte Hunde, Träger, beide, des Banners der Arbeit, Objekte unverhohlener Begierde zahlloser Neider – er, Direktor des Warszawa-Ersatzteillager-Zulieferbetriebes ASTRA, sie, Musterbetriebs-Direktionssekretärin in Otwock. Allein der großen Zahl nicht enden wollender Hinweise aus der werktätigen Bevölkerung (nicht etwa der örtlichen Kontrollkommission) verdanken die Geschworenen der III. Strafkammer des Woiwodschaftsgerichts die Aufdeckung des Falles ›Volksrepublik Polen versus Bürger Puchalski Piotr u. a. wegen Verbrechens des Raubes, der Unterschlagung, der Hehlerei d. i. des Verbrechens der heimtückischen Überführung staatlicher Automobilersatzteilproduktionsstätten in private Pelztierproduktionsstätten d. i. des Verbrechens der hinterhältigen Einrichtung unterirdischer Pelztier-Buchten in den Untergeschossen der Automobilersatzteillager und -produktionsstätten d. i. der Zuchtfarmen von Nerzen Sumpfottern Wasserwieseln Bisamratten zum Nachteil von Automobilersatzteilproduktionsstätten und -lager d. i. des Verbrechens der Verschwörung d. i. innerparteilicher Wühlarbeit und/oder Ermunterung Werktätiger der Automobilproduktionswerkstätten zu verbrecherischer Verschwörung vermittels Gewinnbeteiligung d. i. der Vorteilsnahme d. i. nichts anderes als des Verbrechens der Bildung parteifeindlicher Gruppen durch Spaltung d. i. Zersplitterung d. i. Individualisierung und/oder Privatisierung d. i. Bildung genossenschaftlicher Großhandelskonglomerate -kombinate für Pelze & Felle d. i. US-Dollarkontenguthaben d. i. räuberisch erwirtschafteter Gewinne d. i. die Vorstellungskraft des durchschnittlichen Werktätigen überfordernder d. i. durch Einfuhr lebender Nerze Wasserwiesel Steinhunde undsoweiter der Autonomen Sozialistischen Sowjetrepublik der Komi aus der Union der sozialistischen Sowjetrepubliken in die Volksrepublik zum Nachteil der Autonomen Sozialistischen Sowjetrepublik der

Komi sowie der Volkswirtschaft Volkspolens erzielter Gewinne d. i. nach Aufdeckung des Falles ›Volksrepublik Polen versus Bürger Puchalski Piotr u. a.‹ d. i. des allseitigen Bekanntwerdens d. i. des Skandals von Otwock sowohl als auch nach Sistierung von Lebendmaterial sowie Ausstoßung aus Partei & gesellschaftlichen Organisationen die Verurteilung / Aburteilung der unter Ausnutzung des Ehrentitels ›Verdiente Arbeiter des Volkes‹ von den obengenannten Puchalskis & Komplizen in den ASTRA-Dreher- und Elektroschweißerbrigaden ›Ernst Thälmann‹ und ›Jan Fučik‹ erreichten Planspitze 1 in der Kategorie Musterbetrieb Kraftfahrzeugmontage gemeinschaftlich angezettelten & verübten Verbrechen zum Tode durch Erhängen des Puchalski Piotr und der Puchalska Sylvia, lese ich, »Die sind so gut wie tot«, sagt Ignacy, »immer noch so gut wie«, als wir das Pärchen durch das Gebüsch zurückhuschen sehen in den Stall, aber wie die Puchalskis den Galgen umschifft haben, sagt er nicht, er sagt »großzügig« und nochmal nur »das war großzügig« und dann noch mal nach einer Denkpause ausnahmsweise auch noch »da war die mal großzügig die Partei« und schon nichts weiter mehr, als Śpiewak-Frau, »Ewunku!«, am Horizont anrollt, eine riesige, ihr Fahrrad durch den Matsch schiebende Kugel an ihrem Zahnstocher vorbei mit Lockenwicklern und Händen wie Tennisschlägern, die schwergewichtig Einkaufstaschen an uns entlangziehen lassen und, geballt, Mann-Śpiewak allein anläßlich des knallharten Aussprechens seines Namens zusammenzucken läßt. Daß die Puchalskis nicht mehr heißen, wie sie mal hießen, sondern eben jetzt Puchalski, erfahre ich erst an einem anderen Zahltag im Tauwetterwinter von Śpiewak und auch, daß die Untermiete der Stallmitbewohner an die Śpiewaks durch das Woiwodschaftsgericht entrichtet wird, ein Rätsel, wieso durch das Woiwodschaftsgericht, ist meine Frage, worauf Luszek bei seinem ersten Besuch in Falenica die Antwort weiß an einem Sonntag, als ich ihm die Geschichte erzähle und er mir erzählt, daß das nun folgende Jahr 1954 infolge der erzählten Ereignisse auf Beschluß der Partei der Vereinigten Arbeiter zum ›Jahr der Aufrichtigkeit‹ ausgerufen ward. »Jeder wollte mal unehrlich gewesen sein«, erzählt er, »jeder mal schuldig, mal Dieb, reuig, Räuber, ein Sichvergreifender am Volkseigentum, mal in den Genuß kommen des Gnadenerweises, mal die brüderliche Hand der Vergebung spüren, das Klopfen auf seine Schulterblätter, den Bruderkuß, die Hartgesottenen mal sanftmütig. Oh du Jahr der Aufrichtigkeit! Parteizellen buhlen um verrottete Parteisekretäre, Genossen um Zurschaustellung ihrer Fehler, Schundliteratur um Ächtung der Literatur, Wahlfälscher um Bürgermeister, Abfüllbetrüger um betrogene Tankstellen, alle um alles ist nichts! Ja, unschuldig ist lebensgefährlich! Schon meldet sich hie ein schreiendes Unrecht als Milchpanscher, da der Freigesprochene als Jahrhundertbetrüger, dort ein Nicht-Mörder als Geständnissüchtiger lebenslänglich, hü ein Einsitzender freiwillig als Vogelfreier, hott der freie Mann als bitte bitte als Zu- als Zu- als Zuchthäusler, Zuhälter! Erlassen der Gesamtstrafe? Erlassen! Gnadenerweis volkspolenweit! Ein Wettkampf, geradezu! Jeder will mal dabei gewesen sein, jeder sich mal bezichtigen, mal dürfen, mal nicht anders können dürfen, jeder mal jeden! Eine Zier! Fürwahr eine Zier!« Dann schreite ich mit Luszek die Anwesensgrenze ab zwischen Spiewak-Villa und ehemaliger Residenz des Präsidialamtes und gedenke des Bierut, Bolesław, und eines Kanals, den er sich hatte von der Weichsel hier herübergraben lassen in meine Nachbarschaft von Häftlingen denke ich von wem sonst, während ich mich glücklich schätze im Besitz neuerdings & unendlich dankbar immer größer werdenden Wohnraums. Luszek läßt nicht locker: »Wir Aufrechten! Wieviel Schuld hat uns gerettet! Wie ausgiebig sind wir für unsere Vergehen belohnt worden!« »Von vorn!« Er: »Gut.« Dann ich: »Jetzt bin ich dran!«

Es war einmal eine Stadt, die hieß Rho. Die Stadt ist immer noch eine Stadt, aber nicht mehr die, die sie mal war, Rho, die Stadt der Hunde. Die Stadt, die sie mal war, war klein, kleiner als eine Stadt eigentlich groß sein sollte, und mager, ein Gürtel, der um ein Rieselfeld herumgeschnürt war mit Häusern, zweistöckigen und dreistöckigen und vier Wänden, die fett von Ruß in der Sonne glitzerten mit ihrem schwarzen Schmalz und drei Bevölkerungen darin, einer wohlhabenden mit großen Gärten und Gärtnern und Hunden und einer armen, da wohnten die Stahlkocher, und einer Kinderstadt, und die Kinder da drin noch viel schwärzer als die Stadt und die Bettchen, wo denken Sie hin, in Werkhallen, in Stahlwerken, Elektroschmelzöfen, auf Roheisenhalden, Bläserkinder, Kellerkinder, Dachbödenkinder, Simsen-, Öfenkinder, Konvertbühnenkinder in Spielhütten, Wachhundehütten, Hütten, was sage ich, bis in die Schlote hinauf, die waren erloschen im Schamott, da waren die Kinder drin unter sich oben und die Eltern unter sich aus Todesangst unten wegen der alten Abgase und eben wegen der Kinder, erzählte Marco Müller, ein Meister der Liebe zum Kino, den chinesischen Absolventen der Moskauer Allunionshochschule für Filmkunst anläßlich einer Aussprache der Meisterklasse für Darstellungskunst, anläßlich des Jahrgangsabschiedessens in der Imbißstube *Pyong-Yang* – eine Geschichte, die er ›Die Geschichte der für den Gerechtigkeitssinn ihrer Kinder berühmten Stadt Rho‹ nannte, und die eigentlich eine Liebesgeschichte war, *Es war einmal eine Stadt* war nämlich eine Marco-Müller-Erzählung, sagte der Chinese, der sie jetzt nacherzählen sollte, *Und wenn sie nicht gestorben sind*, sagte ein anderer Chinese, *Sie sind aber!*, sagte der erste Chinese, *Rho ist ein Dreckhaufen*, habe Müller geantwortet, *Rho sei immer schon ein Dreckhaufen gewesen, erzählt Müller*, sagte der Chinese, *Schrott!, Schrott!*, erinnerte er sich, *Wieso denn das?*, fragte einer, bekam aber keine Antwort, so groß war das Durcheinander, weil alle das schreckliche Ende der Geschichte schon kannten und es jetzt schnell nochmal hören wollten, denn *Schon damals war*, fuhr der Chinese fort, *war Rho eine Deponie gewesen*, habe Müller gesagt zum Beispiel, *Zum Beispiel?*, fragte einer, und *Damals, wann soll denn das damals gewesen sein, damals?*, ein anderer, der noch nie einen Mucks gesagt hatte, *Immer noch*, sagte einer aus Italien, *Achso, du da aus dem Land der langen Haare*, sagte ein Pole, weil, erklärte er uns und den anderen Chinesen, so heißt Italien auf polnisch, ›Langhaarien‹, *Kommt da nicht der Müller her aus Langhaarien?*, fragte der Italiener, *Schrott, Schrott, nichts als*, zitierte der Chinese jetzt Müller, er ließ sich nicht ablenken, *ein rostbraunes, sich um den nördlichen Autobahnring von Mailand schmiegendes ehemaliges Juwel der italienischen Stahlindustrie*, rief er, *eine Stadt des Kapitalverbrechens, eine verlorene, eine Stadt ohne Kern, eine in Dämpfe, Nebel, in Chlor gehüllte, in Rotbraun, in λ-Schwefel, in Gift, in sechswertig rauchende, in Säuren, in ölige, in siedende, in Partikel, Sulfide sich auflösende, in 2-3-7-8-tetrachlorbenzoldioxinhaltige, atemabschnürende, in stockende, Glieder atrophierende, in willenlose Körper übergehende Willen der hundertprozentigen Anteilseigner des elsässisch-lombardisch-protestantischen Stahlriesens ›Falck S.p.A.‹, der, am Walde vor der Brianza den Bewohnern des Giftriegels in Schwaden dem umzingelten Müll vorauseilend und, selbst kaum mehr in Bewegung, selbst nun schon Gift und nie mehr verfliegend, alles mit sich überziehend, sich selbst & ihr Stadtgut, ihre Hühnchen, Möpse, Arbeiter, ihre Haustiere, unter der gelben Dunstkappe sinnfällig eins war mit dem Stillstand in gegenseitiger Einvernahme dem schmächtigen Kubikraum zu-*

lieb ihnen untertan anvertrauter, den Abquetschungen ihrer Leiber
gegen Lohnfortzahlung ausgesetzter menschlicher Reste noch an der
Arbeit, zitierte er, immer lauter werdend, singend fast schon –
so ein Geschwafel! – Marco Müllers ›Abschiedsrede auf Rho
und ihre Kinder, auf ihre Kinder und ihre Hunde‹, wobei
nach und nach bei der Rede auf Rho herauskam, daß es gar
keine Stadt Rho gab, die so war, wie sie der Müller beschrieben hatte, weil der Müller sich das Märchen von der Stadt
Rho erfunden hatte, aus den Fingern gesaugt hatte, um nicht
von der Stadt sprechen zu müssen, die er eigentlich meinte,
nämlich von der Stadt *Sesto San Giovanni*, die eigentlich keine
Stadt war, sondern eine Vorstadt von der Großstadt Mailand
oder ein Stadtteil, *wo die Hunde waren, die bei den Kindern*
waren, die seine Kinder waren in den Elektroschmelzöfen, auf
den Roheisenhalden, seine Bläserkinder, Keller-, Dachbödenkinder,
Simsen-, Öfenkinder, Konvertbühnenkinder in ihren Spielhütten,
Wachhundehütten, Hütten. Ja, warum denn bloß, klagte der
Chinese weiter, weinte der Chinese fast, *warum nicht von*
San Giovanni sprechen, ja, vielleicht ja, weil einer der Helden
später in der Geschichte ›Giovanni‹ heißen soll, deshalb, wobei
es jetzt ein für allemal bei Rho bleiben sollte, bei Rho, der
Stadt der Hunde, während die um die Pyong-Yang-Tische
versammelten Meisterschüler schon, die das Müller-Märchen
noch einmal erzählt bekommen wollten, darauf warteten,
daß die Geschichte vom Ende der Hunde endlich einen Sinn
bekäme. Bekam sie aber nicht. *Müller wollte das so,* sagte der
Exil-Chinese; *er wolle ziellos erzählen, mal drauf los,* habe
Müller gesagt, denn allein auf diese Weise, sagte der Chinese,
käme eine Geschichte gut voran an ihr Ende; wobei die
Verteidigungsrede auf die Verzögerungstaktik des bereits ab-
gereisten Müller insbesondere den ostasiatischen Kommilito-
nenanteil, soweit es die Hunde anbetraf, immer nervöser
machte; wobei andere Ostasiaten den obengenannten, nur
nacherzählenden Exil-Chinesen bedrohten, sich der Exil-

Chinese aber nicht abhalten ließ und zwei weitere Chinesen dessenthalben handgreiflich wurden, ein Exil und ein Festland, das Festland alsbald Taiwan bombardieren ließ, dann Pyong-Yang, dann Korea beleidigte, dann die Kellnerin, dann den Bürgermeister von Rho, als ein zweifelsohne alten Kaderschmiedefamilien entsprungenes norditalienisches Muttersöhnchen sich erhob, einen Toast auf die Schule ausbrachte und auf russisch zu bedenken gab, daß Müller als Sohn einer ledigen Raumpflegerin des Vatikans wie auch im Vatikan gebürtig einer der zweitausendsiebenhundertundsechs insofern höchst seltenen Kirchenstaatstaatsbürgerexemplare war, zu denen nicht einmal der Papst zählte, der polnische, eingewanderte, betonte er, und also privilegiert und insofern nicht vertrauenswürdig und überdies kein zuverlässiger Zeitzeuge. Rho ging damals, wie man insbesondere damals so sagte, baden oder vor die Hunde, als Müller von ihr erzählte, wohl nur aus Spaß erzählte oder weil im Wettstreit mit chinesischen Tischgenossen und in zwölf chinesischen Sprachen oder Dialekten, die er sprach, zwölfmal erzählte, wie und warum vor die Hunde und baden. Er kannte Rho-die-Elende; er kannte sie besser als irgendwer. Er war in Rho – erst in Brasilien, dann in Rho – aufgewachsen und mit dem Stahlriesen eins- und großgeworden, sagten die einen, die ihn gut, sagten sie, besser kannten als alle anderen, aber das traf nicht zu. Marco Müller war Römer. Rho war nicht seine Stadt. Rho war seine Liebe. Er liebte Rho-die-Elende und, mehr noch als die Elende, ihre Hunde. Friede unter den Chinesen im *Pyong-Yang* kam insofern erst wieder auf, als einer aus einem Papier vorlas, das Müller zurückgelassen hatte und den Titel trug *Bekundungen des Elektroschweißers Daniele F. betreffend die Stadt Rho in der Brianza* und eine Tonbandabschrift war, die aus mehreren Seiten bestand und lautete ES WAR EINMAL EINE STADT DIE HIESS RHO, die Stadt ist zwar immer noch eine Stadt, aber nicht mehr die Stadt Rho, die sie einmal war, Rho, die Stadt der Hunde. Euch, die ihr hier sitzt und mir zuhört, es würde euch gar nichts schaden, laßt euch das gesagt sein, euch gelegentlich mal die Zeit wieder ins Gedächtnis zurückzurufen, in welcher es in Italien damals so schön drunter & drüber, ja, ereiferte sich der Vorleser, eine wunderbare Zeit, wo, wenn ein Journalist mal seinen Schnabel zum Beispiel mal zu weit aufmachte oder irgendwas gegen uns zum Beispiel hatte, wo da mit dem Vielschreiber kurzer Prozeß gemacht wurde und ritschratsch ihm eine Ladung Schrot in die Waden geschossen und hops, und mucksmäuschenstill war das Mäuschen, mucksmäuschen, denn wie nichts konntest du einen anno dazumal, einen wie nichts dahergelaufenen Presseschönling konntest du ruckzuck zum Krüppel machen und auf der Straße so jemand von weitem schon erkennen, wenn der zufällig mal zu auffällig vorbeihinkte, wer das war in Wirklichkeit, da wußtest du gleich, welch Knechtes Kind der war, was der im Schilde, weil, wir haben sogar ein Wort eigens dafür erfunden, ›gambizzare‹, ›beinen‹, beinemachen für wenn mal zum Beispiel die Preise verrückt spielten und wir eine Großmarkthalle, wenn wir die in Volkseigentum überführten, vergesellschaftlichten unter den Klängen des städtischen Musikkorps Santa Cecilia, wo uns die noch, die Fleischgroßhändler, wo die uns alle zu Kreuze gekrochen sind noch wie die Ameisen auf ihre Geldhaufen zurückgekrabbelt und uns den Kram noch hinterhergeschmissen haben und gebettelt um ihr Scheißleben, weil die nicht mehr ein noch aus wußten, hinterhergeschmissen, sage ich, und wegen der Hunde, was die angeht, hat Marco Müller bereits erzählt, jeder Chinese sprach davon, von der Hundegeschichte, so, wie die Müller erzählt hat nämlich, das: Giovanni und Lucia lebten in Gemeinschaftswohnungen, waren fünfzehn Jahre alt, er fünfzehn, sie vierzehn, sie lebten in zwei verschiedenen Gemeinschaftswohnungen und manchmal in einer dritten heimlich.

Ihre Väter waren Landarbeiter aus der Basilicata und in den Jahres des Großen Sprungs nach vorn waren sie nach Rho gezogen und hatten sich bei der Falck als Stahlkocher verdingt und teilten sich jetzt in ihren großen, verkommenen, ehemaligen Herrenhäusern Küche und Bad mit anderen Stahlkocherfamilien, wenn sie nicht gestorben sind, aber sie sind nicht, als der Herd erlosch, gestorben, als die Gicht, wenn die Glocke, wenn der Rost, das Abstechen, als das Einblasen, wenn es aufhört, als der Heißwind, sage ich, als ihnen die Luft aus, wenn die Luft, das Licht, die Geduld, als das Ende sich nicht mehr hinzog, als bis hierher und nicht weiter es zu Ende ging, als schon nichts mehr, als nichts mehr ging, als sie vor die Hunde, als sie Kinder einfangen, die Steinewerfer einsammeln gingen, Steine sammeln, als die Gerichte, als das Faß, Zwischenrufe: *Die Geschichte von den Hunden wolln wir hören! – Geduld! Geduld!,* heller Wahnsinn, Knast, ein Jahr, für nichts und wieder nichts, Widerstand, als die Genossen, die Kinder, die Jugend von den Jugendgerichten zu Jugendstrafen, weil dem einen hat einer den Lieferwagen sich unter den Nagel, dem andern fliegt der Molotow in die Luft! Ach! Jetzt wird geahndet! Jetzt wird alles! Alles wird! Auch nichts! Nichts wird! Auch wenn nichts passiert ist: Knast! Geahndet! 1 Jahr! Ohne Bewährung. Jetzt kommt die Zeit der vorrevolutionären Phantasie! Luszek lachte, als ich das sagte. Vorrevolutionäre Phantasie! Jetzt kommt die vorrevolutionäre Zeit, Genossen und Genossinnen, jetzt kommt, sagten Giovanni und Lucia, käme die Zeit, in der eine Antwort auf die uns alle bewegende Frage gefunden werden müsse, nämlich als die Martinsöfen, als das Gebläse, als den Stahlkochern die Kinder, allen, die Stillegungen, die Aussperrungen, als ihnen die Aussperrungen, die Walzwerkschließungen, als vergeblich die Ausmauerungen, die Schächte, als sie vergeblich warteten, als die Hütten zu still für die uns alle bewegende Frage lagen, auf die eine Antwort gefunden werden mußte, nämlich, wie man die Sachen, die wir machen wollten, mit denen wir uns aber strafbar machten, wie man diese Sachen eben doch machen könne, ohne sich strafbar zu machen, woraufhin der rechtskundige Ehrenwerte Abgeordnete Onorevole Silverio Corvisieri, ein ehemaliger Gewalttäter, nur den einen guten Rat wußte: *Keinen Blödsinn machen, ragazzi!, da kann euch niemand rauspauken, Gewalt gegen Sachen, bitte, aber keine Gewalt gegen Personen, bitte!,* woraufhin Giovanni und Genossin Lucia und ihre Genossinen und Genossen, die in der italienischen Sprache so vertraut *compagni* hießen, Mitbrötler – woraufhin sie der »Sache« von den sogenannten »Sachen« schnell auf die Schliche kamen, sie fanden nämlich nach allerlei Fragefeldzügen bei älteren, gebildeteren, das Brot mit ihnen teilenden Genossen und Genossinnen heraus, daß im bürgerlich italienischen Gesetzbuch zu »Sachen« jegliches bewegliche und unbewegliche Gut zählte, Immobilien und Autos, Panzerschränke und Vögel, und daß die Beschädigung einer Sache, auch die mutwillige, nie Haft, schlimmstenfalls nur eine Geldstrafe nach sich ziehen könnte in Höhe des beschädigten Werts beziehungsweise der Wertminderung des Beschädigten, und beschlossen deshalb, sie und die Kinder von Rho, Hundefänger zu werden. Sie verfaßten augenblicklich, und ohne das Papier sich auch nur einen Augenblick lang an ihre Fingerabdrücke erinnern zu lassen, einen BRIEF AN ALLE HUNDEBESITZER, das waren die Reichen, die Armen in Rho hatten keine Hunde, die hatten nur Katzen und Tauben, sie nannten den Brief DENKZETTEL und versahen ihn mit der Aufforderung, nicht etwa für die Streikkasse zu spenden, nein, weit gefehlt, das war ihnen verboten worden durch die Genossen Vertreter der Gewerkschaften, nein, für die Armen zu spenden, für deren Rechtsschutzhelfer und -beistände Geld einzuwerfen und für ihr Zubrot in ein schönes, neues hölzernes, blutrot lackiertes Sparschwein, das sie vor der Kathedrale von Rho aufgestellt hatten über ein

Meter hoch zum Ärger des Domkapitulars von Santa Maria delle Lacrime neben Berninis Johannes dem Täufer, einer Kopie, von dem die Genossinnen sagten, daß Lucia sich in ihn über beide Ohren verliebt hätte, wobei der Ausdruck über-beide-Ohren, so erklärte ich es Luszek, zu einer vom lombardischen Proletariat der roten Intelligenz abgelauschten Faustregel gehörte, die hieß: Frauen sehen nicht, sie hören, sie verlieben sich blind. Daran mag es auch liegen, daß Giovanni dachte, allein durch das bloße Anschauen Lucias, denn sie war schön und auch zierlich, »porzellanen«, nannte er sie, »eine Espe«, obwohl sie nie zitterte –, daß allein durch das bloße Betrachten der Lucia, das Entgegennehmen der ihrer Bewegung entspringenden Geräusche des Zugetanseins und der hierdurch verursachten Wärme die Probleme der Arbeiterklasse gelöst werden könnten und Lebensfreude ab jetzt die Not ersetzen, wenn sie am Stadtteich lagen, wo die Frösche im Dreivierteltakt quakten, Wiener Walzer lang, wenn die Sonne aufgog, oder unter, oder bei Regen, oder davor, oder immer, im Frühling und Sommer immer, dann auch, wenn sie den Reichen im Wege lagen, den ›Witwen‹, wie man sie hieß, wenn sie, die Hageren und Feisten, wie Gespenster mit Kinderwagen in den Auen an Wasserwegen entlangfuhren und sich selbst schon nicht mehr, ihre Oberweiten und die von Zellulitis geplagten Waden & Gesäße, die riesigen, bisweilen kugelartig durch die Welt rollenden Mutteranwärterinnenbehausungen schon nicht mehr sahen und anstelle dessen ›das Pack‹, nur die Wegelagerer, die Spötter aus der Unterschicht, die im Park von Rho ihren Hunden auflauerten. Als die Kriegskasse leerblieb, hing, am Sonntag, tatsächlich, vor der Frühmesse, ein erstes Opfer am Galgen des Portals von Santa Maria: der Pekinese ›Tomi‹ des Uhrengroßhändlers F. Noch am Abend des gleichen Buß- und Bettages und des allseits mitempfundenen Schmerzes des Todes durch den Strang bereits sah sich die nun dergestalt eingeschüchterte

Gemeinde mit einem von ›Augusto il pazzo‹ – August dem Verrückten – unterzeichneten ZWEITEN BRIEF genannten Aufruf konfrontiert, in welchem ihr, ›der Klasse‹, unter Androhung weiterer Hinrichtungen für den Fall der Nichtbeachtung, die Fütterung gemeindeansässiger Hunde mit Geldscheinen sowie das tägliche Ausführen derselben zu Spaziergängen zwecks Entledigung der Notdurft im Stadtpark zwischen 16 und 18 Uhr auferlegt wurde. Die gleichzeitig AN ALLE INSASSEN der Altenheime, Klosterschulen, Pfandleihhäuser, AN DIE SCHWESTERN DER HL. MARIA VON DEN TRÄNEN, an die Armenküchen, Badehäuser, die Fußballvereine ›Curva Nord‹ und ›Sinus Rho‹ und an alle Schüler des Liceo Technico ergangene Aufforderung, ihren Notgroschen künftighin in den Auswürfen und -scheidungen der o. g. Haustiere im Volkspark suchen zu kommen, schloß mit einem »Gruß an alle Bedürftigen« und dem Wunsch VIEL GLÜCK. Nun, die Erfolgreichsten unter den Stocherern waren die Blinden. Sie hatten die Kunst des Tastens im Blut. Sie fanden, mit weiß lackierten Spazierstöcken in Erdreich und Oberfläche rührend, mühelos alles, Dinge auch, die, wie zufällig mitgefütterte, mitverschluckte Eheringe, Brillanten, Sicherheitsnadeln, winzige Drohbriefe, Fingerhüte und 500-Lira-Münzen, mit dem bloßen Auge niemand sonst hätte entdecken können, oft, unschuldig, außerhalb der vorgeschriebenen Bannmeile Durchfällen zuliebe vorzeitig entschlüpfte, in Tarnfarbe getauchte, dem welken, herbstlichen Blattwerk auch dort noch sich anpassende Fäkalien etlicher Volksparkanlagen, in denen kein Bargeld fressender Hund je Bargeld gefressen hatte und unter dem Druck der Stoppuhr jugendlicher Terrorfreunde sich dem Genuß der Entledigung hätte hingeben können. An Sonntagen war der Park von Rho künftighin übervölkert. Gemeinderäte der faschistischen Sozialbewegung M.S.I. vermerkten allein für Juni 1977 im Vergleich zum Vorjahr eine Besucherzunahme von 730% sowie ein jähes Anschwellen der Umsätze, aus denen auf den Rückfluß von Erpressungsgeldern in den Einzelhandel geschlossen werden konnte. Rhos kommunale Umsatzsteueranteile stiegen im Jahre 1977 um 23%, sie erlaubten den Bau von 2,1 km Umgehungsstraßen und einer Stahlbrücke sowie die Reparatur bzw. Neuanschaffung von Heizungsanlagen in Primarschulen. Das Verbrechen, besser: die mit krimineller Energie betriebene, jedoch lediglich zivilrechtlich verfolgbare kollektive Sachbeschädigung zahlte sich aus; sie illustrierte gewissermaßen das Prinzip gewöhnlicher Kapitalbildung, den ursprünglich auf Raub und Totschlag, dann nur noch auf Raub gegründeten Ursprung jeder Wohlstandsgesellschaft. Nur die Witwe Linuccia S., die sich aus dem Schweizer Exil mit finsteren, großindustriellen Machenschaften hervorgetan hatte, die darauf hinauslaufen sollten, durch Zuwendungen die Gewährung eines bischöflichen *nihil obstat* hinsichtlich der Taufe ihrer Rasse-Rüden ›Toledo‹ und ›Malaga‹ durchzusetzen, machte eine Ausnahme, indem sie kraft eines Herzinfarkts an den Marmorstufen des Ordinariats bei dem Versuch zerschellte, ihre Windspiele vor der im bürgerlichen Gesetzbuch vorgesehenen Versachlichung in letzter Minute zu retten. Chroniken notieren gerne für die Jahre 1976 bis 1979 die allfällige Zunahme der Geburten und die Abnahme der Abgänge, sowie 1233 Abwanderungen, 1110 hiervon ins Ausland, 420 hiervon in die Eidgenossenschaft, sowie 2044 Zuzüge, nahezu ausschließlich aus dem Süden der Republik, sowie Hundesteuerplakettenrückerstattungen bzw. -abmeldungen für Spitz (6), Schäferhund deutsch (33), Schäferhund belgisch (12) Wolfshund (13), Steppenhund (4), Steppenwolf (1), Pudel (30), Pinscher (11), Drahthaarterrier (16), Foxterrier (11), Airdale-Terrier (5), Irish Setter (14), Hyänenhund (1), Cocker (24), Spaniel (24), Griffon (18), Dalmatiner (6), Dogge dänisch (6), Bracke (8), Dackel (20), Einschläferungen (44). Entsprechende Quellen der Prokuratur der Republik vermerken »für den gl. Zeitraum in obig. Angel.« insgesamt einhundertundeinundvierzig Strafanzeigen. Zwölf eingeleitete Verfahren wurden in Ermangelung Tatverdächtiger, einer Straftat, eines Täters niedergeschlagen bzw. eingestellt, d. h. in Ermangelung einer Tat. ›Augusto il pazzo‹, der Erfinder, Kindergott, der ›Irres Auge‹ genannte, wurde nie, bei Gott, identifiziert. Giovanni und Lucia heirateten 1979 im Herbst, in Turnschuhen, in Schottland, kirchlich. Bei dem letzten Satz Müllers *Die Stadt Rho ist immer noch eine Stadt, aber nicht mehr die Stadt, die sie einmal war – Rho, die Stadt der Hunde* weinten zwei Chinesen, Teilnehmer der Meisterklasse in Darstellungskunst. *Es ist alles vorbei, es ist alles vorüber* war seinerzeit auch ein chinesischer Schlager. »Die Schreiberlinge«, schrieben italienische Studenten damals den Chinesen anonym in ihre Wandzeitung, »schreiben jetzt über was sie wollen, aber die Chinesen in Moskau trauern uns nach, die von der Insel wie die vom Festland, als wären mit den Hunden nun auch sie Verstorbene geworden und eine menschenleere Stadt leichter zu schlucken als eine hundsleere, selbst des Sommers kalte – kein Hundeleben mehr weit & breit & kein ach so ansehnliches Elend, keine Blumen auf den Stahlkochergräbern, kein Stahlkind, das hier noch weinen-wie-sichs-gehört könnte«. Wir Aufrechten! Wieviel Unschuld hat uns gerettet! Vorwärts!

Du liebe Sechste! Die erste Geschichte war kurz und bündig. Sie blieb dir im Hals. Auch die zweite. Die dritte auch. Nach der vierten und sechsten, die niemandem steckengeblieben hätte sein können außer mir & und mir auch nicht geblieben war, bleibt nur noch die fünfte – eine spürbare Lücke; und so habe ich beschlossen, sie zuguterletzt zu füllen, Luszeks Geschichte Nummer sechs nachzuerzählen, obwohl sie eine blanke Lüge ist, aber Lügen haben nicht nur kurze Beine, sondern vielleicht auch einen Sinn, und können als ein Stück verdrehter Wahrheit, wenn man sie nur gut genug zu drehen versteht, vielleicht auch noch wahr werden. Die Lügengeschichte erzählte mir Luszek im Auto zwischen Krakau und Zakopane, er sagte »Tomasz, ach Tomasz«, auch das war seinerzeit ein polnischer Schlager, »stell dir vor«, dann stellte ich mir vor, wie früher, noch bevor er erzählte, wie früher die Weichsel vor, wohin Luszek nur zwei Mal im Leben beordert wurde, sagte er, das zweite Mal wegen seiner Frau der Spionin und das erste Mal wegen der Tschechoslowakei. Auch das erste Mal, im August 1948, empfing Bierut seinen Kampfgefährten im Bad, stieg aber, im Gegensatz zum Tag der Spionage, aus den Weichselwassern sogleich ans Ufer zurück, setzte sich neben ihn, legte den Arm auf seine Schulter und ließ ihm durch seinen Adjutanten, der wie ein Feldgeistlicher aussah, eine Bulle übergeben, ein wie auf Pergament geschriebenes, zusammengerolltes und versiegeltes Etwas, mit der Bemerkung »den Brief, den übergibst du dem Genossen Gottwald, der soll ihn in deiner Gegenwart lesen und ihn dir zu lesen geben und sofort darauf reagieren, hast du verstanden, ist das klar?«, wobei man, sagte ich zu einem sowjetischen Freund, dem ich leichtsinnigerweise die Geschichte erzählte, die ihn gar nicht interessierte – wobei man nämlich wissen muß, daß Klement Gottwald zu dieser Zeit Staatspräsident der Tschechoslowakei war und Generalsekretär der KPČ. »Ich flog am selben Tag noch nach Prag zurück mit einer Jagdstaffel in einer Maschine unserer Streitkräfte und sah gleich am nächsten Morgen dann den Genossen Gottwald, Gottwald öffnete den Brief, gab ihn mir zu lesen, er hatte Tränen in den Augen, es war ein Ultimatum: entweder ihr räumt das Teschener Ländchen, oder wir marschieren los. Krieg. Polen hatte inzwischen zwei Divisionen bei Cieszyn zusammengezogen. Gottwald wußte das. Am nächsten Tag okkupierte die Sowjetarmee den tschechoslowakischen Osten, die Podkarpatská-Rus, die Karpato-Ukraine, und annektierte sie«, wobei man, sagte ich zu meinem sowjetischen Freund, wissen muß, daß das Teschener Ländchen ein polnisches Sprachgebiet ist im östlichen Mähren zwischen Cieszyn und Česki-Tešin, und die Geschichte von der tschechoslowakischen Karpato-Ukraine aus drei Gründen eine haaresträubende Erfindung, oder vielleicht die Erfindung einer haaresträubenden Wahrheit, erstens, weil die Karpato-Ukraine bereits im Juni 1945 durch die tschechoslowakische Regierung an die Sowjetunion abgetreten worden war und also nicht drei Jahre später hätte ein Kriegsgrund werden können, und zweitens, weil 1945 im Juni Bierut noch gar nicht polnischer Staatspräsident war und drittens Gottwald noch gar nicht tschechoslowakischer im August 1948, und viertens, weil der östlichste Zipfel der alten Trianon-Tschechoslowakei ein bettelarmes und weder von Tschechen noch von Slowaken umworbenes, nur von Ruthenen und Ungarn bevölkertes Stück Land war, um das sich bestenfalls Ungarn und Ruthenen mit den Russen gestritten hätten, niemals Tschechen und Slowaken oder gar Polen, niemals um dich, du Vielgeliebte, du Podkarpatská Rus, du kaiserliche, königliche Kárpátalja, du unser Kronjuwel im Nordosten, du Eszak-Keleti Felvidék! Adieu! Luszek sah ich erst wieder, als wir beide schon gestorben waren. Er hatte sich das Leben genommen und war in die Stadt Ys zurückgekehrt, um es noch einmal ein paar Tage lang zu führen. Es war, fand er, »nämlich so schön«.

Ich mache hier nur anscheinend einen Punkt. Kaum, daß ich Adieu gesagt habe nämlich, ist mein sowjetischer Freund wieder zur Stelle, mein sowjetischer Freund, der eigentlich ein ungarischer Freund ist, ein Stückeschreiber, der seinen Namen, Juliuzs H., nicht genannt sehen will, und wutentbrannt »Du Idiot!« sagt, »das kann doch nicht wahr sein, daß dein Freund Leonard Borkowicz sich die Tränen von Gottwald ausgedacht haben soll, daß er den Beinahebruderkrieg zwischen dem sozialistischen tschechoslowakischen und dem sozialistischen polnischen Bruder erfunden hat. Ich sehe da nur *eine* Erklärung. Die ist: Die Sache ist wahr, stimmt, trifft zu. So war halt die Sowjetunion. Dein Freund Borkowicz lügt nicht. Warum sage ich das? Ich sage das aufgrund meiner intimen Kenntnisse der Staats- und Parteiapparate sozialistischer Bruderstaaten und -parteien als Ungar: Die tschechoslowakische Republik hat die Karpato-Ukraine nie an die Sowjetunion abgetreten; weder 1945 noch später. Eine Versammlung der Volksausschüsse der Karpato-Ukraine im karpato-ukrainischen Mukatschewe am 26. November 1944 hat für den Anschluß der Karpato-Ukraine an die Union der Sozialistischen Sowjetrepubliken gestimmt, aber was ist schon eine Versammlung von Volksausschüssen drei Tage nach der Befreiung! Jedenfalls keine Regierung! Präsident Edvard Beneš hat, heißt es, namens der tschechoslowakischen Republik dem Votum der Volksausschüsse 1945 beigestimmt. Nun, was wäre das schon, wenn er beigestimmt hätte, ein Präsident kann keinen Landesteil abtreten, weder 1945 noch danach, es bedarf dazu eines Gesetzes, aber ein Gesetz gibt es nicht, auch kein Dekret, es gibt und gab auch keine Landeskammer und gab kein Votum, mit dem ein Landesteil der tschechoslowakischen Republik 1945 oder später an die Union der Sozialistischen Sowjetrepubliken abgetreten worden wäre, bis Leonard Borkowicz Botschafter ward, ›ach, du armer, du Luszek, verzeih‹, sagte ich, sagte ich mir nur, meinem Freund sagte ich nichts, nichts meinem hochgeschätzten Juliusz H., ach, ›Ich will dir mal eine Geschichte erzählen‹, fuhr mein hochgeschätzter sowjetischer Freund fort, der eigentlich mein hochgeschätzter ungarischer Freund war, ›damit du dich mit den Widersprüchen versöhnst und dann besser verstehst‹, sagte er, aber ich verstand vorher schon alles besser, alles leuchtete mir ein, einleuchtete beziehungsweise leuchtete mir den Weg zurück in die Vernunft die Gewißheit, du kommunistischer Kopf, deiner Wahrhaftigkeit, der Wahrhaftigkeit deines Herzens, deiner verlorenen Ehre, Leonard, deiner Pracht, schnurrbärtiger Krieger, der du deine Frau verrietest, deine Freunde, dein Land, die Union, dich, nie, deine Klasse, erzähl doch, Juliusz, tröste mich, vorwärts!«

»Während der Belagerung von Moskau durch die Deutschen hatte die Parteiführung den Angehörigen des Komintern und insbesondere uns Ungarn den Befehl des Feldkommandanten übermittelt, die Stadt mitsamt den Familien sofort zu verlassen und sich in das südsibirische Ausweichquartier von Biijsk zu begeben. Ich war diesem Befehl nicht nachgekommen. Im Dezember 1941 übersiedelte ich auf den Dachboden eines elfstöckigen Gebäudes in der Krassnoarmeiskaïa 5, der Rotarmistengasse, wo ich mit meinem vierjährigen Sohn Béla Quartier nahm, während dessen Mutter sich, in der irrtümlichen Annahme, uns in den Altai zu folgen, der Komintern-Gruppe im Biijsker Exil angeschlossen hatte. Der etwa 120 m² messende Raum war ungeheizt; er war an die kommunale Stromversorgung angeschlossen und verfügte tagsüber während zweier Stunden über elektrisches Licht, Höhensonne und Kochplatte; er war mit Wolldecken, Luftmatratzen und Geschirr ausgestattet sowie mit Lebensmittelvorräten für vier Wochen. Den Raum verließen wir, wenn überhaupt, abends; ich bewegte mich dann, aus Tarnungsgründen, auf Krücken. Einkäufe für uns erledigte, einmal die Woche, in den ersten drei Wochen eine ehemalige Nachbarin, dann, als sie aus unbekannten Gründen ausfiel, niemand mehr. Bereits in einer der ersten Nächte wurde Béla von Ratten angegriffen. Ich legte daraufhin in der Nähe des Kindes eine Gurke auf den Boden, um die Ratten abzulenken. Das half nichts; die Angriffe dauerten an, sie nahmen an Intensität sogar noch zu. Als die Wunden nicht heilten, konstruierte ich eine Hängematte, die, wie die Lebensmittel, hoch über dem Boden aufgehängt, für die Ratten unerreichbar sein sollte. Auch diese Konstruktion entmutigte die Ratten nicht: Sie überbrückten die Entfernung mit einem Sprung auf den Schrank und von dem Schrank auf die Matte, und versetzten dem Kind tiefe Wunden. Ich verstand, daß die Ratten Forderungen an mich stellten, die ich, wollten wir uns vor ihnen retten, zu erfüllen hatte, und beschloß, einen Teil unserer Stockfisch- und Kartoffelvorräte zu opfern und die Ratten künftighin zu füttern. Zu diesem Zweck wählte ich eine der Hängematte gegenüberliegende, am anderen Ende des Dachbodens unter einer erkerähnlichen Öffnung liegende Nische, in der ich regelmäßig bei Anbruch der Nacht Kartoffelschalen, später auch ganze Kartoffeln sowie Fischreste ablegte. Béla und ich beobachteten dann, oder lauschten, weil es bereits dunkel geworden war, wie die Ratten die Gräten zersägten, mit kurzen, knallenden, wie auf Hohlraum stoßenden Bissen ihre Kartoffeln zerlegten, und dabei quiekten. Auch dieser Kompromiß jedoch führte zu keinem Erfolg; die Ratten zeigten sich unersättlich: Wenige Stunden nur, nachdem sie gespeist hatten, griffen sie uns, kurz nach Mitternacht zumeist, umso verwegener an. Die Verwundungen Bélas, vor denen ich ihn auch dann nicht bewahren konnte, wenn ich des Nachts wachte, führten schließlich zu Infektionen durch den *spirillum minus* von einem solchen Ausmaße, daß der Kompromiß sich als ungenügend erwies: Ich schloß daraus, daß es sich für die Dachratten darum handelte, nicht vor uns zu verhungern, und insofern von uns für sie Gerechtigkeit einzufordern. Ich teilte deshalb unsere Lebensmittelvorräte mit ihnen. In der Mitte des Dachbodens zog ich mit einem Kreidestrich eine Grenze und achtete darauf, daß sie den Dachboden in zwei gleiche, ebenbürtige Dachböden teilte, so, daß zwar die Vorräte auf unserer Seite hängen blieben, aber Gewißheit darüber bestand, daß sie zu gleichen Teilen dahinschmelzen und uns vor dem Hunger retten würden, wobei ich von der

Annahme ausging, daß sie uns, unseren Hunger überleben würden, sie, die Langlebigen, sie, die ihre Großmütter das Gift probieren ließen, bevor sie in den Speck bissen, sie, die Untrüglichen, Vertragstreuen. Da waren sie nun, meine Ratten, sie, die sich auf den Handel um unser nun gemeinsames Leben einließen, sie, die, wenn ich entschied, daß wir eine größere Ration verzehren sollten wegen, zum Beispiel, der Kälte, einverstanden waren und dankbar eben jene größere zu sich nahmen, oder, entschied ich, daß es eine kleinere sein sollte, sie ebenso einverstanden waren, sie waren immer ebenso einverstanden, ebenso solange sie das Gefühl hatten, von uns nicht betrogen zu werden, und eben dieses Gefühl hatte ihren Charakter, nein, nicht bedingt, es hatte ihn verändert, grundlegend verändert, so, daß es ihnen nie mehr in den Sinn kam, sich der weißen Grenzlinie zu nähern, im Gegenteil, sie äußerten ihren Respekt für die Grenzlinie, sie zeigten ihn dadurch, daß sie Abstand zu ihr hielten, und Abstand zu uns auch persönlich, indem sie dem Kind die Überschreitung der Grenze zugestanden und ihm erlaubten, daß es sie bei ihrer Selbstfütterung beobachtete, bei ihrem gerechtigkeitsbesessenen Schmatzen und Quieken, und ihm auch dann nicht über die Grenze nachfolgten in unser Dachbodenteilrevier, als es sich sattgesehen, sattgehört hatte und zu seiner Hängematte zurückkehrte, um getrost im Schutz sozusagen eigener vier Wände und im Zustande brüderlicher Eintracht zum Abendbrot mit den glücklichen Ratten an seinem Stockfisch zu lutschen und, wie sie, Gräten mit seinen Zähnchen zu zersägen und seinen Kindertee zu schlürfen. Dann aber geschah etwas, das schwerwiegender war als alles, was bis jetzt geschehen war oder nun noch geschehen sollte: Die Vorräte reichten nicht. Sie reichten nicht hin und nicht her. Ich weiß, daß mir, wäre ich allein gewesen, niemals, was uns nun geschah, geschehen wäre. Ich weiß, daß ich mir Fisch, Kartoffeln und Gurken und die Dauerwürste vom Munde abgespart hätte, bevor geschehen wäre, was geschah, nämlich, daß ich damit aufhörte, unsere Vorräte zu teilen; daß ich zu schwindeln begann; erst, die Gewichte zuungunsten unserer Tischgenossen zugunsten des Kindes zu verschieben; dann mir klarmachte, daß der Augenblick der Wahrheit nun gekommen sei; daß es unmöglich sein würde, in Zukunft von unseren Tischgenossen Mitgefühl zu erwarten, die Kenntnis väterlicher Verantwortung unseren Kleinsten gegenüber; Verständnis für einen ungarischen Kämpfer im Exil; in Not; in Verzweiflung, als der Augenblick der Wahrheit dann tatsächlich kam, tatsächlich & schnurstracks, als er uns überfiel, über uns hereinbrach, als die Familien unserer Tischgenossen von der Weite her auf den Dachboden zuwanderten, stürzten, sich ergossen und die weiße Linie überquerten, zu Dutzenden die Linie, zu Dutzenden sie überrollten, die Schranken überrollten, die Schränke erklommen, das Dach, Dachstuhl, Querbalken, Firste, Grate, unter den Firstziegeln, unter den Gratziegeln die Falzplatten, -pfannen der Mönch-Nonnen-Ziegel mit Kopf- und Seitenfalzen, aus den Falzplatten absprangen, Béla siebzehn Verletzungen zufügten, Biß-, Fleischwunden, Wundbrand, mir ins Gesicht entgegenstürzten, mein Gesicht zerbissen, Rache schworen, übten, unser Ende übten, einläuteten, als wir unser Dachbodenrevierteil verließen, aus ihm fortliefen, in die Stadt zurückkehrten, in den Schnee, in das Eis, das Nichts, als die Deutschen noch vor den Toren erfroren. Überall, wo wir hinkommen, erwarten uns nun Lebensmittel, aber wir wissen nicht, wo sie sind, sie hängen irgendwo von der Decke herab wie Fledermäuse, sie sind gut getarnt. Um sie zu finden, müssen wir träumen. Dann finden wir das Versteck vielleicht im Traum, oder wir finden es nicht, und verhungern, oder wir fragen die Ratten um Rat und hungern mit ihnen. Jetzt sind wir gestorben. Wenn du dein Brot mit deinem Feind nicht teilen kannst, stirb! Guter, lieber, Moskauer Leitsatz!«. Juliusz H., Schriftsteller.

Am Vorabend des als Neujahrs- oder ›Têt-Offensive‹ 1968 in die Geschichte eingegangenen Befreiungsschlags gegen die amerikanischen Invasionstruppen waren sechshunderteinund- achtzig Imker in Begleitung von ebensoviel Stöcken bis in das Mekong-Delta, Hué, Kaiserstadt, und Da Nang, den Kriegs- hafen, vorgedrungen. Sie hatten Wochen zuvor zu Fuß eine im Weiler Muong Thanh, Provinz Lai Chan, gelegene ge- heime, in einem ehemaligen Genesungsheim der französi- schen Fremdenlegion von Biochemikern des Viêt Cong einge- richtete ›Vaterländische Tanzschule für Hautflügler‹ verlassen und während eines bis in den Dezember 1979 andauernden Marsches über zumeist unterirdische Pfade eine Strecke von 1200 Kilometern zurückgelegt. Es war Spätnachmittag am 25. Januar des Jahres 1968, als sich dreizehn Millionen tief er- regter, miteinander wetteifernder Sand-, Honig- und Mauer- bienen in die amerikanischen Linien stürzten und innert we- niger Minuten die Kampfkraft zweier Luftlandedivisionen zerstörten – zwanzigtausend Männer, die, noch eben mit tief- gekühlten Getränken und der Gewißheit ihrer Unversehrbar- keit verwöhnt, die ihnen die chemische Kriegsführung und deren ›Agent Orange‹ genanntes Entlaubungsmittel zur Ver- nichtung des Dschungels und noch nicht ausgetragener Kin- der in genau jenen künftighin blattlosen Wäldern vermittelt hatte, nun, eingegraben, wehrlos zerstochen, auf ihre Rück- führung in die Heimat warteten. Die Bevölkerung hielt das eingetretene Wunder für ein Geschenk des Himmels. Es war indes alles andere als dies: Einem strategischen Lehrsatz des oberkommandierenden Generals Vo Nguyên Giap folgend, wonach der Sieg eines revolutionären Bauernheeres über die größte Streitmacht der Welt nur dann möglich ist, wenn die Befreiungsarmee dem Prinzip des sogenannten ›kalkulierten Mißverständnisses‹ folgt, hatte der Viêt Cong, mit der Mission, eine neue, dem ›Lehrsatz vom Mißverständnis‹ angepaßte Waffe zu entwickeln, aus Japan und der Sowjetunion Chemiker in die Vereingten Staaten geschleust, um an Ort und Stelle die Sekretionsdurchschnittswerte für Schweiß bei weißen Einwohnern in vierundvierzig amerikanischen Bundesstaaten auszukundschaften und entsprechende Werttabellen der Führung des Befreiungsheeres vorzulegen. Viêt Nam war in Not, die Angelegenheit dringend, sie hatte Vorrang unter allen anderen. Giap, der als Stratege und Sieger von Diên Biên Phu schon im Kampf gegen die französische Kolonialmacht althergebrachte Regeln der Kriegskunst kannte, nach denen mithilfe von Bienenvölkern unter Umständen Gegner in die Flucht geschlagen werden konnten, hatte im Sommer 1967 bereits jene Befehle erteilt, die schließlich mit der ›Têt-Offensive‹ im Januar 1968 dazu führen sollten, speziell ausgebildete Stech-Immen für den Nahkampf zum Einsatz zu bringen, deren angeborene Fähigkeit, Richtung und Entfernung eines Zielobjekts durch Sonnenwinkel und zurückgelegte Flugentfernung zu bestimmen und mittels Schwänzeltänzen an andere Bienen weiterzugeben, ergänzt wurde durch die Abrichtung auf spezifische Schweißgerüche, Werte der Harn-, Milch- und Fettsäuren sowie Mineralsalze, d. h. Körpergeruchskoeffizienten, Invasorengerüche, auf die zu stürzen die Bienen eingeschworen und dressiert wurden. So hatte es im Weiler und gleichnamigen Tal Muon Thranh des Dorfes Ly Doc über dem Fluß Nam Ron zur Gründung der ersten ›Vaterländischen Tanzschule für Hautflügler‹ und bald auch dann anderer Zuchtkombinate im nördlichen Annam kommen können, unterirdischen Schwarmgärten, die Volkskrieger durch den Laos gezogen und mit Blüten- und

Schweißperlenmodellen beschickt hatten – Varianten fahren-
der, jener nun überall aus dem Boden schießender Kriegs-
schulen, die den chinesischen, dem Viêt Cong wenig gewoge-
nen Genossen schon damals umso größere Bewunderung
abzwangen, als die auf weißen Bürgerschweiß getrimmten
Bienen unwillkürlich farbige Soldaten schonten und somit
vor lebensbedrohlichen und in ihrem Fall ungerechten Er-
stickungen zu retten in der Lage waren. So ersparten reisende
Kundschafter bereits vorsorglich bei ihren ersten Ermittlungen vor Ort künftigen schwarzen Bataillonen aus Alabama,
Georgia und dem Distrikt von Columbia jeglichen Kummer;
Tänze, die sich gegen Farbige richten könnten, wurden in
der Vaterländischen Schule nie einstudiert. Das »kalkulierte
Mißverständnis – du spielst Skat, ich spiele Schach«, wie Giap
es in seiner *Anleitung zum Volkskrieg* formulierte – hatte es
lediglich »leichter machen« sollen, »vermittels Gift Schuldige von Unschuldigen zu unterscheiden, Todesfälle des
Gegners dabei womöglich auszuschließen, und dessen Hand-
langern, mehr noch als ihm selbst, auf Lebenszeit ein ordent-
liches Leiden in die Körper zu brennen«, vor allem aber den
revolutionären Befreiungsbewegungen der Welt die ›Drei-
fache Lehre von der Klugheit der Schwäche‹ näherzubringen.
Ich selbst erreichte auf dem Landweg damals, über Kunming,
im südchinesischen Yünnan, und, über die Nationalstraße 12,
Anh Tha-Hanoi und den Roten Fluß, Ly Doc in Begleitung
›Osvaldos‹ sowie, ungewollt, eines aus Frankfurt an der Oder
stammenden Veterinärmediziners und Oberleutnants der
Nationalen Volksarmee, und alsdann, in Hanoi, das Gästehaus demokratischer Ärzte, in der Absicht, General Giap die
Bitte italienischer Genossen vorzutragen, zur Fahndung aus-
geschriebenen oder bereits in Gefängnissen festgehaltenen
deutschen Kämpfern, die sich um die Sache des Volkskriegs
verdient gemacht hatten, die viêtnamesische Staatsbürgerschaft zuzuerkennen und sie, soweit sie noch in Freiheit

waren, mit Diplomaten- bzw. Schutzpässen auszustatten – eine Angelegenheit, die tatsächlich dann, auf Stützpunkt 13, dem Stabsquartier der 23. Division, am 18. August 1970 Gegenstand einer Beschlußfassung durch den Generalstab der Volksarmee werden, doch ohne Folgen bleiben sollte. Der noch immer gültige Beschluß hebt insbesondere den Angriff auf die amerikanische Kriegszentrale im IG-Farbenhaus in Frankfurt am Main hervor, den die Heerführer als ein von den deutschen Genossen unternommenen und den italienischen Genossen C.*, F.*, R.*, N.*, M.* und einigen Ortsverbänden der KPI logistisch unterstützten Akt des aktiven Einverständnisses im Sinne der Internationalen Brigaden ansahen wie auch deren historische Teilnahme am anti-imperialistischen Volkskrieg als zwingende Folgerung aus der Erkenntnis, daß der Volkskrieg in die Phase eines dritten, im Unterbewußtsein der Völker schon ausgebrochenen, doch unter Zuhilfenahme von Werbetechniken zynisch als Polizeioperation getarnten Weltkriegs übergegangen war, wobei die europäischen Kämpfer mit ihren Aktionen in eben diesen auch für sie bedrohlichen Krieg solidarisch eingegriffen hatten und also des Schutzes jener bedurften, als deren Verbündete sie handeln. Den berühmtesten unter den Kriegerinnen und ihren noch in ›Objekt 44‹ zurückgehaltenen Schwärmen begegnetest du erst kurz vor deiner Rückreise nach Hanoi in den Muong Thanh umgebenden Kaffeeplantagen oder auch auf Straßen um Ly Doc während einer der nächtlichen Ausfahrten riesiger, unbeleuchteter, mit Stöcken beladener, vorsorglich in großen Abständen aufeinander folgender Lastwagenkolonnen, deren Völker mit einer Durchschnittsstärke von fünfunddreißigtausend Tieren für den Dschungel und jene unterirdische Pfade bestimmt sind, die in den Laos führen und, von dort, in den Süden, wo sie auf ihren Einsatz wartend, von revolutionären Studenten der Biochemie in ihrem bislang unbekannten Handwerk weitergebildet werden.

Die neunte Geschichte ist die längste von allen. Sie hört nicht auf. Wer von ihr gehört hat, leugnet, von ihr gehört zu haben. Ihre Existenz wird geleugnet! Daß sie zumindest einen Anfang gehabt haben könnte – geleugnet! Schon deshalb hört die Geschichte einfach nicht auf. Besser noch: Sie ist überhaupt keine Geschichte, war nie, wird nie sein. Was man sich, trotzdem, so sagt, ins Ohr und überhaupt, unter dem Deckmantel, fängt jeweils mit dem Wort ›Wotkinsk‹ an. Ein Zauberwort! Wort? In Wirklichkeit bedeutet das sogenannte Wort rein gar nichts: Ein Städtename! Nur ein Städtename, nichts weiter! Wotkinsk! Eine Zauberstadt! Mitten im Ural! Die Zauberstadt schlechthin! Das Idol unserer Rüstungsindustrie. Schon zur Zarenzeit war unsere Stadt im Ural die Hauptstadt der russischen Kriegsindustrie, auch schon, als Tschaikowsky dort zur Welt kam, und um wieviel mehr noch ist sie es nach der Oktoberrevolution und nach dem Zweiten Weltkrieg, als Sacharow in ihren unterirdischen Fabriken Atombomben entwickelt und Raketen! Stalin, der, heißt es, 1941 auf den deutschen Angriff nicht vorbereitet gewesen sein soll, hatte ungeachtet dessen bereits eine Vorsorge ganz besonderer Art getroffen, die es Feinden künftig schwer machen sollte, Rußland ins Herz zu treffen und in einem Blitzkrieg niederzuzwingen: Er baute die Stadt doppelt. 1937 bereits ließ er in der Udmurtischen Republik die Stadt ein zweites Mal errichten, 52 Kilometer entfernt von der ersten, eigentlichen, eine neue Stadt mit einem zweiten Schwanensee, der sich durch nichts vom ersten unterscheidet, und Tschaikowskys Geburtshaus, seinem Klavier, seinem Bett, seinen Noten, dem Original von Eugen Onegin, den Bildern der Kinderfrau, den lebendigen, wundersam erlernten Erinnerungen uralter Zeitzeugen, die das Regionalkomitee der Partei für ihre neue Aufgabe als Fremdenführer nicht weniger geschult hatte als, vorsorglich, die Fremden selbst. Die Bevölkerung von Wotkinsk II, der alten Stadt, die niemand mehr auf einer Karte fand, gab es insofern nur tatsächlich; theoretisch gab es sie nicht. Einwohner, die als Arbeiter der Elektroindustrie angeheuert und, dann, überrascht, in die Stadt eingemauert worden waren, besaßen nun weder Papiere noch das Recht, Anverwandte wiederzusehen, oder gar Wotkinsk, die Einzige, zu verlassen: Es gab die Einzige nicht mehr. Tschaikowskys Enkel, Mathematiker in Toronto und Adept des kanadischen Ablegers einer russischen Adventistensekte, verschwindet inmitten von ihnen, auf der Suche nach Schwanensee und Großvaterspuren, 1977 – ahnungslos und versehentlich – im Nichts, und ich frage dich, sagt Luszek, ich frage dich: War das möglich? War es? War es nicht? Wird es möglich sein? Kann irgend wer aus einem Ort, den es nicht gibt, noch verschwinden? Ist ein Irgendwer nicht allein deshalb schon ein Niemand, weil er nicht in Nirgends gewesen sein kann? Nicht gekonnt haben konnte? Was nicht sein kann? Oder konnte er doch? Gewesen sein? Irgendeiner gewesen? Irgendwo?

Die zehnte ist ein Telegramm: Petrograder Sowjet an Regionalsowjet Nord-Ural, Perm – Lenin an Beloborodow: *Erwägen Verkauf Zarenfamilie an Deutsches Reich. Nicht handeln!* Die Anweisung ist unmißverständlich: Lenin erwägt. Die Liquidierung der Zarenfamilie ist aufgeschoben. Die Nachricht verwirrt die entschlossenen Schlächter: Was tun? Awdeew, Hauskommandant in der Villa Ipatiew in Jekaterinburg, in welcher die Zarenfamilie im ersten Winterjahr der Gefangenschaft 1918 haust, wird beauftragt, eine zweite Zarenfamilie zusammenzustellen. *Wenn nicht diese, dann eine andere!* In Perm reißt man sich um den Mord! Ein Zug Rotarmisten schwärmt aus – bis nach Tobolsk: Höhere Töchter, Brautjungfern, Großherzoginnen-Doppelgängerinnen jagen auf Telegui-Schlitten über Land – in das schon vom tschechoslowakischen Freikorps der Weißen bedrohte Jekaterinburg, in ihr Gefängnis. Wo steht es? Wer weiß? In der Villa Ipatiew? Unmöglich. Noch lebt dort die Zarenfamilie. Am 17. März schon kauft Gardist Schweißer Letemin, einer der dreizehn »Letten«, zukünftiger Zarenmörder, in der *Pharmacie française* Säure und Chlorkalk – 99 Liter, 10 Sack. Am 18. liefert das Kommando einen falschen Zar, eine falsche Kaiserin, einen Thronfolger, Zofen, den Küchenjungen Charitonow, den Leibarzt Botkin. Irgendwann zwischen 19. und 30. März müssen die elf Doppelgänger und -gängerinnen sich einmal mindestens im Keller der Villa Ipatiew aufgehalten haben: dort werden sie – nicht die Zarenfamilie jedenfalls – geschoren: Als die weiße Wrangel-Armee am 30. die Bolschewiki aus Jekaterinburg vertreibt, findet der Tschechoslowaken-Stabsarzt im Villakeller elfmal Haupthaar über den Kellerboden verstreut – achtmal Frauenlocken, dreimal Bart. Der Prinz fehlt. Die elf wenig später an einer Kultstätte eingesessener Heiden des Domänenwalds von Kopiatki im *hl. Brunnen der vier Gebrüder* aufgefundenen Leichname der Zarenfamilie tragen allesamt, unangerührt, soweit die Säure sie nicht zerfressen hat, ihre Haartracht. Auch hier, unter Tage, bei den Toten im Sumpfwasser, fehlen Alexis der Bluter und eine Großherzogin, dem Anscheine nach Maria. Keine Doppelgänger weit und breit! Wurden die Doppelgänger erschossen? Elf? Dreizehn? Wer rettete wen? Wer zweimal? Wer das Original? Wer den Prinzen? Wer Maria? Wer wen sonst? Wer niemanden? Wen die dänische Krone? Wer machte Beloborodow zum Botschafter der Oktoberrevolution in Belgien? Was hatte Belgien mit den Doppelgängern zu schaffen? Was Lenin mit dem Brunnen der vier Gebrüder von Kopatki zu tun? Oh! Luszek, lieber! Mein Freund! Was tun?« »Ist mir auch schon mal passiert«, sagte der, »als Woiwode passiert in Stettin, da hatte ich einen Doppelgänger eingesperrt, und, weil der aus Versehen gestorben war, als das reuige Original sich zurückmeldete, mußte ich das Original laufen lassen. Was tun?« Oh, ihr Töchter, ihr höheren, ihr lieben, ihr Nichtgestorbenen! Wo seid ihr bloß hin!

Jawohl, der Herr Unterleutnant Dr. Harry Sturm aus Tartu, Dorpat, Estland, erschoß am dritten elften 1943 den Herrn Hofrat Dr. Harry Sturm aus Eisenstadt, Źeljezno, Burgenland, Österreich, als er anläßlich einer Stichprobenkontrolle in der Wäscherei Szulc feststellte, daß der Hofrat Dr. Harry Sturm aus Eisenstadt, Źeljezno, Burgenland, Österreich, den Namen Hofrat Dr. Harry Sturm führte, das war am dritten elften 1943, jawohl, am dritten elften 43, jawohl.

> E. Dreher, *Nachruf auf Harry Sturm* in *Unsere Mitarbeiter*,
> Evangelische Akademie, Wiesbaden 1967

Anläßlich der Allunions-Erstaufführung des Spielfilms *Das ewige Leben des Y. K. M.* von Otar Abashvili am 9. September 1989 im Moskauer ›Sputnik‹ verfaßte Arkadi Waksberg in der *Krassnaïa Swesda* eine *der Hausfrau Else Kurz* gewidmete Filmkritik unter dem seltsamen Titel *Vorworte zu Walter Benjamin, Von den Ursprüngen des Wahnsinns.* Der Film war 1972 von einem *Stalkino* genannten Kollektiv im Stahlwerk Selenogradsk, früher Crantz, an der Bernsteinküste produziert und seitdem unter Verschluß gehalten worden. Der Umstand, daß Otar Abashvili zwischen 1971 und 1972 einen Spielfilm produziert und überdies hierbei Regie geführt haben soll, wirft mancherlei Fragen auf: 1971 war Otar Abashvili bereits seit achtzehn Jahren tot; er war 1953 in Tiflis, in der georgischen SSR, wegen Verbrechens gegen das sozialistische Eigentum in 67 Fällen zum Tode verurteilt und am 1. Juni 1953 im Gerichtsgefängnis Batumi hingerichtet worden. Wie also konnte ein Hingerichteter 18 Jahre nach seinem Tod einen Spielfilm gedreht haben? Die Antwort ist einfach: Er konnte nicht. Den Film mußte ein anderer gedreht haben. Diejenigen, die sich mit einer solchen einfachen Antwort nicht zufriedengeben wollten, gaben zu bedenken, daß ein graphologisches Gutachten zweifelsfrei den Nachweis erbracht hatte, daß Abashvili gleichfalls der Autor des Drehbuchs von *Das ewige Leben des Y. K. M.* gewesen war; was immer noch nicht bedeutete, daß er es schon vor seinem Tod hätte verfaßt haben können. Nun aber hat er es nicht vor seinem Tod verfaßt, er hat es Ende der sechziger Jahre verfaßt, wie die Datierung im Buch und die Papierbestimmung des graphologischen

Gutachtens auswiesen. Noch einmal: Wie also konnte ein Toter fünfzehn Jahre nach seinem Tod ein Drehbuch verfaßt haben? Auch jetzt ist die Antwort einfach: Er war nicht tot; es mußte ein anderer an seiner Statt gestorben sein. Mußte? Nun, Abashvili konnte schwerlich ein auf 1968 datiertes Drehbuch verfaßt haben, das er zudem während der Dreharbeiten, eben zwischen 1971 und 1972, mit nachweislich aus seiner Feder stammenden handschriftlichen Notizen versah, wie dies der Fall war. Was aber läßt sich nun aus dieser Schlußfolgerung ableiten? Nichts zunächst, das diesen Fall, der ein Kriminalfall zu werden droht, in der Kriminalfällen eigenen Logik aufklären helfen könnte. Zuhilfe kommt lediglich der Umstand, daß der Autor des Drehbuchs ein Pseudonym angibt und der Hauptdarsteller von *Das ewige Leben des Y. K. M.* den gleichen Namen trägt wie der Autor, nämlich Y. K. M. – Yaakow Karlowitsch Morgenštern. Versucht man, dem Pseudonym auf die Spur zu kommen, indem man es mit literarischen Vorbildern vergleicht oder Romanfiguren, auf die es eine Anspielung hätte sein können, gerät man zunehmend in Verlegenheit: Es gibt keine. Einen erster Hinweis auf den möglichen Ursprung des Namens Y. K. M. oder *Yaakow Karlowitsch Morgenštern* findet man erst – zufällig – in alten Prozeßakten des Obersten Appellationsgerichts, vor welchem die Sache ›Georgische Sozialistische Sowjetrepublik gegen Abashvili Otar u. a.‹ in Berufung verhandelt wurde, wobei »u. a« für ursprünglich sieben Angeklagte steht, von denen drei in erster Instanz zum Tode und zwei zu einer Freiheitsstrafe von zwanzig Jahren verurteilt worden waren und zwei freigesprochen – Todesurteile, Freiheitsstrafen und Freisprüche, die das Oberste Appellationsgericht in letzter Instanz bestätigte. Nun, einer der Freigesprochenen ist eben jener ledige Filmvorführer *Yaakow Karlowitsch Morgenštern*, der im Film die Rolle des in *Das ewige Leben des Y. K. M.* beschriebenen Filmvorführers *Yaakow Karlowitsch Morgenštern* spielt. Im Film begibt sich der Y. K. Morgenštern mit einem Wanderkino auf die Reise durch die Union von West nach Ost, von der Ostsee an den Pazifik, in der Absicht, dort den am Chinesischen Meer amtierenden Untersuchungsrichter und ehemaligen Generalstaatsanwalt am Appellationsgericht Tiflis, Suladse, umzubringen. Er bringt den Untersuchungsrichter und ehemaligen Generalstaatsanwalt erstens im Film um; er bringt ihn zweitens in Wirklichkeit um – drei Jahre, nachdem er den Film über jenen undankbaren Yaakow Karlowitsch Morgenštern gedreht hat, der seinen einstigen Retter und Generalstaatsanwalt umbringt. Wer dieser Geschichte nachgeht, wird mühelos feststellen, daß sich das Ereignis tatsächlich so zugetragen hat, wie es im Film beschrieben wird; daß der Regisseur des Films, angeblich der freigesprochene *Yaakow Karlowitsch Morgenštern*, im Anschluß an seine Tat, »von den Sicherheitsbehörden rechtzeitig gestellt, erschossen wurde«. Nun ist aber der 1953 im Prozeß ›gegen Abashvili Otar u. a.‹ freigesprochene Morgenštern seit seinem Freispruch verschollen, genauer, seit seiner, auch nach dem Freispruch noch andauernden Haft in der nämlichen Strafanstalt Batumi, in der auch Abashvili festgehalten worden war, bevor dieser, wie es heißt, hingerichtet wurde. Einen ersten Hinweis auf zwei weitere Rätsel findet man alsdann in den Akten des von der Witwe des einstigen Generalstaatsanwalts S. S. Suladse wegen einer ihr abgesprochenen Rente gegen den Rayonsowjet Tiflis angestrengten Verfahrens. Die 3. Zivilkammer, die den Fall verhandelt und den Antrag schließlich abschlägig bescheidet, erwähnt nämlich in ihrer Urteilsbegründung tatsächlich einen »Ergoyan Joseph Šarlowitsch gen. *Abashvili Otar Issaiewitsch* [Hervorhebung durch mich] … Sohn des Kürschners Issaïa Archilowitsch E. und der Chantal Filipowna … nach Repatriierung in die armenische SSR … 1929 neunjährig Vollwaise … 1931 adoptiert von A. und F. Abashvili, Batumi, Autonome Republik der Adjaren, georgische SSR …

1944 summa cum laude in Astrophysik … 1945 Banner der Arbeit … Direktorium Sternwarte Abastumani … kooptiert in den Obersten Sowjet der Republik … dort 12/1950 Vorsitz der Kontrollkommission bis 08/1952 … 1952 Verhaftung … 1953 Anklage … Todesurteil wegen Verbrechens gegen das sozialistische Eigentum … der Vollstreckung durch kriminelles Einwirken des Ehegatten der Klägerin entzogen [Substituierung einer lebenden Person durch eine andere …]«; woraus sich schließen läßt, zwingend schließen, daß aufgrund einer Direktive des S.S. Suladse der zum Tode verurteilte Abashvili gegen den freigesprochenen Morgenštern ausgetauscht wurde; daß der freigesprochene Morgenštern an seiner Statt am 1. Juni 1953 in Barumi hingerichtet wurde; daß der solchermaßen auf freien Fuß gesetzte Abashvili augenblicklich die Identität des hingerichteten Morgenštern angenommen hatte wie auch in die gesellschaftliche Rolle des Toten geschlüpft war und, zunächst, Filmvorführer, dann Filmbeauftragter des Stahlwerks Selenogradsk, dann Autor, Produzent und Regisseur des Spielfilms *Das ewige Leben des Y[aakow] K[arlowitsch] M[orgenštern]* war; also nicht Morgenštern, Yaakow Karlowitsch, vielmehr Abashvili Otar Issaïewitsch im Anschluß an seine Tat »von den Sicherheitsbehörden gestellt und erschossen« wurde. Was also, fragt man sich, kann einen Geretten dazu bewegt haben, seinen Retter zu töten? Hatte der Mann, der nicht hingerichtet wurde, einen Film über den Mann gemacht, der hingerichtet wurde? Allem Augenschein nach hatte der Mann, der vor der Hinrichtung durch den Generalstaatsanwalt gerettet worden war, so getan, als wäre er der Mann, der hingerichtet worden war. Warum macht ein Geretteter einen Film darüber, wie er erstens seinen Retter umbringt, zweitens dann sich? Warum macht ein Mann einen Film über seinen Tod? Warum stirbt er wie im Film? Ist sein Leben nur ein Film? Hatte er außer seinem Leben im Film noch irgendein Leben? Nein? Weißt du das?

Luszek, lieber! Die Kurzgeschichte, die dreizehnte, letzte, die ich dir erzählen will, ist eigentlich gar keine Geschichte, sie ist eine Einleitung – die *Einleitung zur Geschichte vom armen Genossen Anatol Joganowitsch Kuntse*, oder, genauer gesagt, zu einer Vorgeschichte dieser Geschichte, nämlich der *Vorgeschichte von meinem Lehrmeister Wladlen Michaïlowitsch Tschesnakow*. Du siehst, wie kompliziert gleich der Einstieg in die Geschichte vom armen Genossen ist. Nun, wozu also eine Einleitung? Warum nicht geradeheraus erzählen? Die Geschichte, die ich erzählen will, beginnt mit meiner Entführung und endet mit dem Tod eines Propheten. Das eine hat mit dem anderen nichts zu tun, meine Entführung nichts mit dem Propheten. Dennoch ist es ein und dieselbe Geschichte. Das ist nicht normal. Normal wäre, daß das Ende einer Geschichte irgendwie schon im Anfang versteckt läge; daß es uns auf irgendeine Weise angekündigt würde. Nichts dergleichen hier. Nimm einen gewöhnlichen Kriminalfall. Wenn von Mord die Rede ist, erwartet der Zuhörer, daß nach einem Mörder gesucht wird; die Geschichte fängt mit einem Mord an und alles läuft darauf hinaus, daß am Ende der Mörder gefunden wird, oder auch nicht gefunden wird. In einer sowjetischen Geschichte ist das nicht so. Da sucht niemand nach dem Mörder; man sucht nach dem Grund, oder man sucht nach nichts; man sucht gar nicht erst. Es hat keinen Sinn mehr, zu suchen, weil das, was hätte gesucht werden sollen, schon gefunden worden wäre, bevor man überhaupt zu suchen begann; es hat keinen Sinn, irgend etwas zu beginnen, sagst du dir, Sinn hat nur, damit aufzuhören. Womit? Egal womit. So ist das. Einleitungen sollen zu etwas führen, sie sollen dich in etwas einführen, das dir unbekannt ist, wie du weißt, und dich damit bekannt machen; sie leiten ihre Existenzberechtigung aus dem Umstand ab, daß du den Gegenstand, mit dem man dich bekannt machen will, nicht kennst, oder nur ungefähr, oder nicht weißt, oder nicht wissen willst, worum es geht, womit du es zu tun hast und mit wem; was es mit dieser Geschichte auf sich hat; kurz, man sucht, dir Überraschungen zu ersparen und dich frühzeitig wissen zu lassen, worauf all das hinauslaufen soll, was man dir erzählen will, und deshalb sage ich dir: Die Geschichte vom armen Genossen Anatol Joganowitsch Kuntse läuft auf etwas hinaus, auf das du nicht vorbereitet sein kannst. Darum die Einleitung. Worauf also läuft die Geschichte vom armen Genossen hinaus, die im August 1959 in Armenien beginnt und im März 1994 am Kaspischen Meer endet? Sie läuft auf einen Krieg hinaus. Der Katholikos von Etchmiadsin, der höchste Würdenträger der armenischen Kirche, sagt: Nein, sie läuft auf Gott hinaus, auf den Frieden. Der Imam der aserbaidschanischen Heeresgruppe im Bergkarabach sagt in etwa dasselbe, er sagt es nur anders. Sie berufen sich beide dabei auf die aramäische Quelle des Buches *Iyob* im Alten Testament, und der Imam überdies darauf, daß Iyob im Koran zu den Propheten gezählt wird. Das armenische Freikorps, sagen beide einstimmig, bricht im April 1992 in Aserbaidschan ein und drängt in die autonome, von Armeniern bewohnte Provinz Bergkarabach. Die Invasion stockt in der Latschin-Schlucht. Als Aserbaidschaner und Armenier 1993 in Grabenkämpfen verbluten, ergreift ein Unbekannter das Wort, ein Unbekannter, der, hoch über der Schlucht, in 3000 Meter Höhe, im Mets-Kirss-Massiv verschanzt, donnernd die gegnerischen Lager um den Schlaf bringt und in den vier Sprachen des Kaukasus über einen Lautsprecher zum Aufstand gegen ihre Offiziere aufruft und seine Rede auf eben jene Kraft der

Flüche stützt, mit denen Iyob seine Anwürfe gegen den Gott des *Alten Testaments* geschleudert hatte. Im Mai dann stirbt der Schlachtenlärm im Schlamm der Stellungen erstmals ab. Wie vom Echo der Gewalten doppelt ins Elend mitgerissen, war dem von Iyobs Verwünschungen, Schlaflosigkeit und Hunger ermatteten Soldatenhaufen das Kriegführen verleidet worden. Fahnenflucht und Meuterei veranlassen die Feinde im Juni schließlich, eine siebentägige Waffenruhe auszuhandeln wie auch die Aufstellung einer gemeinsamen Kampfgruppe, die den Unbekannten im Gebirge zum Schweigen bringen soll. Am fünften Tag wird Iyob am Gyamsh-Gletscher gestellt, am sechsten in einem Hubschrauber ins Tal geschafft, am siebenten durch ein ad hoc bestelltes Kriegsgericht der alliierten Gegner zum Tode verurteilt, am achten erschossen. Eine Stunde später schon macht die Stimme den Latschin-Korridor erneut erzittern. Lange erst, nachdem sie, im Hochsommer dann, verstummt war, stirbt, unerkannt, Anatoli Joganowitsch Kuntse, Iyob, ehemals Oberst des militärischen Abschirmdienstes der Sowjetarmee, in einem Flüchtlingslager am Kaspischen Meer. Der Krieg, obschon es ihn noch gibt, wird schon nicht mehr geführt. Die feindlichen Heere stehen sich nur noch gegenüber.

Iyob

I.

Und jetzt erst einmal die Vorgeschichte von meinem Lehrmeister Wladlen Michaïlowitsch Tschesnakow zur Geschichte vom armen Genossen Anatol Joganowitsch Kuntse

Hier zuerst einmal jetzt, um endlich *Die Geschichte vom armen Genossen Anatol Joganowitsch Kuntse* erzählen zu können und einigermaßen auf die daraus zu ziehenden Schlüsse vorbereitet zu sein, *Die Vorgeschichte von meinem Lehrmeister Wladlen Michaïlowitsch Tschesnakow,* der am 8. Mai 1957 meine Welt aus den Angeln hob, eine lange Geschichte, die eigentlich so lange erzählt werden müßte, wie sie dauert, einunddreißig Jahre und vier Monate und zwei Tage lang bis in die Nacht, in der vor kurzem mein Lehrmeister Wladlen Michaïlowitsch Tschesnakow an Leberkrebs starb – Ljubow Rudnewa-Teitelbaum sagt: – »wie ein räudiger Hund«. Sie, meine Freundin, muß es wissen – sie, Ljubow Rudnewa-Teitelbaum, Theaterkritikerin und, einst, Admiral-Kommissarin der Roten Flotte, sie, die Befreierin von Belgrad, die tollkühne Kommandantin des ersten sowjetischen Kanonenboots auf der serbischen Donau! Armer Wladlen! Um wieviel länger wird deine Geschichte nun dauern! So dachte ich, als meine Freundin den räudigen Hund in die Erinnerung zurückrief. Der ganz einfache Grund, dachte ich, und so erklärte ich es auch Luszek, als ich ihm die Geschichte erzählte, der ganz einfache Grund für die Länge der Geschichte vom räudigen Hund, meinem Lehrmeister, der am 8. Mai 1957 meine Welt aus den Angeln hob, liegt ganz einfach in dem Umstand, daß alle Geschichten, die der Geschichte von meinem Lehrmeister Wladlen Michaïlowitsch folgten, ihren Ursprung in der Geschichte meines Lehrmeisters hatten; ohne diese Geschichte gäbe es die anderen Geschichten nicht, so viel ist gewiß, und selbst wenn es sie gäbe, ich hätte nie von ihnen erfahren; ich hätte nicht einmal bemerkt, daß es sie gab und daß sie nur darauf warteten, bemerkt und erzählt zu werden, wofür es wiederum einen anderen guten Grund gibt: die Geschichten sind jeweils in eine *andere* Geschichte gehüllt, sie sind verschleiert, sie liegen in einem Versteck, sie liegen in ihrem Versteck auf der Lauer in Erwartung eines günstigen Augenblicks, in dem sie erzählt werden können. Nicht jede Geschichte kann, wann sie will. Es bedurfte insofern umso mehr des meisterlichen Blickes meines Lehrers Wladlen Michaïlowitsch, ihnen auf die Spur zu kommen, als die Geschichten nicht nur jeweils in einer anderen Geschichte versteckt waren, sondern auch in dieser anderen jeweils wiederum sich eine andere andere verbarg, eine dritte und vierte und fünfte andere, eine jeweils in der anderen, nächstgrößeren, geräumigeren, so, wie die russische Holzpuppe Matrioschka, die, schraubt man sie auf, eine andere Holzpuppe Matrioschka in sich verbirgt und in dieser wiederum eine weitere undsoweiter bis in eine unendlich kleine vorletzte in einer unendlich noch unendlich kleineren letzten wie in einer Geschichte ohne Ende, wobei jeder weiß, daß es keine Steigerung von unendlich geben kann und auch keine Steigerung von Ende und Anfang, und daß all diese Geschichten, die unendlich langen und die unendlich kurzen und auch die gewöhnlichen, immer nur Ausgeburten einer anderen waren und immer nur auf die eine hinauslaufen würden, nämlich *Die Geschichte vom armen Genossen Anatol Joganowitsch Kuntse*, dem berühmten Unbekannten, der in der nach ihm benannten Geschichte die Rolle Gottes spielt, die Rolle des Anklägers und Trösters seines ärmsten Sohnes Iyob, hier des Anklägers und Trösters der aserbaidschanischen und armenischen Heere, eine Geschichte, die gewissermaßen aus der vorangegangenen Kurzgeschichte hervorgegangen sein könnte, aber nicht ist, aus der Dreizehnten, aber nicht ist, weil, wie immer, sobald eine Geschichte in einer anderen verborgen ist, zur Hälfte in ihr und zur anderen Hälfte in einer anderen, es entsprechend schwerer wird, sie aus irgend etwas hervorgehen zu lassen und, vor allem, solcherlei Geschichten auseinanderzuhalten oder sie gar zu erzählen, besonders, wenn eine Geschichte ausgerechnet immer dann erzählt zu werden beginnt, wenn gerade eine andere angefangen hat, in diesem Fall die Geschichte mit dem Satz *Ein armenisches Freikorps bricht im März 1992 in Aserbaidschan ein und drängt in die autonome armenische Provinz Bergkarabach.* Ich spielte deshalb, noch während ich Luszek erzählte, mit dem Gedanken, daß es ebensogut Geschichten ohne Anfang oder ohne Ende geben könne und daß die Vorgeschichte von meinem Lehrmeister Wladlen Michaïlowitsch in Wirklichkeit für mich zu einem anderen Zeitpunkt begonnen haben mußte, eine Geschichte zu werden, als sie für meinen Lehrmeister Wladlen Mihaïlowitsch längst begonnen hatte, es schon zu sein. Für meinen Lehrmeister Wladlen Michaïlowitsch begann die Geschichte nämlich am 8. Mai 1957 um 12 h 30 im Speisesaal des Hotels *Ararat* in Yerevan, der Hauptstadt der Armenischen Sozialistischen Sowjetrepublik – für mich jedoch schon drei Tage früher, in der Kabine einer Ilyuschin-13 der Aeroflot im Anflug auf die Republikhauptstadt, wobei mir klar ist, sagte ich Luszek, daß auch diese Geschichten, meine Geschichte und die meines Lehrmeisters, nur dann verständlich werden, wenn man jenen Abschnitt der Weltgeschichte kennt, in dem sich solche Geschichten zwar ereigneten, sich aus gutem Grund aber gegen ihre Verständlichkeit sträuben wie auch gegen den ihnen zugewiesenen Platz in der Welt. Zugegeben: dieser Abschnitt der Weltgeschichte ist bis auf den heutigen Tag ein Paradoxon, eine nichtexistente Tatsache nämlich. Es betrifft die Ermordung einer Million Armenier durch die Jungtürken in der Wüste des Osmanischen Reiches der Jahre des Übergangs zur Republik zwischen 1915 und 1917 und wird, sobald man von ihr spricht, schlichtweg geleugnet, dortzulande wenigstens. Es wird dort nicht nur die Tatsache geleugnet, die Ermordung und deren Erwähnung gesetzlich unter Strafe gestellt; geleugnet wird auch die Existenz der Armenier selbst, ihr damaliges Vorhandensein. Jedenfalls, sagte ich Luszek, jedenfalls retteten sich einige 50.000 in die Vereinigten Staaten, aus denen bald wieder Hunderttausende wurden, einige 60.000 nach Frankreich, die zuletzt, 1994, schon auf einige 450.000 angewachsen waren, und einige 70.000 nach Ägypten, wo sich gleichfallls mit der Zeit ihre Zahl vervielfachte, und lebten über die halbe Welt verstreut bis zu jenem denkwürdigen Tag zwei Jahre nach Ende des II. Weltkrieges, an welchem der Außenminister der Union der sozialistischen Sowjetrepubliken Wjatscheslaw Michailowitsch Skrjabin genannt W. M. Molotow die über die halbe Welt verstreuten Armenier mit der Bitte überraschte, in den sowjetischen Teil ihres Heimatlandes zurückzukehren, in die Armenische Sozialistische Sowjetrepublik, und ihnen die Erfüllung des armenischen Traums ankündigte, die unmittelbar bevorstehende Rückerstattung des von den Jungtürken annektierten Siedlungsgebietes um den See Van. Wieviele Armenier in Wahrheit damals dem Ruf folgten und heimkehrten, weiß ich nicht, aber ich weiß, sagte ich Luszek, daß es 1947 allein 30.000 aus Frankreich waren, die sich in Toulon einschifften, und zweitausend, die, an einem unbestimmten Tag im Herbst, an der georgischen Küste, von der Schwarzmeerflotte empfangen, vor Anker gingen und drei Tage und drei Nächte dort lagen, bevor die Ankömmlinge in Gruppen aufgeteilt und alsdann zunächst die Kinder von ihren Eltern getrennt wurden, und danach die Eltern von ihren Schiffen, das heißt, 1400 Eltern von ihren 600 Kindern, wobei die Eltern am vierten Tag von niemandem mehr und auch später von ihren Kindern nie wiedergesehen wurden, auch nicht die der ›Gebrüder ter-Megreditschian‹ des Aram, damals 12, und des Levon, damals 8 Jahre alt. Jetzt wirst du mich besser verstehen. Für meinen Lehrmeister Wladlen Michaïlowitsch, sagte ich, habe die Geschichte erst am 8. Mai 1957 um 12 h 30 im Speisesaal des Hotels *Ararat* in Yerevan begonnen, der Hauptstadt der Armenischen Sozialistischen Sowjetrepublik, für mich jedoch bereits drei Tage früher in der Kabine einer Ilyuschin-13 der Aeroflot, im Anflug auf die Republikhauptstadt, jedenfalls spätestens in der Ankunftshalle des Flughafens Yerevan, wo zwei Fahrer auf mich warteten, ein Fahrer der Sternwarte meines Freundes Ali Alihanian und ein Fahrer der Akademie der Wissenschaften, und ich geistesgegenwärtig genug war, dem Fahrer der Akademie den Vorzug zu geben. Ich gehe dabei zunächst ausdrücklich nur von den Wahrnehmungen meines Lehrmeisters aus, von den Wahrnehmungen des Wladlen Michaïlowitsch vom Ablauf der Ereignisse. Unser Mittagsmahl beendeten wir gegen 13 h 00; alsdann verabredeten wir für uns Mittagsruhe bis 15 h 00, woraufhin der Chauffeur der Akademie uns um 15 h 15 abholen und zur Besichtigung einer Höhenstraße in die Nähe des Sees Sevan fahren sollte, die bekanntermaßen mit dem Halb-Edelstein Onyx gepflastert ist, wobei uns aufgetragen wurde, den sowjetarmenischen See *Sevan* nicht mit dem See *Van* der armenischen Türkei zu verwechseln. Rückkehr gegen 19 h 00; so etwa lautete der Plan. Mein Lehrmeister versuchte um 15 h 00 und, weil vergebens, fünf Minuten später noch einmal, mich telefonisch in meinem Zimmer zu erreichen, fuhr, als ich mich nicht meldete, in den II. Stock hinab, suchte mein Zimmer auf, klopfte an, bat um Einlaß und rief, beunruhigt, als er ohne Antwort blieb, den Etagendienst, der das Zimmer öffnete und feststellte, daß es leer war. Dann begab er sich in die Empfangshalle in der Annahme, ich könnte ihn möglicherweise dort erwartet haben, suchte nach mir in der Cafeteria, dann noch einmal im bereits geschlossenen Speisesaal, und benachrichtigte den Empfangschef, später die Hoteldirektion, schließlich die Akademie. Dann kehrte er

gegen 15 h 45 in sein Zimmer zurück und verließ es nicht
mehr, bis spät in die Nacht nicht mehr, auch zum Abendessen
nicht, und litt, sagte er, während er über ein Verbrechen nach-
dachte, »Qualen«. Von meiner Rückkehr ins Hotel erfuhr er
durch den Nachtportier um 22 h 30. Er suchte mich unmittelbar daraufhin in meinem Zimmer auf, hielt mir die Hand,
oh, er stellte kein Fragen, er verstand mich! Wir verstanden
uns sofort. Ach, schon im voraus sei es euch zugerufen, obwohl die Geschichte noch gar nicht angefangen hat, im voraus
sollt ihr schon einen Vorgeschmack vom bitteren Ende bekommen und mich rufen gehört haben: Ach, du lieber, armer,
du aus Wladimir & Lenin zusammengesetzter, auseinder-
genommener, verratener schmächtiger Sohn der Toten, du
Totensohn, du von den großen Geopferten umschütteter, von
Familienopfern, von ausgestorbenen, ausgerotteten Familien
umzingelter, du blasser, pausbäckiger, rotköpfiger, kopfloser,
zart besaiteter, schmiegsamer, erlöster Sternstundenwaise,
du Knabe, der du mich so gut verstandest, daß du in dein
befriedetes Unglück zurücksankest, gerührt in dein Glück, in
deine Weichlichkeit! Oh! Noch kannte ich deine Leiden
nicht! Oh! Noch den Menschen nicht, mit dem ich jetzt erst
Bekanntschaft machen sollte und der bald mein Lehrmeister
werden würde, mein Spitzel, mit dem ich in der Kabine
der Ilyuschin-13 Bekanntschaft machen sollte, als er mein
Handgepäck ergriff, es mir aus der Hand nahm, es im Hand-
gepäckkasten verstaute, sorgfältig seinen Regenmantel darüber bettete, die Armstütze zwischen den Sitzplätzen hoch-
klappte, mir seinen Fensterplatz abtrat, neben mir Platz
nahm, noch bevor mein Freund, der Astronom Ali Alihanian,
gesegnet sei er, der mich an Bord der Maschine begleitet
hatte, sich von mir verabschieden konnte – dann erst, erst
dann hatte er sich vorgestellt und sogleich hatte auch ich
schon gewußt: du also, du nun, du mein Schutzengel, lieber,
mein aufmerksamer, wachhabender Begleiter in die Zukunft,

mein mir beigeordneter, mein nur auf mich abgerichteter, mein im Nahkampf mit dem wahrhaftigen Klassenfeind, dem entlarvten, mit dem eigentlichen, dem gefährlichsten geschulter, bewanderter, vielerprobter, kleiner, du grauer Mensch mit dem Mondkopf, den Apfelbacken, mit deiner unanständigen Gesundheit, deinem Verständnis für mich, du lieber, ach, du Spitzlein, Spitzlein an der Wand, der du dich am selben Abend noch offenbartest, noch tottrankest bis in den seligen Augenblick der Offenbarung, Offenlegung der zerkratzten, deiner Seele, deiner tollwütigen Ahnen, deiner Abstammung aus dem Ersatzheer der Verschwundenen, der Verwunschenen, Heer deiner Ausgeburt aus dem Söhneheer der Toten mit den toten Elternteilen im Nahkampf für die Wiedereinführung der Sühne unter den Unschuldigen, der Schuld unter den Kindeskindern, du, weinerlicher Benachteiligter, der du dich in meine Arme sinken ließest, deine Schreibwut gestandest, dein ungeliebtes Abfassen, dein formelles, dein formloses von Meldungen, Urformen der Denunziation, deine Urformen des Opfers um Mitarbeit bittend, deine Aufopferung anbietend, ihnen deine Opfer, mir meine Mitarbeit, uns weinerlich unsere Zusammenarbeit meistbietend bei meiner Opferung, deiner Feinfühligkeit folgend deines Vorgefühls wie deiner unentgeltlichen Veräußerung Unverzeihlichkeit anteilig, deiner Schweißtücher, deiner Frucht, deines Wassers, deiner Heillosen, deiner Mütter, du, der du mir Einblick in die Weltgeschichte verschafftest, du Rädchen, du meiner Geschichte, mit dir traf ich, mit dir die richtige Wahl, für dich ignorierte ich, für dich die Karosse des Instituts für Astrophysik, von dir erlernte ich dich hinters Licht führen, mit dem Unweigerlichen mich anfreunden, als Schwein im Schweinechor mitquieken, einen kleinen Verrat wagen mal, mal die Staatsmacht in Sicherheit wiegen, mal zum Beispiel mit dem größten Ekel der lebendigen Tschechoslowakei, dem Säufer Bilak, dem Gräulichen aus Mährisch-Ostrau, auf sein Wohl anstoßen und dabei Schäfchen mir ins Trockene mitbringen, wiewohl, laß mich auch dies noch dazu sagen, selbst ein Dahergelaufener, der mich wegen meiner Liebesgeschichte mit einem Spitzel anzuschwärzen auf die schlechte Idee käme, nicht umhin könnte, mich auch dann noch seiner Unverbrüchlichkeit zu versichern und nicht etwa unverblümt in den Dreck zu ziehen, wenn ich *Danke, Genosse!* rufe für das Jahrhundertgeschenk des Einblicks in die Geheimformel der Aufzucht von Schuften, mit welchem mein Lehrmeister mich belohnt hatte und, selbst sollte ihm dies nicht passen, er auf Knien erst einmal die Wohltaten des Sozialismus aufzählen müßte, bevor er zu meckern anfangen wollte, auch, wenn dann zunächst die Welt stillstünde, die Zierfische den Atem anhielten und nur noch die Kiemen sich gegen den Stillstand stemmten und wir dächten, meine Fische und ich: hier seid ihr nun, ihr geliebten Zierfische, ihr in euer Sein vertieften Tiere, ihr ohne Grund, es sei denn, ihr hättet einen, er hatte einen, mein Lehrmeister, er hatte, hört!, hört!, er hatte mir seine Bekanntschaft angetragen, er hatte sie mir aufgezwungen, er hatte mir seinen Grund aufgezwungen und nicht locker gelassen, bis ich seinen Grund verstand, mit ihm auf seinen Grund anstieß, eine Flasche der Abgründe leerte, die ihn zum Polizisten gemacht hatten, meinen lieben Wladlen, in seinem versteinerten Gewässer. Wohlgemerkt: all dies sagte ich nicht zu meinem lieben Wladlen Michaïlowitsch. Zum lieben Wladlen Michaïlowitsch sagte ich nichts. Was hätte ich auch sagen sollen? Ich war betrunken. Wladlen Michaïlowitsch weinte, als ich all dies nicht sagte, nur seine Hand hielt. Ich verriet ihm umso weniger, was geschehen war, als es lebensgefährlich gewesen wäre, nicht betrunken zu sein, lebensgefährlich für ihn, den Betrunkenen, und mich, der ich von meinem Lehrmeister erst das Trinken erlernte. Wladlen Michaïlowitsch weinte, genaugenommen: bitterlich. Soweit mein Lehrmeister. Und ich? Und was geschah mit mir?

Zwischen 13 h 00 und 22 h 30? Ich fasse mich kurz: Ich wurde entführt. Ich gehe bei der Beschreibung meiner Entführung im Folgenden allein von meinen eigenen Wahrnehmungen hinsichtlich der zeitlichen Abfolge der Ereignisse aus bis zu jenem Augenblick, mit dem die Erinnerung meines Lehrmeisters Wladlen Michaïlowitsch an seine Qualen einsetzt. Hier nun mein Bericht, so, wie ich ihn, unmittelbar nach Verlassen sowjetischen Territoriums, für das französische Ministerium des Auswärtigen aufsetzte. Hier also: Ich beendete das Mittagsmal gemeinsam mit Herrn W. M. Tschesnakow, einem Mitarbeiter der Afrika-Abteilung des Allunions-Schriftstellerverbandes, gegen 13 h 00. Alsdann verabredete ich mit ihm für uns Mittagsruhe bis 15 h 00, woraufhin der Chauffeur der Akademie uns um 15 h 00 abholen und zur Besichtigung einer Höhenstraße in die Nähe des Sees Sevan fahren würde, die mit dem Halb-Edelstein Onyx gepflastert sein sollte. Rückkehr gegen 19 h 00; so etwa lautete der Plan. Nun, ich kehrte gegen 13 h 15 in mein Zimmer zurück, legte mich kurz zur Ruhe, verließ dann das Hotel gegen 13 h 45 und ging eine Zeitung kaufen. Ich kaufte eine Zeitung Ecke Grigori-Lusavorich-Allee, wobei ich während meines Zögerns bei der Wahl der Zeitung den Zeitungsverkäufer sich aus dem Kiosk Ecke Grigori-Lusavorich-Allee lehnen und an mich wenden sah mit den Worten *Wenden Sie sich um, folgen Sie den Brüdern und steigen Sie ein.* Ich wendete mich augenblicklich um, folgte wie anbefohlen zwei jungen Männern bis zu einem Kraftfahrzeug, stieg ein, legte mich, zusammengerollt, auf den Rücksitz, nachdem mich die beiden jungen Männer über den Bürgersteig in Richtung Wagenschlag geschoben und ein dritter, am Steuer wartender junger Mann mir dies mit dem Satz *Legen Sie sich hin bitte* bedeutet hatten. Er sagte, was er sagte, auf französisch. Ich hörte am Tonfall seiner Stimme, einem Tonfall, den ich für unverwechselbar halte, daß es sich um einen Franzosen aus Marseille oder aus der Umgebung von

Marseille handelte, der sich hier an meiner Entführung beteiligte, wobei es schließlich insgesamt vier Franzosen waren, die sich an meiner Entführung beteiligten, wobei ich eine der vier Personen, ohne zu wissen, welche und welcher Stimme zugehörig, nicht von Angesicht zu sehen bekommen sollte und nur an dem rötlichen Haar wiedererkennen würde, das auf ihrem Handrücken wuchs. Vermutlich ist es eben diese Person mit dem rötlichen Haar auf dem Handrücken gewesen, die, kurz bevor das Kraftfahrzeug sich in Bewegung setzte, auf dem Rücksitz neben mir Platz genommen hatte, meinen Kopf auf den Knien hielt und seine Finger auf meiner linken Schulter auf und ab bewegte, um mich, so nehme ich an, ruhig zu halten. Der Tonfall des ersten Franzosen wie auch der drei anderen, die ebenfalls französisch sprachen und ebenfalls aus der Hafenstadt Marseille oder deren Umgebung stammen mußten, war überaus freundlich, brüderlich, nicht nur, weil wiederholt die Anrede *Bruder* verwendet wurde, sondern auch, weil die Gewalt, der ich ausgesetzt war, ihnen zuwider zu sein schien, wenn auch unvermeidlich. Als dann, kurz nachdem der Wagen erneut angehalten hatte und einer der Insassen abgesprungen war, an mich die Aufforderung erging, und dies in der liebenswürdigsten inzwischen möglich gewordenen Form, mich aufrecht hinzusetzen, da die Gefahr vorüber sei, obgleich ich nicht verstand, von welcher Gefahr die Rede sein sollte, und ich eine längere Zeit lang bereits aufrecht saß, nachdem ich verstanden hatte durch einen Blick in den Rückspiegel, daß die Person am Steuer unseres Fahrzeugs der Fahrer des Dienstwagens der Sternwarte war, Galentz, Harutune, 36, der mir bereits als Galentz, Harutune, 36, bekannte Fahrer des Astrophysikers und korrespondierenden Mitglieds der Sowjetischen Akademie der Wissenschaften Ali Alihanian, meines Freundes; fuhr Galentz, Harutune, unbeeindruckt von meiner Erinnerung an ihn, fort, auf mich einzureden und die an uns vorüberziehende Steinwüste mit

Lob zu überschütten, während meine Entführer schwiegen, während ich die beschriebene Landschaft widerspruchslos an mir vorüberziehen ließ, wobei mir auffiel, daß wir uns ostwärts, im rechten Winkel zur türkischen Staatsgrenze, auf das Arax-Tal hin und durch Tuffgestein den Gipfeln des Bergs Ararat entgegenbewegten, als meine Entführer begannen, sich persönlich vorzustellen, zunächst, als erster, der vor mir, neben dem Fahrer sitzende französische Mathematiker Aram ter-Megreditschian, 24, aus Bouilladisse (Bouches-du-Rhône) gebürtig, Assistent an der Naturwissenschaftlichen Fakultät Yerevan, dann, rechts von mir, dort, wo zunächst die Person gesessen hatte, die unterwegs abgesprungen war, der französische Kunsttischler Seyran, ehemals Rodolphe, Davitian, 19, aus Toulon (Bouches-du-Rhône) gebürtig, Handwerker der Kolchose Talin, und beide, so berichteten sie mir, »hier« waren »im elften Jahr« ihrer »Gefangenschaft«, eine Ausdrucksweise, auf die ter-Megreditschian wie auch Davitian im Laufe der Fahrt mehrfach zurückkamen, um ihrem Kummer Luft zu machen (auch dies sind ihre Worte), wonach sie mich auf die Tatsache vorzubereiten mühten, daß mir eine Reihe von Geburtsscheinen vorgelegt und eine Reihe von Personen vorgestellt werden würden, die im Dorf Arax lebten, wo mir eine Nachricht übergeben werden solle, die ich, als Botschafter meiner Landsleute, den Auftrag hätte, an General de Gaulle weiterzureichen. Der erfolglose Versuch, die Herren ter-Megreditschian und Davitian von ihrem Irrtum meine Staatsbürgerschaft betreffend zu überzeugen, änderte nichts an ihrer Entschlossenheit, mich als ersten Franzosen zu begrüßen, dem sie seit dem Besuch des französischen Ministerpräsidenten Edgar Faure 1955 in Yerevan hätten begegnen dürfen, einem Staatsbesuch, bei welchem zweie ihrer Brüder dem Präsidenten Faure einen Brief zuzustecken versucht hatten, von denen sie nun annehmen mußten, daß sie nicht mehr am Leben wären, da sie seinerzeit auf dem Flugplatz Yerevan festgenommen worden waren und seitdem verschollen. Um 15 h 10 erreichten wir das Dorf Arax auf der am äußersten Ende durch Sichtblenden verhangenen Grenzstraße bei Kilometerstein 34, circa 200 Meter vor der Türkei, hielten dort inne, stiegen, in wohlberechneten Abständen, einer nach dem anderen, aus, traten, ter-Megreditschian uns vorauseilend, ein in ein Haus, ein einstöckig ockerfarbenes, in einer Reihe ockerfarben, hellblau & rosa leuchtender, einstöckiger Bauernhäuser nahezu gleicher Bauart mit gleicher Tünche stehendes blaues Waschhaus, trafen darinnen auf eine Plätterin, die, als ob uns erwartend, nur mit einem seidenen, an dünnen, zerrissenen Trägern hängendem, durchsichtigem Leibchen bekleidet, mit ihrer spitzen Schulter an die durchsichtige Plätterin Picassos erinnernd im Augenblick unseres Eintretens und wie einer Verabredung vorausgreifend das Plättbrett zusammenklappte, sich zurückzog, während sich im Boden eine Klappe öffnete und man, aus der Tiefe heraufdrängend, Scheppern, einen Ruf, schallend, *Vive la France!* vernahm, Geräusche des Raschelns, auch des Scharrens von Schuhen, Aufschnellens von Körpern, der verrauchten, hageren, der Männer, Christen, Grüße, einhunderzweiundzwanzigmal (weil du ja später schriftlich von ihrer genauen Anzahl erfahren würdest) *Vive la France* und, dann, brausend *La vie en rose*, den Chor, Edith Piaf, die Begrüßungsrede des Aram ter-Megreditschian, die irrtümliche Danksagung der Landsleute an einen von ihnen, den anschwellenden Abgesang der Kinder auf die Verschwundenen, Gruß an die Umgekommenen, Lobgesang der Kinder *An den Gast*, das Pathos der Hinterbliebenen *Willkommen Du in unserer Mitte, Botschafter der Heimat, die uns vergaß* und die *Marseillaise* dann der Kinder der Toten, Waisen, der blühenden, wie sie sich beschrieben im Knabenalter, die, sagten sie, als alles vorüber war, seit Jahren, elf Jahren auf diesen nämlichen Augenblick gewartet hatten, dich, Vertreter ihrer Geschichte, die deine Geschichte nicht war, von Angesicht zu Angesicht hier vorfinden zu dürfen und die auch nicht sonderlich mehr das Versehen nachträglich erschreckt haben mochte; die Verwechslung, der Irrtum, dem sie erlegen waren mit der mir so ergebenen Bitte, General de Gaulle das Gelübde übermitteln zu wollen der um ihre Rettung Nachsuchenden, als Freiwillige Frankreichs in Algerien zu dienen »schon hier und jetzt«, Sowjetfeinde, Faschisten, sagte ich, niemandem sonst, nur mir, zum Glück, tagelang noch, als habe sich in ihre aufgewiegelten Herzen etwas Dunkles gesetzt, mit dem meine Weltbilder nicht zurechtkommen würden. Ich jedenfalls kehrte in mein Hotel gegen 22 h 30 zurück. Zuvor hatten mich die Brüder vor einem anderen Hotel abgesetzt, an dessen Bar ich mich betrank. Von meiner Rückkehr ins Hotel erfuhr Herr Tschesnakow auf meinen Wunsch hin durch den Nachtportier. Er suchte mich augenblicklich in meinem Zimmer auf, hielt mir die Hand, stellte keine Fragen, verstand offenbar. Nichts erlaubte das stillschweigende Übersehen peinlicher Vorfälle zweier, in Zeitlupe sich durch den Raum auf der Suche nach Gleichgewicht tastender, angesichts von Kartoffelwasser zum Flattern veranlaßter Fahnen in die Arme fallender Tatmenschen so gut wie die Flasche. Yerevan verließ ich drei Tage später, auf die Stunde genau 23 h 00, nachts. Die Herren Tschesnakow und ter-Megreditschian folgten mir, der eine sichtbar, der andere unsichtbar, nach Feodosia, auf die Krim, Herr ter-Megreditschian später dann auch nach Moskau, was wiederum Herrn Tschesnakow entging. Wohin auch immer ich mich begab, es entging Herrn Tschesnakow in der Folge, und wo auch immer es nun sein sollte, folgte mir Herrn ter-Megreditschians Schatten, bisweilen auch der eines anderen Mitglieds der armenischen Bruderschaft, von dem ich erst am Ende der Reise erfuhr, daß es derselbe war, der, als Vierter, unterwegs von dem Fahrzeug abgesprungen war, und wohin also auch immer ich flog, da schwebte nun auch Shahen hin, Shahen, einst Robert, Mnadzakanian, 21 Jahre alt, Pfleger in Yerevan, und wo immer auch ich schlief, da nächtigte, nicht weit entfernt, auch er, auf der Wacht, in einem Auto, oder auf der Straße, und beobachtete ein Zweiter Türen, Tore, Hauspforten, aus denen ich treten sollte, um alsdann den Ersten wecken zu gehen, oder umgekehrt, um mir zu folgen, wobei sich am Ende die Dinge umkehrten: ich gehe dann meinem Schatten voraus, ich überhole meinen Schatten, ich werfe mich aus meinem Schatten in andere Schatten, meine Überholung in meine Nachtschatten, in meine Finsternis werfe ich mich mir zurück, stürme ich hinter ihr her, überspringe ich mich, trete ich aus mir, wenn dann wirklich niemand mehr da ist, wenn der vertraute Verfolger dich verläßt, nur dann. In der drittletzten Nacht vor meiner Abreise übergab Aram ter-Megreditschian mir Brief und Tonbänder, die ich, als ich das Land verließ, auf dem Leib tragen sollte und trug. Ich hatte einem Freund von all dem berichtet und, mit dem Gefühl, mich sonst des Verrats meinen Gastgebern gegenüber schuldig zu machen, sein Urteil erbeten. Daß ich Brief und Tonbänder dem französischen Generalkonsul in Warschau übergeben konnte; daß mir dergestalt ermöglicht wurde, dem französischen Minister des Auswärtigen von der Existenz der einhundertzweiundzwanzig in Sowjetarmenien zurückgehaltenen Staatsbürger Kenntnis zu geben; daß, ohne Namensnennungen, der Leser der Tageszeitung *Le Monde* über diese Episode der armenischen Tragödie und die Geschichte der Einhundertzweiundzwanzig informiert werden konnte, verdanke ich den Herren Hikmet, Nazim, Lyriker, türkischer Kommunist, im Exil in der Sowjetunion, sowie Léon, Max, Moskauer Korrespondent des Zentralorgans der Kommunistischen Partei Frankreichs *l'Humanité*, den Hikmet hinzuzog. Soweit mein Bericht. Aram t-M. und Shahen M. sah ich ein letztes Mal auf dem Flughafen Wnukowo vor den Kabinen der Paßkontrolle. Sie erkannten mich nicht, als ich sie grüßte, suchten, sich in der Menge zu verlieren. Wladlen Michaïlowitsch Tschesnakow, der pausbäckige Mensch, der am 8. Mai 1957 meine Welt aus den Angeln gehoben hatte, erfuhr von all diesen Dingen nichts. Er starb, ruhig, als er starb, obschon er, nach dem Ende des Sowjetreichs, 1991, der Ruhe nicht mehr bedurfte. 1964 noch hatte ich eine von Shahen unterzeichnete Postkarte erhalten mit der Ablichtung eines Ausschnitts der armenischen Steinwüste und der Nachricht *In Schichten übereinanderliegende Bevölkerung / von der Blässe ihrer Betrachter angekränkelte Rosen.* Aram t-M., der Oberste unter den Engeln, verschwand Anfang 1970 unter nie geklärten Umständen während einer Bergwanderung im aserbaidschanischen Mets-Kirss-Massiv. Ich erhielt hiervon durch Romanos Pelichian Kenntnis, einem Fernmeldetechniker aus Talin, der dies erst im Herbst 1991 in Erfahrung hatte bringen können und es seinen Halbbruder Gustave-Adolphe P. in Marseille wissen ließ. 1993 dann, sechsunddreißig Jahre nach den Geschehnissen, auf der Suche nach Spuren, erreichte ich in Begleitung Pelichians am Abend des Mittwoch 11. August den Sturzbach Kaveri, entlang welchem quellaufwärts »hin in geräuschlose Ewigkeiten« Ossip Mandelštam auf *Die Reise nach Armenien* gegangen war, das er »brüllendes Steinland« nannte. Dort beobachteten wir den im kleinkaukasischen Hochland als Transhumanz bekannten Weidwechsel, eine von Öllampen und Vollmond begleitete Prozession der Tiere und Heiligen, zu deren Behuf die von Süd nach Nord übersetzenden Schäfer den mit der Schneeschmelze reißend gewordenen Kaveri unter Wasser watend durchqueren, wobei nur ihre in die Tierfelle gekrallten Arme noch aus den Fluten ragen und, mit der weißleuchtenden Wolle eins wie in Monstranzen wogend, fliegend fast, die Lämmer ans andere Ufer tragen, um sich in nördlicheren Almwiesen mit ihnen eben dort zu verlieren, wo, unterhalb des Gyamsh, im Sérac, Aram ter-Megreditschians Grab vermutet wurde. Am darauffolgenden Tage, Donnerstag, reisten wir nach Yerevan weiter und nahmen im Hotel *Dvin* Logis. Das Personal des *Dvin* hatte, als 1992 ein noch immer unerklärter Krieg zwischen Armeniern und Aserbaidschanern um den Besitz der Enklave Bergkarabach wütete, den VII. Stock des leeren Hotels in ein Reservelazarett verwandelt. Dort lag, mit einer leichten Kopfwunde, Levon ter-Megreditschian, Arams, unter dem Namen *Henri* geborener, französischer Bruder, stellvertretender Feldkommandant jetzt des armenischen Freikorps Bergkarabach. Ich muß hinzufügen, daß zwischen meiner ersten Begegnung mit Levon und meiner zweiten vier Tage lagen, und diese Tage sozusagen die Nahtstelle bilden zwischen der *Vorgeschichte von meinem Lehrmeister Wladlen Michailowitsch Tschesnakow* und der Erzählung *Iyob oder die Geschichte vom armen Genossen Anatol Joganowitsch Kuntse,* jene Stelle, an der die beiden Geschichten zusammenfließen und zu einer einzigen Geschichte werden, einer aus zweien willkürlich, das heißt willentlich unter Zuhilfenahme des Zufalls zusammengefügten Geschichte, deren Zusammenfügung von niemandem ungestraft *zufällig* geheißen werden dürfte; ihr Zusammenhang, aus dem sie nicht mehr gerissen werden kann, hat die Eigenschaft von *Geschichte,* Zeitgeschichte, und unterliegt deren Zwängen; hier erleben wir sie im Stadium der Fabrikation, wir stellen, indem wir sie, indem ich sie, erzähle, Geschichte her. Indem wir Geschichte herstellten, die unsere, dann, vielleicht, die der anderen, eine andere Geschichte noch, saßen wir, am vierten Tag, mit Levon ter-Megreditschian im Offizierskasino der armenischen Luftwaffe und aßen, einander brüderliche Geschichten erzählend, während wir auf einen Santitätshubschrauber warteten, der uns an die Front bringen sollte, um dann, noch vor Sonnenaufgang, abzuheben, in den Kleinen Kaukasus zu trudeln, die Vorgebirge, dann das Plateau unterm Gletschergipfel des Mets-Kirss in Bodennähe, ganz in Weiß abtastend und zurück in die nach Norden hin abfallende Talsenke stechend bei Schuscha, wo wir, noch nachts, landeten, ›Feldlagermesse‹ notierten, Nachtgottesdienste, wo im Schatten der Rümpfe zweier ineinander verkeilter, verkohlter Gehöfte, Riesen sich tummelten, magere, bald zwei Meter hohe Männer, Krieger, Arbeitsbrigaden, Flieger ohne Rangabzeichen. Dann, auch hier, vor Levons Zelt, ›Hauptlager‹, Speisung zuerst, Frühstück für die Verwundeten, in den Krieg wieder Heimgekehrten, für die Kopfschüsse, die Gipsarme, für die armamputierten Freiwilligen, die Halbblinden, die ohne Hände, die Jungens, allzu jung, mit Brotlaibern aus Yerevan, Oliven, und, auf dem Feldherd, Öltonnen, Levon serviert Lamm, Molke. *Waffenruhe,* sagt er, *Waffenruhe – noch!* Dann Platzregen, Kommandowagen, russischer Vierradantrieb, andere Ranglose setzen sich dazu, zweie, nur leicht verwundet, Männer mit Kartentaschen, ein Telegrafist, Tonbandgerät, Stabsoffiziere; *Greif wie ein Krieger an deine Lenden,* zitiert Levon aus dem Stand, steht auf, holt *Nachschlag,* sagt: *willst du?,* duzt mich, ich bin älter, kein Bruder, *hör mal!,* setzt sich dann wieder erst. Ich notiere: *Mensch in die Nordwand eingestiegen, unbezwingbar, verwandelt Schlucht in Hölle, Jagd dauert fünf Tage. Erfolglose Rückkehr der von Lawinen dezimierten Jagdzüge nach Ablauf der Frist in das alliierte H. Q.,* Erkenntnis: Weder alpine Erfahrung noch Feuerkraft reichen aus, mit X fertig zu werden, sie fürchten X mehr noch als ihre Niederlage, Kampfpause um drei Tage verlängert. X bei Anbruch des sechsten unter einer Eishaube schlafend gefangen, gefesselt nach Schuscha ausgeflogen, vor ad hoc zusammengerufenes alliiertes Kriegsgericht gestellt, zum Tode verurteilt, im Morgengrauen vor Schuscha erschossen, unmittelbar nach Hinrichtung erneut Rufe im Gebirge, Kämpfe zum Stillstand gekommen, *der Krieg vielleicht für immer,* sagte er, erhob sich, *Erzähl,* sagte ich, er antwortete *Morgen.* Morgen kam nie. Am folgenden Mittag trat Levon auf eine Tellermine.

Es war einmal eine Stadt, die, als sie noch eine war, eine Enklave war. Sie war eine mohammedanische Enklave und hieß
Schuscha. Schuscha lag in einem anderen Land, das war ein
christliches Land, eine christliche Enklave, die *Berg-Karabach*
oder auch *Nagorny-Karabach* hieß, *Karabach-oben-im-Gebirge*,
das seinerseits gleichfalls in einem anderen Land lag, in einer
mohammedanischen Republik, die Aserbaidschan hieß. Die
mohammedanische Enklave Schuscha, die in der christlichen
Enklave Berg-Karabach lag, die in der mohammedanischen
Republik Aserbaidschan lag, war eine von armenischen Christen umschlossene Hochburg mohammedanischer Intelligenz, die von mohammedanischen Aserbaidschanern bewohnt
war, die von einer christlichen Enklave umzingelt waren, die
einem mohammedanischen Land zugehörig war, das von
christlichen Armeniern bewohnt war, die von ihrer christlichen Bruderrepublik Armenien durch eine sieben Kilometer
breite Gebirgskette getrennt waren, die von mohammedanischen Aserbaidschanern bewohnt war. Das war einmal so. So
war das bis zum Zerfall der Union. Der in der zerfallenden
Sowjetunion entstandene, an die mohammedanische Republik Aserbaidschan weitergegebene Druck wurde noch während ihres Zerfalls durch die mohammedanische Republik
an die christliche Enklave weitergegeben, die den Druck an
die mohammedanische Enklave weitergab. In Vorahnung un-
vorhersehbarer Unruhen entlud dieser Druck sich insofern
in aufeinanderfolgenden Flutwellen zunächst dort, wo die
mohammedanische Republik ihren Herd im vom Aufruhr
und Todesängsten gezeichneten christlichen Lager vermutete,

dem äußersten apostolischen Vorposten der byzantinischen Christen am Kaspischen Meer, Dorn im Fleische des Islam, und nicht, wie es zu erwarten gewesen wäre, zuerst in der durch die mohammedanische Republik noch immer unbekümmert umklammerten christlichen Enklave Berg-Karabach oder im mohammedanischen Schuscha, Dorn im Fleische der Christen. Die Explosion erfolgte in Sumgaït, einem Fischereihafen, sie erfolgte in einer winzigen, von mohammedanischen Fischern alsbald niedergemetzelten christlichen Gemeinschaft während dreier Tage des Jahres 1988, die seitdem als die Schlüsseltage zum Verständnis des südlichen Kaukasus oder *Tage des Kindermords von Sumgaït* in die Geschichte eingegangen sind und als *Tage der Dornenkrone* erinnert werden. Laß mich drum dir, lieber unbekannter Luszek, laß mich dir, sagte Levon ter-Megreditschian im sechsten Monat im Spital der vier Glocken von Rostow, der Glocke L–iëbjed im sechsten Monat, der Glocke Golodaï im sechsten Monat, der Glocke Sissoyi im sechsten Monat, der Glocke Polienyi im sechsten Monat, lass mich dir, den die Vergangenheit an so mancher Einsicht noch hindert, nun, bevor die Geschichte vom armen Genossen Anatol erst recht eigentlich beginnen kann nach all ihren Vorgeschichten, zur Erklärung der Vorgeschichte von Schuscha hinzufügen, daß eine Enklave auch immer ein Stück Land ist und bleibt, das von einem anderen Land umschlungen wird, das ein Ganzes ist, zu welchem es nicht gehört, Schuscha-der-Koran also vom Berg-Karabach-der-Bibel und Berg-Karabach vom Aserbaidschan-des-Korans und so fort, und daß, wenn sich alles umschlingt, die Umschlungenen ihre Luft anhalten müssen, ein Landesteil beispielsweise des Königreichs Italien die Luft in der ihn umschlingenden Schweizerischen Eidgenossenschaft, oder ein Landesteil des Deutschen Reiches im Königreich der Belgier die Luft, oder sieben Teilstücke der Republiken Usbekistan und Tadjikistan die Luft in der Republik Kirgistan. Oder, wie es hier, im Land *Astrach*, Armenien, du uraltes, der Fall ist, weil ein Teil *Astrach*-Armeniens in Aserbaidschan liegt und in der Türkei ein noch viel größerer Teil, der in etwas für ihn viel zu Großes eingeschlossen ist, in etwas Fremdes, das ihn umfangen hält bis zum Ersticken, bis zu seiner schließlichen Ermordung, denn nur dort, wo in diesen Landesteilen noch Armenier wohnen, nennt man die Teile Enklaven, aber dort, wo Armenier nicht mehr wohnen, weil sie umgebracht worden sind, nennt man sie gar nicht; so hat das türkische Armenien keinen Namen mehr; man sagt einfach Kurdistan beispielsweise dazu heutzutage oder gleich Türkei und baut auf die allumfassende Vergeßlichkeit, auf die Besitzwut der Eroberer, der Neusiedler, die das Land an nichts anderes mehr sich erinnern lassen wollen als an sie selbst, die Eroberer, die Neusiedler. Und so kam es also auch, daß, als die Sowjetunion zerfiel, das Prunkstück, das noch von Armenien übrig geblieben war, eben jener Teil, der sich zuvor Sowjetarmenien nannte, ein schmaler, zwischen dem türkischen Koloß und dem ehemaligen Sowjetaserbaidschan von Georgien bis nach Persien hingestreckter Landstreifen, der zu einem Fünftel von den Wassern des Sees Sevan bedeckt ist und zu vier Fünfteln von Tuffstein, versteinerter Vulkanasche und Halbedelsteinen – so kam es, daß dieser Streifen Land die Gelegenheit seiner unverhofften Freilassung wahrnahm, seine Unabhängigkeit erklärte und augenblicklich darüber entschied, ob es nun gleich in die nachbarliche Türkei einfallen wollte und sich von ihr sein Land zurückholen, oder in das nachbarliche Aserbaidschan und sich von ihm sein Land zurückholen, um dann sogleich, wenn auch insgeheim, für einen Feldzug gegen das Nachbarland Aserbaidschan zu optieren, weil, heißt es, zugegebenermaßen, wenn wer offen mit dir spricht, zwar das Kriegführen in Verruf geraten ist, aber, im Gegensatz zu den armenischen Gebieten der Türkei, im aserbaidschanischen Berg-Karabach, in unserem uralten Astrach, die Armenier wunderbarerweise immer noch am Leben sind. Nun, wie soll man sich das erklären! So finden sich jedenfalls wie für Heilige erste Eintragungen über die Nachspiele der Tage der Dornenkrone in dem nur an Totensonntagen einsehbaren, in die Onyx-Stollen am See Sevan ausgelagerten armenischen *Feldbuch 24* – niemand erklärt uns die Zahl ›24‹ – Eintragungen, die aus dem Frühjahr 1992 stammen und, wie in den vergleichbaren aserbaidschanischen *Kriegstagebüchern*, den 4. März als jenen Tag festhalten, an welchem, mit einem unvermittelten, in Wahrheit von armenischen Freischärlern angezettelten Angriff »schiitischer Banden« auf das Dorf Latschin im Latschin-Korridor, der Krieg ausbrach: »Eine Granate zerreißt, fast stumm (!!), am Morgen des 4. um 06h05…«, so beginnt das Totensonntagsbuch mit dem feierlichen Ruf zurück in die Erinnerung – »eine Granate zerreißt fast stumm am Morgen des 4. um 06h05 unser bisheriges Feindbild«, so der armenische I-c, Nachrichtenoffizier, der sich an die Niederschrift des Lageberichts macht – »nicht aserbaidschanische Reguläre, nein, die ›Ordu‹ vielmehr«, die Horde, »Bluthunde, Tiere, Sabiner« waren es, meldet er, die »am 4. früh morgens über den Kamm des Mets-Kirss talwärts beiderseits von Kana und Saveri aus den Gletschern in die wie ein Querschnitt den riesigen Berg zweiteilenden Wasser der Schlucht eingefallen« waren und »alles durchflutet« hatten, mit sich fortgeschwemmt, verbrannt, vernichtet – die feindlichen Stellungen in Schuscha, Latschin, die riesigen Güter Afars, des Landedelmanns – »Kriegsschreie in der Finsternis!… denn unsere Abhänge füllen sich mit marodierenden Soldaten, zerlumpten, in Kampfanzüge der sowjetischen Armee geworfenen Söldnern, Ausländern! Die Höfe in Flammen! Berdsasor! Der Kessel von Latschin geschlossen! Gewitter als Sperrfeuer! Sturm trägt Baumkronen ab: Was gewachsen ist – jetzt fliegt es… Angefeuert durch das Geheul der Banden aus dem Gebirge umzingelt die Soldateska Vorwerk und Gehöft…

Unsere Wachen – Gesinde – ergaben sich, was sonst!«, und »tobend« nun sei »das Geschmeiß im Tanzschritt der Türken« durch das Feuer »gewalzt«, man habe »Männer, Knaben, eingefangen, gefesselt, Bauern, die Lebendigen, wie Scheite übereinandergelegt, sie mit Öl übergossen, das Feuer jeweils mit neuerlichen Gefangenen gefüttert«, und bis nach Schuscha hin nun »Wald und Sägewerk verglühen sehen können, die Gedärme der Kadaver unter der Wucht des brausenden Feuers sich blähen, als gingen sie, segelnd, sich nun in den Krieg voraus … Morgengrauen!«, schreibt er, auch »Gutsherr K., Ziehsohn des Afar K., der Letzte von L., hochbetagt, flüchtet durch das Gestüt bergan über Geröll, über die Baumgrenze in die ersten Kastanienwälder, die den Korridor abschirmen, und berichtet von Unwetter und Kunstschätzen. Er ist von Sinnen«.

Hilfe kommt – nie? – Tage später, zu spät erst, aus der nur 6 Kilometer entfernten armenischen Mutterrepublik, mit den ›Freien‹ – ›Freikorps Berg-Karabach‹.

Drüben – in Aserbaidschan – dasselbe Bild – Elend, Überraschung: Eilends in Zivillumpen gesteckte Einheiten eines angeblich existierenden 23. Regiments der 2. aserbaidschanischen Luftlandedivision blockieren ortsansässige Armenier, Latschiner, im Korridor schon am 9. März mittags – auch hier, vermerkt das armenische *Feldbuch*, eine Handvoll fanatischer Freiwilliger, »brüderliche Retter aus dem Mutterland, die jetzt in Berg-Karabach einbrechen und die nur noch das Gebirge aufhalten kann« –, während die Horde »Christen schießen geht, als seien es Wachteln«. Die Strecke ist schrecklich.

In der Woche des 9. noch stockt die aserbaidschanische Heeresführung ihre Waffen- und Warenlager in der Berg-Karabach-Hauptstadt Stepanakaert auf, die bald wieder Xankadi heißen wird; am 18. bereits zieht sie drei Panzerregimenter ohne Panzer von den Staatsgrenzen in den Südkaukasus ab. Dem schwerfälligen Troß folgen den Iranern in aller Eile abgehandelte Spähwagen, miese DDR-Ware, am 19. dann auch Gebirgsjäger, in Uniformen gepreßte Schützenvereine, die jetzt »Flüchtlingsströme kreuzen« – am 20. Hundestaffeln der Grenzpolizei.

Die Armenier, ›Christtreue‹, Landsleute des Freikorps, die, nach kurzen Scharmützeln mit Zöllnern, Latschin und die Schlucht im Handstreich genommen und zunächst besetzt gehalten hatten, ziehen sich, zu schwach, die Stellung zu halten, aus dem Korridor in den Berg zurück.

Vorhuten des 3. Kavallerieregiments der aserbaidschanischen Streitkräfte gewinnen am 22. tatsächlich dann auch die Kontrolle über den Korridor bis an die alte Staatsgrenze. Kolonnen lächerlich mit Mörsern bestückter Gummiwagen rücken, »unversehrt guter Dinge« den Freien nach und in ihren Berg ein, als könnten sie nie aus ihm vertrieben werden – verschwitzt, zuversichtlich, ganze Züge, kilometerlang strahlender, frisch an die Front geworfener Märtyrer in Windjacken ohne Jungfrauen, noch, mit grünen Stirnbändern zu Pferde und zu Fuß und, ihnen allen voraus, schallend – ziviler Wahnsinn – Klingeln, mit Schellen behangene Melkgeschirre im Echo sich gegenseitig betäubender »Steilwände, in denen jetzt fassungslos Christen kleben, überrannt«, zum Verwechseln als Steine getarnt in Erwartung ruhigerer Tage, »unter dem Eindruck vollkommener Unterlegenheit wie gelähmt«. »Der Trug dauert eine Woche« Trug?

Am 28. mittags, bei Sonne, kriechen, nurmehr Bachstelzen, Wurzeln, Rinde fressend, ausgehungerte Massen der Freien in den Schatten der Berge und tauchen aus der in die Felsen gesprengten Kehle in die Ebene vor Schuscha ab, robben, nachts mit Katzenaugen, zuletzt Fackeln, bis unter die Zelte des Divisionsstabes, den das Oberkommando der Aseris im Park der Rechtsgelehrten improvisiert. Die Stadt brennt zu Mitternacht ab.

Noch einmal, am 29., explodiert ein Nestlé-Depot, Milchpulver, Tage später dann, oberhalb des Karubenforsts, die örtliche Johannisbrotfabrik. Nach dem 29. bleiben die Seiten beider Kriegstagebücher so gut wie leer.

Unbemerkt dann, noch am Vorabend der Schlacht, Sonntag, versucht das Freikorps mit zwei ersten Haubitzen – altem, sowjetischem Zeug – den Durchbruch über die Staatsgrenze. Sein Zustand ist kläglich. Den Männern fehlt es an Hosen, Schuhen: »Vorstoß ins Nichts, Einsickern in Höhlen, Spalten, Unterholz, wo noch Wald steht, macht es nichtsdestotrotz möglich, zu Pferde, zumeist auf Schleichwegen, Schritt für Schritt der Schlucht ihre Mäander entreißend, im Rücken der nach blitzartig blutigen Plünderungen noch immer nur halbwegs mit Sturmmessern, kaum Feuerwaffen ausgerüsteten aserbaidschanischen Irregulären zwei armenische Züge, Stoßtrupps, das Kopfende des Korridors erreichen zu lassen – hagere, aus Steinen lautlos wachsende Silhouetten bald zwei Meter messender, kahlhäuptiger, fürchterlich abwärtsdrängender Helden, die wie Geröll aus den Bergen gleitend sich mehr in ihre Schlachtenvorbilder stürzen als in die Schlacht selbst – in Luft, in heißen Atem sich auflösende Körper, deren Stille allein den unhörbaren, unmerklichen Ansturm wiedergibt, ihr Bussarden abgelauschtes Rauschen, das leichte Flattern ihrer Regenhäute, die nur von Tieren noch wahrgenommenen nächtlichen Bewegungen des Abstiegs, Einschleichens, der Kriegskunst; die einschläfernde Strahlkraft eng beieinander sitzender, blöder, einäugig anmutender, gläubig dem

Irrsinn naher, auf das angebliche Vaterland sich richtender Augen – Blicke, die, eisblau, hellblau, nie dunkel funkelnd, in ihrem Frost ganze Heere schon vor sich dahinschmelzen sehen«. Blöde? »Als die Schlacht ausbricht, erkennt niemand sich in ihr wieder; nichts ähnelt den Bildern der Sowjetjahre und schon gar nicht mehr den Soldaten der alten Art«. »Tierwelt«, sagen in beiden Tagebüchern die einen von den andern, fast synchron – »unsere letzte«.

Der 4. Mai ist ein Montag. Feldlager 2, das III. aserbaidschanische Armeekorps, verschläft ihn. »Wache beobachtet: Ruhe«. Dann: »Der Ausbruch. Schrecklich. Du, Schöne, Schönste, es ist vorüber«, notiert Levon ter-Megreditschian, stellvertretender Feldkommandant des 3. Reg/I der Freien: »Als wer Alarm schlägt, läuft die Zeit rückwärts. Zwischen Ende und Anfang vergeht nichts«.

Männer, Bergbauern meist, Alte, Christtreue, schwingen, schwingen und senken, sitzend, an-, ineinander hängend, aufeinander, seilen, von Wand zu Wand, Pendel, sich in pfeilleichten Silhouetten still wie die Nacht ab mit Schlagringen, Messern, Heugabeln, Schlegeln, Flinten in das feindliche Feldlager ein und schlachten, schlagen zu, ab, erschlagen, würgen, fällen Wachtürme, köpfen Wachen, sprengen von Vortrupps längst angesägte Brückenköpfe. Sonst dunkelblau, wird der Himmel über ihnen schwarz, der Dunst, sein Schleier, die Abgase der Unzahl, so zahllos und, in Engpässen, so dicht sich herunterfressend der Männerhaufen, so erloschen das Tageslicht, daß die wütend abwärts ausschwärmende, wie luftundurchlässig sich über alles stülpende Menschenkappe nun beinahe fliegend schon die letzten Hurrahrufe aus dem kaputten Aserbaidschanertrupp erstickt, Seufzer letzter Anstrengungen, als wollten sie ihnen mit ihren von den Toten ausgeliehenen Lungen den Zapfenstreich bis in die

Geburt zurückblasen für kurz & bündig 42 Tote, 107 Verletzte, die Hälfte derer schwer, die schon nichts mehr wogen und umso leichter mit Stichen meist, Küchenmessern zugerichtet verbluteten, sobald der lautlose Druck auf sie wuchs und so andauernd und solange anwachsend, bis die Masse auf sie niederschwirrender Federgewichte ihnen das Leben endgültig unerträglich gemacht hatte. So unverhältnismäßig sei die Kampfkraft der Armenier gewesen, erinnert sich später Zugführer Kasparow vom 2. Regiment, 3. Kompanie, der Aserbaidschaner, der überlebte – »daß sie uns förmlich zerquetschten, und so schrecklich ihre Konzentration, daß sie schneller noch, als hier gestorben werden konnte, sich in den Berg zurückzogen, als die Unseren mit den schweren Maschinengewehren in Stellung gehen und zu feuern beginnen konnten«. Einige Schwächere hätten sie in der Kanaaner Klamm notgedrungen zurücklassen müssen »stundenlang noch von den Felsen wie Lianen haben die herabhängen müssen«, tröstet er sich – »die kamen nicht mehr richtig hoch, einfach weggetrocknet« seien sie, und »noch lange gezappelt und geweint« hätten sie – ›geheult‹ *[uludu]*, verbessert der *Bozkurt*-Führer der Grauen Wölfe im rückwärtigen Gefechtsstab –, »aber trotzdem, das Ganze unser bitterstes Trauerspiel, das bis zum Ende von einem unserer Piloten aufgezeichnet« werden konnte ... »eine strategische Schande«. Doch nicht das Freikorps ›heult‹. Der Schreiber hat nichts verstanden. Wer hat schon. »War erst der Anfang« notiert, jubelt, ter-Megreditschian – »die Ouvertüre!«

Im Morgengrauen – 5. Mai – schließt sich der Ring um die Aseri-Stellungen dann doch – »rückwärtig. Schlucht-Nordeingang abgeklemmt. Vereinigung der Flügel 07h35«. »Fürchterliche Geräusche« hört von dort »zuerst Soldat II. Klasse Afanassiev«, so das aserbaidschanische *Kriegstagebuch*, Mittwoch, 6.: Dröhnen, Röhren im Himmel, Rollen wie kein Rollen je, wie Geschrei sonst, Toben, Brüllen, Worte, die er für Wolkenbrüche hält, dann plötzlich nicht mehr hört, dann einen Blitz nicht etwa einschlagen, nein, nur noch dasein sieht, »weil Gewitter nicht sprechen können«, »dann regnet es, lasse mich ablösen, schlafe ein, als schon alles wieder still ist wie unverständlicherweise der Blitz«. »Wachhabender G. bestätigt hier am selben 6. 5. / 00 h 10 Anwesenheit von Lautsprecher« sowie »unerklärlich aus Ostsüdost mit Tagesanbruch einsetzendes, an- und abschwellendes, plärrendes IHR dröhnen, IHR SEID DOCH scheppern, IHR, metallen, VERBÜNDET, zweimal, VERBÜNDET EUCH, dann: nichts, dann: etwas: schallend aneinanderschlagend Geschirre, Hufe, Klirren, IHR SEID, Pause, dann: AN EUCH. Ende.« Wachtmeister im Außendienst des 2. Zuges bekundet »nachts Wahrnehmung von Pferden, Trab, rasend«, der die Truppe »fertig macht, schlaflos«. Der Kriegstagebuchschreiber, der, obschon in kyrillischen Lettern, in *Aseri* schreibt, zögert, erstmalig, zwischen Präsens und Plusquamperfekt. Was geschehen war, gehört nicht mehr der Vergangenheit an. »Die Katastrophe«. Auch für die Freien. »Lärm größer noch, eindringlicher als der des Dienstag – diesmal ohne Worte« (K. Chatschaturian, *Feldbuch-24/36*). Dann »01 h 30 [2. Tag]: An Oberkommando: Mensch direkt über uns.« Was aus dem Nebel in die Unterstände schallt, ist am dritten Tag dann genauer schon »Lärm – scheppernd« auch hier – verzerrt Gesang, manchmal Glücksgeschrei, Flehen, dann wieder, wie verzögert, in langgezogenen Vokalen, Anhäufung derselben Bitte, Abbitte (?), Anrufung (?) der Heiligen (?), unverständlich, am Abend erst AN EUCH, dann verständlich gerichtet an EUCH OFFIZIERE, dann wieder unverständlich. *Feldbuch 24* führt am 6. die Unverständlichkeit der Rufe auf ihre Entfernung zurück; es erachtet die Appelle – jetzt aus einer Randkluft direkt unterhalb des Nordgrates – für »umso gefährlicher, als sie sich stündlich nähern«. Mit »Hetze und Irrglauben« überschreibt der I-c der Aseris noch, als ginge es nicht um den Einbruch der Freien, ums Leben, ein ›Stimme und Echo‹ gewidmetes Kapitel des *Kriegstagebuches*, das »Fälle von Nachwirkungen auf das Gemüt der in den vordersten Linien eingegrabenen Truppe« aufzählt und die Ernennung des Kornetts Mustafa Saté zum ›Armeekorps-Linguisten‹ erwähnt, eines Dozenten für kaukasische Sprachen an der Universität Baku, jetzt im Stab des ›Dritten‹; Verstörungen wenn nicht Entsetzen hätte »der Lautsprecher mehr noch als der Waffenlärm« hervorgerufen und fortschreitend die Unterstände in einen Zustand der Schlaflosigkeit, Lähmung und Unlust versetzt, welche in etlichen Fällen zu schweren Erkrankungen geführt haben. Der Ansturm der Worte ist in der Tat, folgt man ihm, von solcher Gewalt, daß sich der Gedanke aufzwingt, es habe der Rufer, vor Beginn jeden Angriffs Standort und Einfallswinkel wechselnd, die Wucht des an den zwiefachen Steilwänden sich in der Enge zurückweisenden Donners wohlberechnet verdoppeln und den Wind jammern machen wollen, genauer noch, als Pfeifton seine Stimme in die Schicht absoluter Helle treiben und, mit ihm, die Heerlager in den Wahnsinn entlassen – »so nur konnte man es verstehen; oder auch nicht«, notiert Saté. »Der ›Deuter‹ schlägt über die Stränge«. ›Deuter‹ ist Saté, Mustafa. Der schreit dann: »Weltuntergang!« Saté zeichnet auf, wenn er versteht. Er versteht nicht. »02 h 23: Tal erzittert«. HERR, hören die Eingegrabenen »gegen ca. 04 h 00«, notiert der Philologe, »zwischen Schuscha und Nordeingang«, wiederholt der Soldat Afanassiev, SCHADDAÏ, schreit der Soldat Afanassiev, IN WAHRHEIT hören Schwester und Stabsarzt ihn OH IHR schreien, ihn dabei sterben, spucken, dann Blut, dann *Oh Gott*, dann *Nein* OH IHR AUSGEBURTEN DER VÖLKER MIT EUCH STIRBT DIE VERNUNFT, dann nichts, ohne Narkose verblutend, ohne Linderung der zerrissene Torso, sein Steckschuß, die Lunge, Suche nach der Kugel, melden sie, Amputation des linken Flügels, Absaugung der Lappen, seine Rettung und, dann, unversehens, das Gezeter einander verjagender, sich überschlagender, an senkrechter Wand abprallender Echos russisch, türkisch, dem Katholikos von Etschmiadsin zugedachter Anwürfe, Ehrverletzungen, den Kriegstreibern, dem verfluchten Schlaf beider Heerlager in beiden Landessprachen zugebrüllter, ihnen zugedachter Rufe nach Desertion wie IHR LUDER Stunden, Nächte lang Nächte raubend und, dann, plötzlich hinter Wolken, in die Wolken heulend ERGEBET EUCH DOCH, ERGEBET EUCH EINANDER samt einer Wehklage ihn selbst betreffend – unverständlich »herrliche, uns bekannte Pentatonmelodien«, sagt der Philologe – »verheerend!«; denn noch werden die Gesänge nicht, wie erwünscht, »gehaßt, bespuckt, in Zoten verkleidet, nachgeplappert, gehöhnt – du kannst von ihnen nicht lassen, dich ihnen nicht entziehen – sie werden dich verwirren, dich in die melodietragende Oberstimme einschmeicheln, dem *Murtadd*, dem Irrgläubigen, vertrauend, dir die Seele leeren, dich mit Wahnsinn füllen«. »Wie bitte?«, fragt Minaëv, Stabsführer – »Was die Stimme im Nebel ausstößt, ist nichts als eine Unzahl verdeckter Aufrufe zu Fahnenflucht, Diversion, Meuterei!«. Minaëv streicht *Fahnenflucht*. Noch ist der Mensch kein Abtrünniger. »Was weiß schon Minaëv!«, notiert Saté am Rand – mit Bleistift. Später ergänzt er: » Russe!« – radiert wieder aus – Gummifusseln sieht man noch.

Im Korrdior, an der Staatsgrenze, tauchen derweil armenische Reguläre auf – »aus dem Mutterland. ›Ersatz‹«, den Baku befohlen hatte, Nachschub, das Bataillon ›Aliev‹, erreicht Schuscha, die Latschinschlucht, zu spät und von Überfällen schon zur Genüge angeschlagen, als die vorgeschobene Stellung samt Panzerspähwagen bereits geräumt ist, der

Gefechtsstand um 6 Kilometer in die Ebene zurückverlegt und Schuscha, im Rücken frei, nur noch als Rauchwolke zu haben ist. Gewiß: Die ersten Lafetten stehen – überflüssig – kurz vor Tagesanbruch des 6. bereits: beschießen, auf gut Glück – sicherheitshalber, ab 05 h 00 nur noch Gipfel. »Sie wissen noch nichts«.

Unten, 05 h 00 – graben die Aseris sich ein – die anderen, Freien, in Flözen, Tunneln, Unterständen sich aus – die Aseris zusätzlich dezimiert noch nach Ablösung der Gefallenen durch frisch an die weithin unsichtbare Front geworfene Elite-einheiten, die erneut stoßweise in geringerer Anzahl durch den Nordeingang vorgeschoben worden waren und, noch ohne Feindberührung, »sich durch Verlegung eines Teller-minengürtels vor Überraschungen sicher machen wollen«. Bomben treffen nie Löcher: »Christen beschränken sich auf Zwischenräume, manchmal bloß Abgründe. Was zwischen den Sturzbächen noch tobt«, protzt Aseri-Stabschef Minaëv, »sind versprengte, sich gelieferte Schlachten erfindende Häuf-lein Erleuchteter, die gern umsonst fallen – Hampelmänner«. Scharfschützen der Aseris nehmen sie aufs Korn – da oben auf dem Plateau kommen sie nie an, sie schießen das Pack am liebsten aus ›Fieseler Störchen‹ ab (aus deutschen Beute-flugzeugen des II. Weltkriegs), am 6. früh zweie gleich, und werfen versehentlich dabei Nebelkerzen auf sich selbst – ein hirnverbrannter Befehl, der den Regimentskommandeur zwei Tage Festungshaft kosten wird, »fünf Tote, Freigang in den Moldawierinnenbordells von Schuscha«, lästert, noch ahnungslos, der Kriegstagebuchschreiber. Der theatralische Tod ganzer Züge, die blind in die armenischen Garben wie Hasen gehetzt worden waren, verdient im Heeresbericht vom 6. nicht einmal mehr Erwähnung; die Front – nur be-richtigt – »hält – kein Einbruch! In Stepanakaert hängt man bei Sonnenaufgang derweil Banditen auf wie Wäsche«, sagt das Buch. Stimmt nicht. »Der Stärkere, ein Schwächling, schmeichelt sich mit erfundenen Todfeinden – seine letzte Waffe, die er nun gegen sich selbst richtet«. Generalstäbler tagen nur noch nachts. Die Freien haben keine; »sie kennen keine Ränge, sind ohne Vernunft«. So arbeiten sie sich an das Blutbad heran. Alle. Lieber Luszek!

Als der Sturm 05 h 45 losbricht, als Mond, schon blaß, und Tau, glitzernd, als tropfenweise, als Krokusse, als im Schnee, wie ineinander übergegangen, Silhouetten, als sie kaum vorhanden, als sie erscheinen, als, gegen den Horizont dennoch Scherenschnitte sich aufleuchtend anleuchten, kurz abheben dann als Leuchtkugeln, Wecker, als die schwarzen Gestalten, keine Trompeter, sie selbst, sich, unhörbar, aus Schlafsäcken einander, aus Decken, Zeltbahnen, puffen, reißen und dann dem Sturzbach Kana, der Strömung bis auf einen Überhang, uneinsehbar, leise der Macht der Schneeschmelze folgend sich zusammenrotten und auf halber Höhe, als sie, schon absattelnd, sich mit sich wetternd ohne Stimmen in den Kanonendonner stürzen, in den Tumult, als das Tal, der Korridor, als Latschin, aufheult, die Aseris, als sie schon schreien, als die Hurrahschreie, die Massen, die Kämpfer sich aus den Spalten maßlos in den Berg schieben, Protzen ihre Haubitzen verlieren, Räder schon ihre Speichen, Füße schon ihre Schuhe, als die Aserbaidschaner sterben, als schon wie die Fliegen, als das Ende noch vor dem Anfang, als was kommt, kommt, als nichts kommt, als bald alles verloren, als der Freie, als von Wortfetzen durchhagelt wer DES TODES SEI schreit, geht die Sonne auf, geht bald alles vorüber, geht bald nichts mehr, schmilzt nur der Schnee schneller, wird das aserbaidschanische 2. Reg./III. an den Sockel vorgeschoben, das Stabsquartier an den Nordeingang verlegt, zum Gebet angetreten, getrunken, noch gelacht, Wegzehr schon aufgezehrt, Abschiedsbrief geschrieben, während die Freien aus

Wänden, Schrunden schon, Verschneidungen, glatt vorbei an wie aus ihnen selbst emporragenden Klüften DER TAG AN DEM sich abseilend, unten zwischen Schuscha und Korridor-Nordeingang dem in Schwarmlinien tolpatschig entgegenstürzenden Feind die Wellen aus den Unterständen brechen, den 2. Zug/3. Reg. in Sekunden auslöschen, ICH schreiend aus Schartenstellungen, Wandabsätzen GEBOREN WURDE schreiend, ICH HABE EINEN MENSCHEN GEMACHT und DIE NACHT DIE SPRACH wie an Schirmen abwärts taumelnd ohne Verluste fast FINSTER-NIS SEI JENER TAG unerkannt, wenn nicht durch Geröll schon überholt, über sie herfallen wie ausgespuckt fluchend GOTTES EKEL SEI ER IN DEN HÖHEN, obgleich längst im Berg, bis auf den Sockel nacktgeschossen, der win-zigste Überhang sogar platt bereits gemacht ist und kein Winkel mehr hinreichend tot, KEIN LICHT FALLE AUF IHN, die Wand ist jetzt glatt, senkrecht. Artillerie hat schon alles getan. So ist es. »Fahrbare Haubitzen ohne betonierte Bettung ungenau, viele Kaliber ausgeschossen, Munitions-reserven verpufft – blanker Irrsinn«, urteilt der I-c der Freien über die »hilflose Feuerkraft des Gegners« am 6., als, dann, plötzlich DES TODES SEI im Steinhagel DER TAG zu Lawinengetöse angeschwollen, Saté »ganze Sätze versteht … näher, so nah wie noch nie … schallend … BESCHMUTZT IHN DOCH IHR FINSTERNISSE, IHR TODE …« … – »Der Durchbruch!«, funkt Saté … »An Stab … Blitz! …« Ihm »donnern die Ohren« … Er entziffert – schreibt … schreit … UMHÜLLT IHN OH IHR WOLKEN … »Das Buch Iyob!! … ERSTICKER DES TAGES VER-SCHRECKT IHN DOCH … DU SCHWARZES NIMM IHN DIR … DEM JAHR REISSE IHN AUS … UNTER DEN MONDEN LASS IHN NICHT ZÄHLEN … OH EINSAMKEIT … Dritter Gesang … Vers 2 bis 15 (Wo ist Vers 1??)… KEIN LICHT FALLE AUF IHN, hört ihr nicht die auf die Knie, die Rümpfe der vornüber in Gebeten gegangenen, gefallenen, verfallenen, in die Heiligkeit abrutschenden Versehrten nun ihren Vorsänger schon in den Bergen übertönend und KEINEN FREUDENSCHREI JENER NACHT schreiend, … KEINEN JUBEL … IHR, DIE IHR DAS CHAOS ZU RUFEN VERSTEHT … ihr Glücklichen, IHR MORGENSTERNE VERDUNKELT EUCH DOCH … UND DU … ERWARTE VERGEBLICH DIE SONNE … VERMISST SEI DAS ROSA AM HIMMEL … DENN DIE PFORTEN DES MUTTERLEIBS UNTER-LIESS SIE ZU SCHLIESSEN … WARUM STARB ICH NICHT SCHON IM SCHOSSE … VERSCHWAND NICHT IN DER SCHEIDE SCHON ICH WARUM … ERWARTETEN KNIE MICH WARUM … BRÜSTE DASS ICH AN IHNEN SAUGTE … Dann stirbt die Stimme ab, das Echo auch« – eigentlich nie. Wer sich die Ohren nicht zugehalten hat, weint.

Die 2. Schwadron der Aseris verliert innert 24 Stunden 81 % ihrer Sollstärke – Null Unteroffiziere – »eingebildete Platz-hirsche«. Zwei »von der Sorte« erschießt »aus Wut« die Wache 2 / Zug 2. »Es ist Zeit«. Das kolossale Konzert für Feuer und Baß läßt die Meute schon im voraus ihr Los nach-fühlen, als die reiterlosen Pferde fallen, schneller als Krieger, oder, mit geknickten Fesseln, Gräben zu stürmen suchen, die sich bereits geleert haben mit Gnadenschüssen. Feldköche, Deserteure, warten auf sie schon – am Ende des Lagers. Wer vom Krieg was wissen will, der lausche dem Jubel jetzt der Hunde im Lazarett.

Ter-Megreditschian von den Freien läßt derweil 3-Mann-Kommandos sich mit Nebelkerzen bis auf einen halben Meter an die feindlichen Gräben heranarbeiten und brennendes Heizöl in die Unterstände schütten. Sie besorgen das mit abgeschrägten Regenrinnen. Noch lebenden Fackeln schlägt man die Flamme mit trocknen Lappen ab. Wassermangel. *Jacques du weiß nicht wie es ist – Henri*, schreibt Levon – Henri? an seinen Bruder, – Aram?? Seine Handschrift!

Oben, eingeschnürt in das Hochtal, über der Südwand, der Vorposten der Freien, dem das Blut bei minus 41° Celsius gefrieren wird, hört, der Schlacht um ein paar Stunden voraus auf Totenwache in seinem Eisloch, besinnungslos in wehenden Schneemänteln an sich vorbei die Gefallenen »rauschen« – erste, 05 h 30 schon abschweifend ihre Kreise ziehende Steinadler. Als die Sonne aufgeht, ist auch er tot, »blaß vor Neid«, sind Posten und Kammhöhe von Aseris besetzt, das Wachzelt von Böen fortgetragen, die Bergspitze einfach abgeschossen. Im Gneis noch klebende Kadaver gelten als Geister – »getrocknete Frösche. Sie neiden uns das Paradies!«

Das Sicherheitsdepartement S-5, Baku, ein als Militärpolizei getarnter Geheimdienst, hatte noch pünktlich »vorausschauend« zum Blutsabbat des 5. und 6. Mai die Bildung der als – russisch – Smerch, ±Tod, in *Feldbuch 14* eingegangenen Sondereinheit der Aseris angeordnet, die es zunächst übernehmen wird, aus Schuscha herbeigebettelte Gottesurteile gegen mehr oder weniger Deserteure und Diversanten zu vollstrecken. Aber dann, doch, noch ehe die Truppe, Horde wie Reguläre, noch bevor Hauptleute, irgendwer, Feldwebel, Soldaten, ihrem übermüdeten Haufen den Geheimbefehl übermitteln können, neue Befehle erteilen, Wachregeln ändern, Freiwillige rekrutieren, plötzlich – der Donner, Baß, ein Pfeifton, das Trommelfell zerreißend die Stimme, die langsam und umso fürchterlicher über ihnen niedergeht, bis sie, schließlich, »unmenschlich!«, schreibt ter-Megreditschian, »in sie einfährt, sich in die Verdatterten, in ihre stiere Stille, wie eine Röhre schiebt«

... DEINE HAND HAT MICH GEBILDET
WIE IN EINEM STÜCK MICH UND DIE DINGE
UND DU VERSCHLINGST MICH
IN JAUCHE TAUCHST EIN DU MICH JETZT
   SCHON WARUM
WO DU DOCH EINST
MICH ZU STAUB MACHEN WIRST
OH WIE MILCH HAST DU MICH GERINNEN
   LASSEN
WIE KÄSE ZERBRÖCKELN
MIT HAUT UND FLEISCH BEKLEIDET HAST DU
MIT KNOCHEN MICH UND SEHNEN BEWAFFNET
DEN DANK DES LEBENS IN MICH VERSENKT
   DEN ATEM
UNBESCHADET IN DEINER OBHUT
DOCH WISSE
WAS DU IN DEINEM HERZEN VERSCHLIESST
ICH WEISS WAS ES IST DAS DU IN DIR VERBIRGST
WIE ES ÜBER MIR SCHWEBT
AUF MEINEN FEHLER WARTEND
SCHULDIG SOLL ICH SEIN
DENN DU SPRICHST NICHT FREI
SCHULDIG NEHME ICH DAS URTEIL AN
UNSCHULDIG VERNEIGE ICH MICH VON
   SCHAM ZERFRESSEN
VON SPRIESSENDEM ELEND TRUNKEN
WIE DER LÖWE SPRINGST DU MICH AN
KAUM DASS ICH DAS HAUPT ERHEBE UND
   DROHST MIR
MIT SCHRECKLICHEN WUNDERN DOPPELT
UND SAMMELST BEWEISE
RASENDER NOCH WÜTEST DU DANN
UND WIRFST DEINE HEERE FRISCH IN
DIE SCHLACHT GEGEN UND UM MICH

OH WARUM   GOTT ENTRISSEST DU MICH
   DEM MUTTERLEIB DANN
VOR DEINE AUGEN WÄRE ICH NIE GETRETEN
ALS WÄRE ICH NIE GEWESEN WÄRE ICH
AUS DEM BAUCH ZU GRABE GEFAHREN
JETZT WO MEINE TAGE GEZÄHLT SIND
ZIEH DICH ZURÜCK
LASS VON MIR AB
SO DASS MIR LEICHTER WERDE
EHE ICH GEHE UM NIMMER WIEDERZUKEHREN
IN DAS SCHATTENREICH EINTRETE IN DAS
   TODESDUNKEL
DUNKEL DIE ERDE WIE DIE FINSTERNIS
SCHATTEN DER IRRE
WO NICHTS GLÄNZT   NUR DAS SCHWARZE ...

Während ›Bruder Sanitäter‹ Ecebay die durch die Todes-
drohungen verursachten Krankheiten der in die Erbärmlich-
keit abgesunkenen Truppe noch studiert und dabei »An der
Oberfläche der Haut Rötungen« hervorhebt, »leichte, schon
bald fulminante, zu Wundmalen anwachsende, schwärenartig
jeweils unter dem linken Schulterblatt sich entzündende,
links, über Thorax und Herz, ausbreitende, der Gürtelrose
vergleichbare Brandherde, die jedoch, weil weder viralen noch
infektiösen Ursprungs, keineswegs als Symptome einer mut-
maßlichen Einwirkung der Geschehnisse auf die Untersuch-
ten gelten oder gar voreilige Rückschlüsse auf deren Ver-
fassung zulassen dürften«, sagt – lügt – in einem vom *Smerch*
angeforderten ›Rapport‹ der ›Bruder Sanitäter‹ Ecebay, der
am selben Tag noch in einem Brief an die Verlobte »das Ende
nahen« sieht. »Du solltest sie sehen, Pfötchen (*Lapotschka*«,
schreibt er – russisch) – »... sie sich kratzen sehen, sie alle,
auch die Gehörgeschädigten, die Tauben unter den Schwer-
verwundeten, die von demselben Übel befallen sind ... die

winzigen, unerklärlichen, kristallenen, gelbbraunen, auf ihren Lidern, in den Winkeln klebenden Krüstchen, Schlaf, obwohl doch niemand seit einer Woche mehr ein Auge zugemacht hat ... so sitzen wir nun da, einander gegenüber in unseren Unterständen, nehmen nur die Umrisse noch, die Trauerränder unseres Gegenübers wahr, das Getrübte in seinem Blick, die sich verflüchtigende einstige Festigkeit, den Schleier, das Flackern in ihm, unregelmäßig, nervös, die Vorzeichen einwärtsgerichteten Schielens ... du solltest sie sehen, die matten Seelen, ihren Verfall, die Verlangsamung ihres Gangs, die Behutsamkeit, die Klangfärbung sich zurücknehmender Worte, das zögerliche Abheben der Hände von den Geschirren, die Wartezeit der Löffel, das Anhalten des Atems, den Widerstand der Luft, die über der Suppe stehenbleibenden Bestecke, die Todesahnung, die sich selbst aushöhlende Gestalt dessen, der gefüttert werden, nicht mehr selbst dazu ausersehen sein möchte, sich zu ernähren, den Wasserhaushalt durch stetes Trinken auszugleichen ... du solltest hören können, Pfötchen, wie dann, wenn die Rufe aus dem Gebirge nachlassen, es wieder still wird, wie süchtig sie dann zu trinken beginnen, lachen, so schallend, als sei es unehrenhaft, leise gewesen zu sein, und wie sie dann wieder, auch wenn die Stimme schon nicht mehr dröhnt, grundlos anscheinend, innehalten, vor sich hin sinnen, dann unerklärlicherweise, umso ausgiebiger aber, in die beste Laune zurückfinden und sich fragen (gestern wieder ein Gespräch mit unserem Mustafaëv!), was es denn mit dem sogenannten ›Licht‹ auf sich hätte, das in unseren Augen ›leuchten‹ soll, als seien wir Katzen; denn es leuchtet nichts. Man sieht uns nicht. Klar: das ist unser Ende. Wir wissen es alle. Mein Zelt ist die Hölle. Oh ihr beneidenswerten Katzen!«, so erzählt es Ecebay seiner Verlobten, erzählt Levon Luszek, als Luszek die Stunde der Glocken von Rostow schon schlägt, als die Glocke Polienyi schlägt, die Glocke Liëbjed schlägt, die Glocke Golodaï schlägt, die Glocke Sissoyi schlägt.

Erste »Anzeichen des Irrsinns, Zeichen der Meuterei« vermerkt das KT-3 auch für den 14. laut Meldung Mustafaëv, Feldscher: »Soldat II. Klasse Afanassiev ›hört‹ Satan, ›sieht‹ Gottes Stimme, liegt ›im Wochenbette‹, ihn treibt ›das Kindbettfieber‹ ... er singt ... Gesang besteht aus Flüchen« – »christlichen Inhalts!«, notiert Major N. auf den Rand des ärztlichen Einweisungsscheins ins Reservelazarett Stepanakaert ... – »... ›Oh du ... Gesinde, lebendig begraben‹ ... ›so zahllos!‹ ... ›in sowjetischer Kluft‹ ... ›solcher da von Kriegsgefangenen‹ ... mit ›Gottes Stimme im Rücken steigt S-020 in sein Erdloch – ein Spitzel! ... S-021 folgt ... Spitzel schütten sich selbst zu!‹ ... Soldat Afanassiev erwartet ›schon ein Lichtjahr lang‹ den Tod ... ein ›Sieb‹ sich auf seinem Anwesen kreuzender ›Erdgasleitungen der Nationen‹, durch welches ›wir fallen‹ ... ›denn das Gewitter kehrt ohne uns zurück‹ ... MIR GEGENÜBER IN SCHLACHTORDNUNG DIE SCHRECKEN GOTTES ... IN MIR DIE PFEILE DES SCHADDAÏ« – »des Gegengotts?«, fragt Mustafaëv. So habe Afanassiev ihm gegenüber erwähnt, daß auf ihn schon am Morgen des 5. (!) ein ›anderer Gott‹ zugestoßen sei – ›aus dem Nichts‹... »A. ist diesbezüglich geständig«. Dann, »über den Wolken«, beobachtet der Feldscher selbst »Sonnabend 23. ca. 08 h 00 in Gipfelhöhe etwa ›*Gestalt*‹«. Erst die sechste SRBM-Rakete sprengt sie, mittags, vom Berg. ›Gestalt‹ war eine Zinne – die dritte über der Mittelwand des K-4-Kegels, die aus einer konkaven Steilwand unterhalb der Kluft in den Riß abstürzt und den halben Unterberg mitreißt – »begeistert«. »Körper regen sich in Fieberzuckungen«, meldet Mustafaëv, Feldscher, dem *Smerch* – Männer »brummeln da so vor sich hin, sofern sie verstehen; aus dem Zusammenhang gerissene Verse gehen in ihren Wortschatz über«. »Stab erwartet revidierte Feindbildausarbeitung zum 24.05. 10 h 00«, kabelt am 23. das III. Armeekorps an I-c. Saté, scheint es, antwortete nicht. Er notiert – wohl nur für sich – »Die Worte verstecken sich in der Natur der Sache. Z. B. ›Tod‹: Saté erkennt seine Sache wieder: »Die Hölle!«. *Lieder der Nacht* sollen die Irrenden *zur Besinnung bringen, Stricke der Demütigung* sollen sie *bändigen, das Plätschern des Äthers, das Eis der Strahlungen* [XXXVII. Gesang – noch weiß es niemand] – *die epileptischen Anfälle der Hirschkühe, die Grabstelle der Opfer* [XXXIX. Gesang]. Unklar, wem welcher Satz gehört.

Zug 2, Stoßtrupp des 3. Infanterieregiments / III. der Aseri, meldet für »24. mittags Verlegung der Sicherungswege in die Südwestmoräne, abends Freudentaumel der Hundestaffel« neben der durchschnittenen Kehle einer türkisblau geschminkten Frau in 2202m Höhe – »Anzeichen des Hungers? Nein!«, notiert der I-c Saté – »Vorankündigung des Kannibalismus«. *Hier sind die Rebellen im Aufstand gegen das Licht.* »Plagiat!« (Saté, Funkbericht 4). *Hier sind die Ahnungslosen seiner Gesetze, hier die vom Pflaster Verbannten.* »Geschlechtskranke haben noch keine eigenen Krankenzüge gebildet?«, fragt das III. Aserbaidschanische – »Jetzt haben sie!«, kabelt der I-c zurück. Tagesbefehl HQ22 umschreibt künftighin Schwule französisch – *sidaïq:* »eigne Küche, eignes Grab«. »Die Schlaflosesten meutern«. Imam Dudaëv macht ihnen vergeblich Mut. Sein Trompeter bläst ihnen die Kerzen aus. »Oh! Das Konzert im Dunkel läßt die von Frost geschüttelte Stimme im Gebirge kalt« (Saté, *KT-3/123*). *Den Todgeweihten* im Graben verursacht sie *Monde des Elends. Nächte des Kummers* kommen auf sie zu. »Weniger die Hetze ist es, die uns zu schaffen macht«, meldet er, »denn die höllische Insistenz, die Lautstärke, mit welcher der *Murtadd* die Truppe quält«, der Mensch, der Imam Dudaën an »nichts denn an Satan« erinnert, weil er »GOTT wie einen Brocken ausspuckt«. Doch sein Gewitter erreicht ungestört pünktlich die Feldlager – »heiser«, als würde es aus jeweils gegnerischen Stellungen von Lautsprechern übertragen.

Aufklärer erscheinen nochmal zwischen den Blitzen hoch über der Stimme, nur kurz aus der Wolke brechend und dann in die Wolke vergeblich zurück. »Das Jammern stammt nicht von Menschen«. »Grabesruhe«, sagt Chatschaturian, »herrscht« – »Herrscht? Wo«, fragt das H.Q. an – »im Türkenlager?« – »Oben, bei den Alpinen, sowieso« – ›Oben‹ ist 250 km² groß – ›unten‹ unendlich. Die Freien »schweben wie an Fallschirmen trunken. Seit 24. 01 h 00 Aktivität minimal. Die vom III. aserbaidschanischen sind verwirrt, betäubt« – die Freien »zu schwach, stark in der Etappe nur, zu Haus, dem Schund falscher Offenbarungen erlegen und anscheinend noch in der Überhand«. Irrtum. Die sich gegenüberliegen, liegen still, »lauschen Hackbrettern, Lauten, Zithern – dem Obersänger, wenn das Gebirge grade mal nicht tobt«. Ich zitiere Dudaëv, Imam: Dudaëv erklärt: Das ist »Iyob – das Buch«. Das aramäische. »Jüdische«, antwortet Minaëv. »Iyob. Das Testament«. Dann schreit er: »Das Alte!«. Iyob!

Die Freien beobachten inzwischen: »Bewegungsvermögen feindlicher Kampfverbände eingeschränkt bis Null. Offensivoperationen zur Sicherung Zugang Korridor/Schuscha aussichtslos«. Latschin-Dorf birst derweil von Flüchtlingen, die sich Richtung Rußland – Daghestan – absetzen, am Ende oft den Leuten vom *Smerch* in die Hände fallen. »Obgleich sie sich vor diesen auf die Knie werfen, trifft sie die Kugel von rückwärts. Kerle lachen sich tot« (Chatschaturian).

Dann, am 25., knackt *Smerch* den Code der Freien. Beruhigt lesen die Aseris, was die Freien in ihren Gedanken gelesen haben: »Ordonnanzen jagen die Schlaflosen in die Zelte zurück (04 h 30). Oberst Minaëv weist Ordonnanz in Mission ein, mit gegnerischem Lager in Verhandlungen zu treten (04 h 55). Feuereinstellung (05 h 00). Parlamentäre verlassen

Kommandozelt mit weißen Fahnen und Fackeln (05 h 12)«. Um 18 h 00 Ortszeit unterzeichnen im HQ Gandscha des AA/III. Armeekorps die Verhandlungsbevollmächtigten für die Streitkräfte der aserbaidschanischen Republik, künftighin ›SAA‹, einerseits, für die Nationale Armenische Bewegung Berg-Karabach, künftighin ›NAB‹, andererseits, wie folgt einvernehmlich im Zuge der Wiederherstellung normaler kriegsrechtlicher Verhältnisse [in französischer Sprache]:

I. Abkommen über eine sofortige Waffenruhe

I. 1. Abkommen über die Bildung eines gemeinsamen Kampf-stabes mit dem ausschließlichen Planziel der Ergreifung resp. Vernichtung des im Mets-Kirss-Massiv verschanzten, die Kampfhandlungen behindernden Individuums

I. 2. Abkommen über die unverzügliche Aufstellung einer im Rahmen des zeitlich begrenzten Bündnisses operierenden Spezialeinheit einschließlich Unterstellung der zu gleichen Teilen aus gegnerischen Waffenträgern gebildeten Einheit unter den Oberbefehl des Obersten i. G. Suret Husseinow (Republik Aserbaidschan), Stellvertreter Feldkommandant Levon ter-Megreditschian (NAB Berg-Karabach)

Das Abkommen tritt am 25. Mai 1993, Null Uhr, in Kraft. Seine Wirksamkeit erlischt mit dem 30. Mai 1993, Null Uhr. »Banditen«, flüstert Suret, als er neben ter-Megreditschian das Papier unterzeichnet. Minaëv berichtet das an Saté.

Am 25. noch, 06 h 00 früh, erschießt Funker B. Schwule (2) nackt (Bäcker B., Reg.-Zither B.). »4. Zug/3. Kp. Gelächter einhellig«. Funker: »Fahnenflucht – ist das klar?« »Abflug ca. 11 h 00. ›Scharren‹. Ungeduld? – ›Also wann?‹ – Nur die Pferde wiehern nicht«. Hubschrauber 1-S – Sikorsky – hebt in Schuscha mittags ab – 28 Mann – ›Steiger‹ – »Pack – Zivi-listen! (23 : 5 !)« – mit SRBM, Feldhaubitze (1) MG-Waffen (6), Munition. Saté gibt den Seinen »guten Rat« mit auf den Weg. Chatschaturian überfliegt noch einmal den Tages-

befehl *Milchwirtschaft unterbinden,* hört *Kammbezirke* UNTER
IHM … 21 bis 23 … TOTE WURZELN … *Turm & Wander-*
falken … ÜBER IHM … Gott … FALLENDES BLATT-
WERK, dann Dudaëv laut *Der andere Gott* sagen, *der das Übel*
schützt, Gottes Zorn, mit dem das Übel sich rettet, von dem das
Übel kommt und der dir befiehlt, dem Übel zu dienen, als sei es
Gott. Im Basislager 2 – 1809 m ü. M. vermerkt Deserteur F.
»Fieses Wetter. Diese Brüllerei!« Sein Tagebuch – *Stunde*
Null – ist läppisch. Nur seine Vernehmung durch die parla-
mentarische Untersuchungskommission, ein Jahr später,
lohnt: OH IHR AUSGEBURTEN DER VÖLKER. An
Ausgeburten erinnert er sich. Im Salonzelt: Innenminister
Hamadow & *Bozkurt*-Chef Mahesamow – ›Grauer Wolf‹ – zu
Besuch. MIT EUCH STIRBT DIE VERNUNFT. Minister
– an vorderster Front – hört (Kopfhörer) Charlie Mingus;
Saté – schon oben – GOTT. – »Türke?« – IN IHM IST DIE
MACHT UND IN IHM DER SCHRECKEN … – »Ver-
stehst du?« – »Türkisch?« – GIGANTEN … – »Russe!!« –
… ZU LANDE UND ZU WASSER – »Gott?« – HAT
NICHT ER SIE GEMACHT? – »Schlaf fehlt ihm«
(Feldimam Dudaëv) – NACKT STEHT VOR IHM DIE
HÖLLE … Armenisches H.Q. ist jetzt Gebirge – Gestein.
Nichts … DEN NORDEN HERABLASSEND BIS IN
DIE EINÖDE / HÄNGT ER DIE ERDE AN DAS-
WAS-NICHT-IST / QUETSCHT ZWISCHEN DIE
LÜFTE GEWÄSSER / UND ERDRÜCKT DOCH MIT
IHREM GEWICHT NICHT DIE WOLKEN / DIE
SCHEIBE DES NEUMONDS BEDECKT ER MIT DEM
SCHLEIER DER LUFT / SCHON IN DEN STOFF
DES WASSERS HAT ER DEN KREIS EINER KUGEL
GEZEICHNET / BIS AN DIE NAHT WO LICHT
UND FINSTERNIS SICH BERÜHREN SOLLEN …
Saté nimmt das ins Protokoll.

810 m ü. M. (Basislager): Batterie 2 übernimmt Sperrfeuer.
»Echo irreführend. Stimme höhnt vermutlich aus Bergstock
gegenüberliegender Moräne«.

2455 m ü. M.: Kanonier Chatschaturian errechnet die Wurf-
parabel des Echos. Ohr ruht am Fels. Er hört: EIN LIED
MACHEN SIE SICH AUF MICH …

3808 m ü. M.: »Stimme zum Greifen nahe«.

3102 m ü. M.: Als die Züge 1 und 2 gleichzeitig die Südflanke
von K-4 erreichen, sind die Wände leer. IHR MÄRCHEN
GEWORDEN BIN ICH JETZT. »Zug 2 jetzt auf 2455 m
stop tastet Bergsattel und Schrofen vergeblich ab Ende«.

2455 m ü. M.: Freiwillige und Esel seilen sich südwarts ab,
in Nebel, retten, als die Schwade sie einhüllt, ihre Umrisse in
Kavernen – Erinnerungen an sowjetische Munitionsdepots –
Bohrstangen, Schlägel, längst gegenstandslos. ›Der Ver-
ruchte‹ brüllt *(Smerch)*.

Tal: »Freiwillige hier sehen und hören nichts mehr«. Andere,
die ihre Uniformen hinter den Latrinen gegen Zivilkleidung
eintauschen, sieht freiwillig niemand mehr. »Schande!«. Ein
Päckchen Zigaretten macht sie noch blinder. »Sehen sich
selbst nicht mehr. Am Nordeingang erschießen! Öffentlich!«

1610 m ü. M. »Wer versteht schon das Wort ›Fahnenflucht‹.
Der Patriot ist ratlos«.

1780 m ü. M.: »Der auf Widerristen von Türkeneseln über
den Gletscher ziehenden Todesschwadron fehlt nur noch ihr
Katholikos. Verbrüderung?« Erst spät, als sich der Wind legt,
hört das Kommando – leise – die Stimme – »Schluchzen erneut zwischen den Zinnen von K-2 … Nordsattel«, mutmaßt
Teilzugführer 2/II. Der ›Mensch‹?

2033 m ü. M.: 2/I beobachtet »im Strom des Kana sich bildende Männerkette … Schäfer, die, vor der Schneeschmelze,
nicht vor uns in neue, entfernte Weiden flüchtend, ihre Lämmer auf dem Kopf durch den Wildbach tragend ertrinken«.
Ertrinken? »Aufklärer bestätigt« –

2411 m ü. M.: Vom Nordsattel – ›unbezwingbar‹ – erkennt 2/I im Bergstock kaum mehr als das »Abwandern von Schatten im Gegenlicht« – Lagerfeuer. Die Säule der Gebirgsjäger hat sich gezweiteilt, Zug I zum Biwak im Schnee abgesattelt; Zug II stößt in die Moräne vor: Nichts. Das Echo hat sie irregeführt.

»Das eigene Fleisch greife ich mir jetzt mit den Zähnen«, schreibt ter-Megreditschian an seine Tochter Toha, Iyob zitierend – schon nicht mehr ins *Feldbuch 24* – und, dann, nachts … MEIN LEBEN IN MEINE HÄNDE ALLEIN LEGE ICH ES – TÖTE MICH HERR ICH GEBE NICHT NACH. »… Hunde«, hört er »… von fern, wobei ihr Weinen auf stummen Stimmbändern in umso fürchterlicheren Synkopen, als sie die Steinwände abplatzen machen, wie bei mittleren Streichern jeweils die Mitte des Ungesagten auf einen riesigen Raum trifft, der dadurch, daß er ausgelassen wurde, seinen Klang an das Hörbare abtritt«, denn »allein durch Zuhören« seien den Männern »die Sätze dann im Mund zusammengebrochen«, und zwar immer dann, »wenn der unvermeidbare, verheerende Drang der eigenen Stimme nach Einstimmung auf einen Chor und für Türken so unerklärlich christlich dazu noch ihnen derart die Worte in die Kehle zurückdrückte, daß Leere entstand«, als sie schreien wollten, aber nicht konnten; wobei Fertigkeiten, wie sie im Geschick alpiner Einzelkämpfer verborgen liegen, dadurch nicht etwa geringer wurden, daß so viel Zuversicht mit so viel Wahn einherging. Später, als Zeit ist, *Feldbuch 24* mit den aserbaidschanischen *Kriegstagebüchern* zu vergleichen, weiß man: Iyob, III. Gesang, Vers 2–15. Man muß nur das Fehlende miteinander vergleichen: Wem hat eine Kugel das Buch durchbohrt – wem das Herz; an den Löchern klebt Blut – am See Sevan, im Archiv, schon unter Glas, ist es Reliquie. Pilger erinnert es an das Armeniermassaker von Sumgaït – 1988. IN SEINER

HAND HÄLT ER DIE KEHLE ALLES LEBENDIGEN. Noch »erfleht die Stimme Aufmerksamkeit«, berichtet Abschnitt 23, letzte Feldwache über 3000 Meter, »und beschimpft dennoch Gottes Werk – ein grandioses Übel!«. Noch irren die Züge, Bergbauern, Artilleristen, Spione, Grenadiere, die Jäger, die Steiger, laufend von Sikorsky 1 und 2 abgelöst, durch das enorme, im unüberwindlichen Gefüge von Wand zu Wind springender, hallender Echos vorgegebene Vakuum »allgegenwärtiger Abwesenheit von allem« – noch bilden sie, in Zangenbewegungen beiderseits der Schlucht aufeinander zustrebend, Kessel; kesseln ein, schießen auf Schatten, zweiteilen sich erneut, manchmal in drei, vier Gruppen, ›Kommandos‹, um – »voller Schwermut«, sagt Chatschaturian – »sich dann in der geschlossenen Zange zwar wieder vereinigen, doch auf ihre Hoffnung nicht einmal mehr anstoßen zu können« … Auch hier decken die Tagebücher sich: »Wie Irrlichter zucken sie … die *Smerch*-Schufte, die *Smerch*-Freunde, die Spitzel … kleine, goldene, enttäuschte Pünktchen an den Schrofen«, notiert ter-Megreditschian, »… Karbidlampen schwingende Esel … auf der Suche nach ihrem König … nach dem ›*Murtadd* der Lüfte‹ … in Seilschaften ständig ihre Steiger einwechselnd, ›Flügelstürmer‹, die das Gebirge in die Hand nehmen, großspurig auch dort, schlaflos dem Herausforderer ausgesetzt«. Dann – Freitag, 5. Tag – reißt eine Lawine Zug II in den Abgrund. »Verluste dank Einsatz Hundestaffel gering: 4:22«. Stimme verstummt um 06 h 23 – 5. Tag. »Schlaf? Freude und Taumel!«, funkt Stab an Saté – »Morgengebet der Danksagung« »Oben«, in den Höhen der Freien, »Andacht, Zweifel, Verdauungsprobleme. Die Unseren entleeren sich über der von den ›Türken‹ besetzten Gletscherspalte – 380 m tief. Kofferradio (die Antwort?): *Ich bin ausgezogen in die Stille der Nacht … Niemand hat mir adé gesagt …* – Mahler? *Gesellenlieder?*« (ter-Megreditschian). Er weiß nicht. »Keine Wolke; im Tal siedende

Hitze (42°). X schreit«. Diarrhöerkrankungen sinken im aserbaidschanischen Feldlager auf 65% des vorangegangenen Monatsdurchschnitts, das Sterberegister auf – quasi – Null: Todesfälle? Zahlen der Freien kennt man nicht. Laut Chatschaturian: »Gefallene: 0, Selbstmord: 1 (pers. Gründe), Bestattung statt Sargkiste im Volkskrieg-Banner der *Hayota Hamassam Sharshum*«. »Wer übertönt da die Absegnung?« Donner? »Türke jetzt wie benommen«, berichtet ein Kundschafter »Ausgestopfte Wölfe«, höhnt ter-Megreditschian. »Wie mit unseren Niederlagen umgehen? Wir sind doch lächerlich!« (Minaëv, Stabsbesprechung 30. 5.) Mittags: Zug 2 ortet Zug 1 nicht mehr. Die schillernden Schemen über dem Gipfel sind Eissplitter, die der Südwind aus dem Firn schabt und über den Mets-Kirss-Kegel fegt. Dann, dreiundzwanzig Stunden später – Sonne im Zenit – dröhnt die Stimme erneut, dann nicht mehr, dann fürchterlich. Unterhalb des Gyamsh fressen inzwischen Lawinen, was von Basislager 2 übriggeblieben ist – leere Zelte – »Verluste? Vorhersehbar«. Unter strikter Geheimhaltung verhandeln Wölfe und Freie auch dann vergeblich noch über eine Verlängerung der Waffenruhe um zwei Tage, als sie schon zur Beruhigung der Seelen ein Zusatzabkommen unterzeichnet haben ›über den sofortigen Austausch aller Gefangenen‹.

Am 13. Biwak: Hier Schneeglöckchen, da Stiefel. »Vollzug via Leuchtkugel anzeigen«. Südwand antwortet in dunkelblau. Abstieg bei sternklarem Himmel … WIE EIN KÖNIG GING ICH … Kammaufstieg noch vor Sonnenaufgang, 00 h 06 Patrouille in Nebeldecke – taucht in sie ein: »Hier Moräne K-3 – auf Nordwand«. Dann bricht der Funkkontakt zu Gruppe 2/II ganz ab. ›Volksmund‹ meldet, notiert *Smerch* »für H.Q.«, ein ›Insektmensch‹ sei von Holzbringern auf dem Triftplatz des Sturzbaches Kana gesichtet worden – es sei eine junge Frau bei ihm gestanden; auf dem Kamm sei eine

Frau gestanden; seine Tochter sei bei ihm gestanden; seine Lieblingstochter sei bei ihm gewesen; sein Liebling sei durch eine Hasenscharte verunstaltet gewesen; der Spion Alifasow habe sich ihr genähert; der Spion habe sich seiner Liebsten mit einer Forelle genähert; er habe sie hinter den Felsen geküßt; er sei dafür erschlagen worden; eben dort seien beide erschlagen aufgefunden worden; man habe sie unter einem Findling begraben aufgefunden; man habe den Schuschaaner unbekleidet aufgefunden und die Tochter mit seinen Kleidern bedeckt; man habe bei ihnen die Gräten einer Forelle vorgefunden; ihre Gesichter seien von bläulicher Färbung gewesen; es seien an Gräten erstickte Gesichter gewesen; der Spion habe ein Bildchen der hl. Jungfrau vom Grabe an der Brust und bei sich in einer Dose ›sechs Augen‹ getragen; es seien geblendete Augen gewesen … »Soldatengeraune«, sagt ter-Megreditschian, dem die Gerüchte gleichfalls zugetragen wurden – »Märchen sind wahrheitsimmun«. Vom Ende des ›Insektmenschen‹ weiß man noch so gut wie nichts. Kautabak findet man bei ihm, eine Armeedecke, Plastikfolien, ein Weckglas mit lebenden Ameisen, in dessen Verschluß er winzige Luftlöcher gebohrt hatte, getrocknete Frösche, erdkugelförmigen, unangebrochenen Büffelkäse, Silberpapierrollen, Einlegesohlen, ein Kofferradio, Voltaren-Salbe, eine Autobatterie, ein Sprachrohr, ein graues Horn, wie es auf den Dächern von Streifenwagen der Ordnungspolizei angebracht ist; über Person und Festnahme findet sich in den Tagesbefehlen von Aseris und Freikorps kein Wort; *Kriegstagebücher*, Schauplätze, sind ähnlich geartet wie die Gesinnungen, unvereinbar und unvergleichlich wie Feindbilder aus Geschlechterkriegen. Verbrüderung und Selbsttötungen verschweigen sie, mörderische ›Bergandachten‹ der Ihren wie auch auf den Gebetsteppichen im Gletscher der anderen. *Smerch* schweigt sich sowieso aus. Am siebenten Tag schiebt, endlich, eine Jägerkolonne in 2910 m ü. M. aus den Schwaden

einen geknebelten Gefangenen, der die Kleider eines Schä-
fers trägt. Saté sagt, sein von Alkohol verwüstetes Gesicht
habe zu keinem der Bilder gepaßt, das man sich von ihm
gemacht hatte. Man habe das Wesen an den Beinen ziehen,
dann gar, als es Widerstand leistete, um sich schlug, auf dem
Rücken tragen müssen und gefesselt über die Eishaube der
Südwand auf das Plateau geschleppt, von wo es dann, in einem
Fischnetz hängend an den Stahlkufen eines Sikorsky vertäut,
ausgeflogen worden sei; der Hubschrauber habe sich dann
mit seinem Fang über den Männern von Schuscha gesenkt,
zunächst in den Gärten der Schuschaaner Moschee zu landen
gesucht, den Landeplatz aber verfehlt; der Mensch sei in
einem Baum hängengeblieben, dann, kaum aus dem Netz
geschnitten, gestürzt (15 h 12), doch ohne Schaden zu nehmen (15 h 13), sogleich aber erneut gefesselt worden (15 h 21)
und in den Keller der Moschee verbracht (15 h 30); Vogel-
schwärme hätten in Aufruhr die Ruine verlassen, der Himmel
sei schwarz geworden (15 h 32). Soldaten des III. aserbaidschanischen seien in die Unterstände buchstäblich zurück-
gestürmt und hätten dort »das Ende des Menschen« verkün-
det und in der Feldküche getanzt; auch die Rufe des Muezzins
hätten nicht verhindern können, daß man »das Tier« noch
lange laut weinen habe hören müssen. Der Protokollant vermerkt dies ausdrücklich für 00 h 18: X-03 sinkt sogleich in
Schlaf (00 h 20). Wächter wecken ihn ohne Unterlaß, doch
vergeblich (00 h 20 – 00 h 34), lösen (00 h 35) befehlsgemäß
Fessel, Knebel. Der Freie Chatschaturian notiert: »Gardist,
der Befehle erteilt, läßt sich von der Horde ›Khaled‹ nennen«. Soldaten entzünden Kerosinlampen (00 h 36). Khaled
spricht X-03 in der Sprache des Korans an (00 h 36). Der
versteht nicht (00 h 37). Ordonnanz bringt Suppe (00 h 40).
X-03 schlürft sie auf der Stelle aus (00 h 41). Khaled versetzt
ihm Schlag ins Gesicht (00 h 41). »Der stämmige Mensch
der Moräne ist einfältig, offenbar in Unbill geschult«, so

Satés Kommentar andernorts. Mensch erbricht sich (00 h 44). Ordonnanz tritt ihm in den Magen (00 h 49). Zweiter Soldat leert über ihm Wasserkübel (00 h 52). Chatschaturian: »Khaled bietet ihm Zigarette an (00 h 53). X-03 raucht Zigarette (01 h 05), Khaled schlägt sie ihm aus dem Mund (01 h 15), X-03 will sie aufheben, findet sie nicht mehr (01 h 25). Erst jetzt bemerken wir, daß er blind ist (01 h 35). Dann sagt er ein Wort: So ist das (01 h 41). Khaled: *Armenier!* Soldat I: *Leutnant, das ist georgisch.* Soldat II zieht X-03 Kapuze über: *Spion!* Soldat II: *Wo du herkommst* – erstickt X-03 unter einem nassen Lappen. Der Mensch: *So war das.*« Die Folter beginnt hier. Der Hergang ist nicht verbürgt; noch sind es nur Uhrzeiten. Die Angaben stammen von einem Freien. Über die Verhandlung des Standgerichts sagt keines der beiden *Kriegstagebücher* irgend etwas, das über die schriftliche Fassung des Urteils hinausginge. Man weiß, daß die Verhandlung »weniger als eine halbe Stunde« dauerte, die Beratung »14 Minuten« und daß der Mensch eine Kennummer erhielt, daß ›X-03‹, als ›Doppelagent‹ angeklagt, »Simulant und, in Wahrheit […], fahnenflüchtig und Russe war, Bergjude der Sowjets«. »Sein Schlußwort, fast keines«, sei »Essen« gewesen, »Mutter«. Die Richter – »Steine« nennt sie Chatschaturian – »rauchten« während der Verhandlung. Es sind – trifft zu, was ter-Megreditschian berichtet – Ingenieure, Schuster, Lehrer, nicht Aktive jedenfalls. Ter-Megreditschian selbst fehlte. Saté bestätigt das. Khaled habe spät nachts erst die Karbidlampen von Wachen – »Säufern« – löschen lassen; dennoch habe man »den Mann von außen schlummern sehen können«; Kinder hätten durch die Gitter »auf ihn uriniert« (K. Chatschaturian). Als man ihn bei Sonnenaufgang auf die Wiese stellte, habe ›der Halbblöde‹ noch schlafen wollen und der Lärm der Vögel auch dann im Steinbruch noch angehalten, als ein Erschießungspeloton Aufstellung nahm; Saté habe es kommandiert. Es seien noch zwei Spione auf einem

Ochsenkarren herbeigefahren worden – später als ›Bildadian‹ und ›Elifasow‹ identifizierte Schuschaaner; sie seien mit ihm vor eine Marmorwand gestellt und erschossen worden. Das Gekreisch der Dohlen habe mit den Salven zugenommen. »X-03 starb mühsam«. Noch nach einem zweiten Gnadenschuß habe er »geflucht«, zuletzt, nach dem dritten, »gehustet«. Die Gardisten hätten »auf ihn trinken« müssen, zwei Nüchterne derweil den Leichen die Ringe von den Fingern schrauben, ein Kind habe Iyobs Stiefel geerbt, ein Fledderer sich mit der Wäsche der Drei davongemacht. Neben der unbekleideten Leiche des X-03 habe eine Frau gekniet, bei welcher, »aus Sehnsucht«, so der Feldscher, »Blutungen eingesetzt« hätten. Die Worte, die sie gerufen habe, seien nicht wie anzunehmen im Lärm des Grammophons der Feldküche untergegangen; man habe sie »auch im Sturm noch hören können«. Andernorts wird die gute Nachricht auf der Trompete geblasen. »Gräben antworten mit Freudenfeuer. Nordwand zum ersten Mal still«. Vor Schuscha kreuzen Hauptleute den Siegeskonvoi mit den Leichen der Spione. Dem Zug folgt ein Kind – Chatschaturian sagt: »Gottes«. Latschin empfängt es mit Salutschüssen. »Gottes Freund« wartet aufgebahrt in der Bunkermitte des alliierten Gefechtsstands auf seine Verbrennung. Der Stab bemängelt »Ausdünstungen des X-03 – Kot, Käse, Karbid«, seine Schönheit erinnert Chatschaturian »an den Ché der Leichenhalle in der Schule von Higueras«. Generalstäbler bilden um ihre Trophäe den »blinden Kreis der Verschwörer«. Ein Regimentsfotograf schießt Erinnerungsbilder. Aserbaidschanische Hauptleute geleiten die Parlamentäre der Freien bis an die Gräben. Noch sind die Linien nicht wieder feindlich. Das Todeskommando *Smerch* verbrennt den Menschen im Gebirge. Das ist schriftlich verabredet. In den Stellungen der Freien gehen die Lichter aus. Die bei sternklarem Himmel auf das Fegefeuer warten, weinen; sie sind in der Minderzahl. Ein über der Feuerstätte

kreisender Aufklärer der aserbaidschanischen Luftwaffe beobachtet am unteren Vorkegel des Gyamsh »Gebetsfahnen,
Papier, Konfetti, Staniol, Frauenstrümpfe, an blattlosen Zweigen flatternde Reste des Wanderzirkusses *Beladona*, Tierleiber,
Zeltbahnen – ein Füllen«. Über die Stellungen schallt Bulent
Ersoys Gassenhauer *Benim Dünya Güzellerim*. Die Freien graben sich am Gipfel ein. Dann – 06 h 12, Dienstag, 3. Juni, als
die Unterstände sich zum letzten Schlaf vor Ende der Waffenruhe niedergelegt hätten – sei »das Unerhörte geschehen«, es
habe »die Stimme wieder zu rufen« begonnen, »donnernd«;
der Feuerlärm, der ausgebrochen war, »Freude – entsetzlich –
Jubelschüsse der Haubitzen auf die Berge«, sei »augenblicklich abgeebbt« und die Truppe habe nun »der unfaßlichen
Wiederauferstehung gelauscht«, der Soldat II. Klasse Afanass-
siev sie gar »gesehen«. Das Bild sei »vereist wie ein Foto«,
die Gardisten seien »versteinert« dagestanden. »Im Vorgebirge«, sagt ein Beizettel zu *KT-3*, Mustafaëv zitierend,
»stürzt, atemlos, der Bergbauer Zofarow [?] – auch er steinern
jetzt – ab …«. »Iyob lebt!« … Afanassiev jubelt. »Zofarov
flieht über die Abhänge« [wer ist Zofarov?]. Schüsse können ihn nicht mehr treffen. ICH WEISS DU KANNST
ALLES / JEDER MÖGLICHE GEDANKE BIST DU /
WER WENN NICHT EIN UNKUNDIGER / KÖNNTE
WOHL DEINE KUNST LEUGNEN / WIE VON SIN-
NEN REDETE ICH / FERNE WUNDER / DIE ICH
NUR AHNE / TÖNE NUR FING / MEIN OHR VON
DIR EIN / DOCH JETZT SAH DICH / MEIN AUGE.
»Gott spricht in riesigen Regenwolken arabisch«. Als Zofarow
über die Geröllhalden ins Tal stürzt, bricht der Berg ein, dann
ab. Soldat Afanassiev sieht »Leuchtkugeln«, hört BRÜDER
SCHWESTERN VON DAZUMAL DIE LIEBSTEN
und, dann, von Kamm zu Kamm, unsichtbar, mit Kunst-
fertigkeit die Verfolger über seinen Standort täuschend, »die
Schritte« des Menschen, der seine Appelle an kommende

Fahnenflüchtige wie eh und wie von nirgends in den Korridor katapultiert, denn das Unheil, das er stiftet, ergreift »jetzt alle. Seinen Feinden geht er durch die Lappen, er hat sie um ihren Krieg gebracht«. Afanassiev träumt nicht: Ein Bericht des Generalstabs der Aseris vermerkt »für den 6. Juni allein zwölf Fälle plötzlichen Irrsinns«, in allen drei Frontabschnitten »Aufruhr und Meuterei«. Noch ruft sie der Feld-Imam Mustafaëv zur Raison: *Gott verläßt nicht! Er ist!*, jubelt er in die Horde – »ein gelähmter Haufen, spindeldürr, verwegen trotz, wegen, ja, wegen was. Sie fressen dem Feldimam das Paradies aus der Hand. Auch sie – Ausländer! Inguschen! Tschetschenen! Ägypter! Grausame!«. »In Stepanakaert zur Kur verschluckt sich die Generalität an Bergluft. Die Toten stinken woanders«. Den Afanassiev fliegen Armenier aus. Feinde, Schwerverletzte, landen zusammen mit verwundeten Freien im Reservelazarett IX, in Latschin. Der Feind träumt: In der Talsohle des Ararat »sieht« er, »schneebedeckt, Satan in einem Baum«. Wie schon die zuvor notierten Wahnbilder des Soldaten A. erregen die »Luftspiegelungen« des um den »Durchbruch der Wahrheit bettelnden« Satans nichts als Schauder: Afanassiev verbringt die Nacht sterbend mit Schreien. Die Helle der aus der Fülle der Schreie in Intervallen abfallenden Halbtöne zeigt an, daß er »in die Zeit vor seinem Stimmbruch zurückkehrt«; seine »herrlichen Kehllaute« sind »Anspielungen auf die Offenbarung«: Satan sei »aus dem Baum auf die Weide geklettert«, er habe sich dort »entblößt«, er sei elf Jahre alt gewesen und ein Mädchen und von unerträglicher, wilder, großer, größerer Schönheit noch gewesen als »was nicht bei seinem Namen genannt werden« dürfe. Vor Sonnenaufgang kämme er sich auch jetzt noch »im Spiegel eines Tautropfens« und sänge dabei jeweils: UND DER HERR SEGNET DAS NEUE LEBEN / MEHR NOCH ALS DAS VERGANGENE / VIERZEHNTAUSEND SCHAFE / SECHSTAUSEND KA-

MELE / TAUSEND OCHSENPAARE UND TAUSEND
ESELINNEN / UND SIEBEN SÖHNE UND DREI
TÖCHTER / UND NENNT DIE ERSTE JEMINE-
TÄUBCHEN / DIE ZWEITE KZIA-ZIMTBLÜTE /
DIE DRITTE KEREN-HA-PUCH-DAS FÜLLHORN
DER SCHMINKE, und wußte doch: »Das Schöne glaubt
seinen eigenen Worten nicht«. Der Gyamsh habe sich im
Mets-Kirss »vornüber lehnt« – ihm »zugeneigt erst, als es
wieder glaubte«. Afanassiev sagt: »Der Mensch steht auf dem
Berg; Gott trägt sein Gesicht, er trägt die guten alten Kleider
aus der Zeit vor dem Unglück. Der Mensch erwägt seinen
Selbstmord. Er dreht Gott den Rücken zu. Gott ist unverständlich – vielleicht ein Sprachfehler. Vielleicht fehlen ihm
Zähne«. Dann pfeift er, sagt: »Man hört nichts«: Allein
Wind, der sich hebt – »leise, entfernt, Granaten – Gott. Gott
dreht sich eine Zigarette; zündet sie an; wirft sie wieder fort,
steigt abwärts. Eine Blasphemie. Nach den ersten Schritten
versteinert er. Ein Blitz spaltet seinen Baum. Das Schöne hat
den Vorhang erreicht, der das Land zweiteilt. Es ist jetzt
ewig«. Den Lärm des Unwetters begleiten Angstschreie. Der
Schneekegel des Ararat »hüllt sich in eine Milchwolke – im
Spätsommer die Regel«. Ein Grenzwächter, Russe, folgt dem
Blick Satans zurück ins Nichts durch ein Fernglas »bis in
die Augenhöhle«, dann dem Schönen bei der Überquerung
des alten, noch immer sorgfältig gepflügten Todesstreifens
mit dem Blick voraus und, schließlich, dem Lauf des dahin-
fließenden Arax nach, »durch den das Schöne jetzt waten
kann. Eine tausendköpfige Herde am anderen Ufer erwartet
es – jenseits von Naxçiwan«. Daß der Kranke liebevoll an
seine Feinde denkt, wundert auch die Feinde nicht mehr;
Afanassiev verabschiedet sich auf Stock VII als Stubenältester
der Freien, dann folgt ihm – bald – der Freieste, Levon ter-
Megreditschian. Levon, *Henri*, Kopfschuß, Zellstoffverband,
nur der Mund frei noch, zweiundzwanzig Brüche, hängt, als

Pelichian ihn wiedersieht, neben Afanassiev im Schlingen-
bett. Ein Zimmergenosse füttert ihn. Ich hatte alles, was er
gesagt hatte, niedergeschrieben, Pelichian mitgegeben, und
Levon ausrichten lassen: *Alles was ich weiß, weiß ich von dir oder
aus Quellen, die du mir zugänglich gemacht hast. Bitte prüfe es,
sag mir ein Wort.* Levon antwortete auf einer Postkarte: *Der
Mensch hatte uns einen Spiegel vorgehalten, um uns darin zerbre-
chen zu lassen wie sich selbst. Er verschwand, als er uns nicht mehr
brauchte. Henri.* Von Iyob sagte Henri nichts. Er sagte zu Pelichian: *Pelichian, du bist ein intelligenter Mensch, du wirst wissen,
wer die Grabrede auf Rolando Harris gehalten hat; die kennt ihr
doch alle auswendig.* Dann sagte er, als Pelichian immer noch
nicht verstand: *Grabrede des Ernesto Guevara Serna auf Rolando
Harris … Deine kleine Leiche streckt, tapferer Hauptmann, ihre
metallene Kraft in die Unendlichkeit.* »Dann«, sagt Pelichian,
»dachte ich, er dachte wohl: ich folge ihm«; und dann folgte
er, langsam, und du sagtest dir, dem Bericht Pelichians lau-
schend: du kannst es nicht aufhalten, nie innehalten, nie die
Flut, nie sie brechen, nie, hier, und hier, dachtest du, hier
stand Levon ter-Megreditschian geborener Henri, Marseille,
eingewandert 1947, der Vizekönig des Freikorps, den du im
Reservelazarett *Dvin* kennengelernt hattest auf der Suche
nach seinem Bruder Aram, und von dem du, wie beiläufig erzählt, die Geschichte des Unbekannten von Schuscha erfuh-
rest, des Bündnisses der Feinde, der Feuerpause nach den Ge-
sängen, die er, aus den erbeuteten Saté-Notierungen kopiert,
Vers für Vers übersetzt hatte, und wovon Pelichian, so berich-
tete er uns, das Ende des XIX. Gesangs zerknüllt auf seinem
Nachttisch liegend fand: ZIEH DICH ZURÜCK LASS
VON MIR AB / SO DASS MIR LEICHTER WERDE /
EHE ICH GEHE UM NIMMER ZURÜCKZUKEH-
REN / IN DAS SCHATTENREICH EINTRETE IN
DAS TODESDUNKEL / DUNKEL DIE ERDE WIE
DIE FINSTERNIS SCHATTENIRRE / WO NICHTS

GLÄNZT NUR DAS SCHWARZE. Er starb am Spätnachmittag des 14. April 1994, um 03 h 00 früh, sagte ich, an
Levons Statt, als Dir, lieber Luszek die Stunde schlug, die
Glocke Golodaï, als Du Dir das Leben nahmst, die Glocke
Sissoyi, als Du Dir das Leben nahmst, die Glocke Liëbjed, als
Du Dir das Leben nahmst, die Glocke Polienyi, am 4. Juni,
um 3 Uhr in der Nacht. Satés Mission endet nie. Der Häscher
schwebt, bis in alle Ewigkeit auf der Lauer, über den Unschuldigen.

III.
Nachwort zur Geschichte vom armen Genossen
Anatol Joganowitsch Kuntse

Wie *Iyob* in Palästina, so war auch »der Mensch« vom
Gyamsh Ausländer – ›ein Fremder vom Toten Meer‹. Das
III. aserbaidschanische Armeekorps, in dessen Hände er gefallen sein mußte (es kontrollierte jedenfalls das Gebiet, aus
dem seine letzten Rufe gekommen waren), leugnet seine Existenz auch heute noch. Zwar gibt das *Kriegstagebuch*, das den
Fall erwähnt, ungewollt, seinen Namen mit ›Amin Kuntse‹
an, ein anderes Mal mit ›Amin El-Amini Hussain‹, und seinen
Geburtsort mit ›Edom (Jordanien)‹; doch es sagt nichts über
seinen Verbleib. Den Eintragungen für den Vormittag des
1. September zufolge war laut Fernschreiben des Generalstabs der in Zivilkleidern ergriffene Freischärler Abkömmling
einer ursprünglich syrischen, zur Zarenzeit in das damalige
Sultanat von Naxçivan eingewanderten Familie, die sich später in der Sufi-Stadt Schuscha in Berg-Karabach niederließ
und durch Kaffeeimport zu Reichtum gelangte. Hussain,
nach dem gewaltsamen Tod der Eltern Ziehsohn und Erbe
des Sowchosevorsitzenden und späteren Gutsbesitzers im
Latschin-Tal, Afar Kuntse, dann, im Zivilleben, leitender An-

gestellter der Ölgesellschaft Shell im kaukasischen Ossetien, sei, so heißt es, bis 1991 sowjetischer Bürger und Reserveoffizier der militärischen Abwehr MWD mit dem Auftrage gewesen, das armenische Heer »für seinen bevorstehenden Kampf gegen die Türken« mit Kriegsgerät auszurüsten. »Durch Steinschlag am Sockel der Südwand verwundet, übel zugerichtet«, bezeugt der seinerzeitige Lagerarzt G., »war er Anfang September 1992 im Kubatli-Tal von einer Streife aufgegriffen worden, die ihn für einen russischen Kundschafter hielt, ihn nach Baku schaffte und dort internieren ließ. Angesichts seines Alters und Dienstgrades mit der ihm gebührenden Achtung einvernommmen, versorgt und gepflegt, erlag Hussain, Afghanistan-Veteran, einer Grippe-Epidemie, die während des Winters 1993 im Stammlager 26-B wütete und etliche Freikorpskämpfer wie auch jenen mit ihnen in den Tod riß, der selbst nie gekämpft hatte, es sei denn mit seinen Worten«. Hussain verschied, von Fieber und Durchfall geschwächt, ohne erkannt worden zu sein, am 4. Februar 1993 in den Armen eines türkischen Christen, kurz nachdem er in einem Testament zweien seiner Adoptivsöhne die Niederschrift seiner Geschichte sowie eine Wohnung in Sankt Petersburg vermacht hatte. In einer Denkadresse FÜR EINEN GERECHTEREN KRIEG / KANN MAN EINER SACHE EINEN SINN GEBEN DEN SIE NICHT SCHON HAT übermittelte das III. Armeekorps bereits am 2. August 1992 an den Herrn Staatsratsvorsitzenden der Republik Aserbaidschan, oder, wie es in der türkischen Srache heißt, der Republik Azerbaycan zu Baku, Ajas Mutalibov, die Transkription der über Lautsprecher aus der Nordwand des Gyamsh in fünf Sprachen, wie notiert und übertragen von der Hand des im Kampf gefallenen Feld-Imam Dudaëv, zuletzt auf unsere Stellungen niedergegangenen Aufrufe des Sinnesverwirrten, deren Unablässigkeit allein als ursächlich für den fortschreitenden Kräfteschwund der Truppe gelten

dürfte. Hier beigefügt die Oden IHR LUDER ERGEBET
EUCH DOCH ERGEBET EUCH EINANDER und DU
GREIF WIE EIN KRIEGER AN DEINE LENDEN

> In Ergebenheit
> *M. Saté, Kornett.*

Es lebe der Tod fügt Saté handschriftlich hinzu, links unten, fast
unleserlich, ein für Schiiten ungewöhnlicher Schlachtruf, den
der aserbaidschanische Armeekorps-Linguist den Franqui-
sten des Spanischen Bürgerkriegs abgelauscht haben mochte.
F. G. Dudaëv, Imam, bestätigt am Rand eigenhändig mit Sie-
gel die Übereinstimmung der Aufzeichnungen des Saté mit
den aramäischen Gesängen XL, 7–32 und XIL, 1–26. Über
den Gotteslästerer schweigt er sich aus. Erfahren von ihm und
seinem Ende wird nie irgendwer. Gefallen, wie Saté behaup-
tet, konnte Imam Dudaëv nicht gut sein; auf neuerliche
Kämpfe hatten Aseris und Freie sich nicht mehr eingelassen.
Beerdigt wurde er, so nimmt man an, mit der Masse. Der
Acker, der erste bebaubare zwischen Schuscha und Schlucht,
barg ausschließlich Nachzügler, mehr als fünftausend, vermutlich Verhungerte. Der Krieg war vorüber, der Winter
machte ihn schon wieder wett, die Stadt Ys hatte, goldene
Regel der Urbewohner von Astrach, wieder viele Vorstädte,
die jetzt Grabstätten waren.

IV.
Zweites Nachwort

Es war einmal eine Stadt, die einmal eine Stadt war und
keine mehr ist. Die Stadt, die einmal eine war, war einmal
eine Vorstadt der Stadt Ys und hieß, als sie noch Stadt war,
Vorstadt Schuscha. Die Stadt Ys hatte viele Vorstädte. Die
Größte unter ihnen war Schuscha, Schuscha-die-Schöne, die

Schönste, Wiege der *sufis*, persische Denkschule, Hauptstadt der Intelligenz, Gregor dem Erleuchter der Schwesternrepublik Armenien geweiht, in die Krater des Kleinen Kaukasussockels gehauen auf halbem Wege zwischen Schwarzem und Kaspischem Meer, Enklave im Westen Aserbaidschans und nach dorthin, vom äußersten, der Nordwand des dem Mets-Kirss-Gletschermassiv vorgelagerten Korridorausgangs von Latschin bis in die *Kehle* genannten, von Stieglitzschwärmen des Sommers geschwärzten Felsvorsprünge sich ausbreitend, die, beiderseits der Schlucht und über diese erhaben, sich an ihrer engsten Stelle einander näherten, als schlössen sie einen Torbogen. Wollte man den *Kriegstagebüchern* des III. aserbaidschanischen Armeekorps glauben, so waren nur Wildnis und Minarette von Schuscha geblieben – Moscheen, Stadtbibliothek, -sowjet, -theater, -park, die Stadt selbst, die Ulema, das Haus der Lyrik, der Rechtsgelehrten, eine Bevölkerung fehlen. Den Urheber der Zerstörung nennen auch die *Kriegstagebücher* nur wie von ungefähr: »... Christliche Artillerie hat die Schönste verwandelt ... der Besucher erkennt sie nicht wieder, der Überlebende spricht von ihr hinter vorgehaltener Hand, seine Scham ist rachsüchtig wie das Pferd« ..., »Glaubenskrieg hilft Schmerz überwinden« – *El Kuds*, Kampfblatt saudischer Freiwilliger, die so den »gesegneten Verlust jeglicher Erinnerung an die Gottlosen« feiern. Das *Große Buch des Krieges* erwähnt nur den Allmächtigen noch: »Gott kennt keine Zeiten; er hat keine Geschichte; die Gottlosen haben ihn aus der Zeit verjagt; wer die Vergangenheit beschreiben will, wählt jetzt das Präsens«.

V.

Iyob oder Die Aufzeichnungen
des Kornetts Mustafa Saté

1, 1 sodann öffnete iyob den mund
und verfluchte seinen tag

2 und iyob schrie wie er sagte

3 des todes sei
du tag der du mich gebarst
und du nacht die du sagtest
ich habe einen menschen gemacht

4 finsternis sei jener tag
gottes ekel verstoße ihn aus den höhen
das licht verweigere ihm sein augenlicht

5 beschmutzt ihn doch   oh ihr finsternisse   ihr tode
umhüllt ihn   oh ihr wolken
erstickerinnen des tages   erstickt ihn doch

6 du schwarzes nimm ihn dir
dem jahr reiße ihn aus
unter den monden laß ihn nicht zählen

7 ratlos sei die nacht
dumm sei sie ohne jubel

8 verfluche sie doch
die das Kind in unheil wickeln
die das chaos anrufen
sind verlierer

₉ ihr morgensterne erblaßt doch
und du erwarte umsonst die sonne
vermißt sei ihr rosa am himmel

₁₀ denn die pforten des mutterleibs unterließ sie zu schließen
denn das leid vor meinem angesicht zu verbergen

₁₁ schon im schoß sterben hätte ich sollen
schon im Mutterleib verkümmern

₁₂ warum erwarteten kniee mich warum
brüste daß ich an ihnen saugte?

₁₃ oh zu bette läge ich jetzt
in ruhe schliefe tief ich jetzt

₁₄ mit den königen und ministern dieser erde
erbauer vergeblicher grabmale

₁₅ mit prinzen im gold
der gruft mit silber gemästet

₁₆ ich leibesfrucht zu früher wasser
des lichts unkundig verschüttet

₁₇ dort unten enden die fimmel der betrübten
dort unten versiegen die kräfte der räuber

₁₈ vereint der ruhe beraubt
taub für das blöken der wächter

₁₉ eins geworden die großen und kleinen
herrenlos lebt dort der sklave

20 warum wird das licht den gequälten gegeben?
warum dem leben eine bittere kehle?

21 schweißgebadet mühen sie sich zu sterben
schaufeln nach dem schatz schaufeln

22 ein totenhaus weckt sie
eine gefundene grube besänftigt sie

23 an einem gesperrten menschenweg
an einem gott-knotet-mich des schutts und der asche

24 die qual backt mir das brot
das wasser reicht mir die klage

25 sieh die plagen die ich wie nichts gefürchtet
sieh doch den fleischgewordenen schauder

26 frieden kenne ich nicht noch unterlaß noch bettruhe
ein haufen schmerz bin ich

.2 wiegt meinen gram
in eine schale legt meinen wundbrand

3 schwerer als der sand aller meere
wiegt er
darum der taumel meiner worte

4 in mir die pfeile des schaddaï
mit der luft trinke ich ihr gift
mir gegenüber in schlachtenordnung
die schrecken gottes

15   meine brüder sind verräterisch wie sturzbäche
in ihr bett reißen sie mich

16   im dunkel   das eisbett
vom schnee geschwollen

17   kaum wird es warm
da trocknen sie aus
die wärme verjagt sie

18   die karawanen verirren sich
im leeren reisend irren sie

19   starren blicks kreist
die karawane von tema

20   ihre hoffnung bauten auf sie
die reisenden aus saba
enttäuscht gehofft zu haben
geballt vor wut schäumen sie über sich

21   so seid ihr zu mir
schreckliche dinge seht ihr
und scheut euch

22   ich habe euch nie gesagt   bitte
verschleißt eure kräfte vereint

23   vor gewalttätern rettet mich
aus ihren räuberklauen kauft mich frei

24   schweigen will ich so ihr mich aufklärt
ihr mir sagt worin ich gefehlt habe

₂₅ wieviel süße läge nämlich in wahren worten
doch ihr wieviel umwege wählt ihr geradewegs

₂₆ beim bau der sätze schon geht euch der atem aus
ein hauch ohne wahrheit vertilgt nicht
die worte eines verzweifelten

₂₇ und über jenen der reinen herzens ist fallt ihr her
zermalmt euern freund

₂₈ seht beobachtet mich doch
ob ich euch je ins gesicht log

₂₉ kehrt um
in mir ist kein umweg
und kommt zu mir zurück
meine wahrhaftigkeit erwartet euch hier

₃₀ kein falsch kommt mir über die lippen
mein mund auch unterscheidet schon nicht mehr
die sachen von den todesursachen

_{X, 2} gott sage ich unterlasse die anschuldigungen
klagst du mich an so verrate zuerst

₃ welches vergnügen dir verfolgung bereitet
warum du die kraft deiner eigenen hände mißachtest

₄ hast du augen aus fleisch?
und wie ein mensch blickt so blickst auch du?

₅ und deine tage sind menschentage?
und deine jahre menschliche jahre?

6   du richter meines unrechts
    verhörer meiner sünde
    warum bist du es?

7   obschon du weißt daß ich unschuldig bin
    und deiner hand zu entkommen unmöglich ist

8   deine hand hat mich gebildet
    wie in einem stück mich und die dinge   und du
                                verschlingst mich
9   in jauche tauchst du mich
    jetzt schon   warum
    wo du doch einst
    mich zu staub machen wirst

10 oh wie milch hast du mich gerinnen lassen
    wie käse zerbröckeln

11 mit haut und fleisch bekleidet hast du
    mit knochen mich und sehnen bewaffnet

12 den dank des lebens in mich versenkt
    den atem unbeschadet in deiner obhut

13 doch wisse was du in deinem herz verschließt
    ich weiß was es ist das du in dir verbirgst

14 wie es über mir schwebt   auf meinen fehler wartet

15 schuldig soll ich sein denn du sprichst nicht frei
    unschuldig verneige ich mich
    von scham zerfressen
    von sprießendem elend trunken

16 wie der löwe springst du mich an
kaum daß ich das haupt erhebe
und drohst mir
mit schrecklichen wundern zwiefach

17 und sammelst beweise
rasender noch wütest du dann
und wirfst deine heere frisch in die schlacht
gegen mich und um mich

18 oh warum gott entrissest du mich dem mutterleib dann
oh hätte dort ich doch mein leben gelassen
vor deine augen wäre ich nie getreten

19 aus dem bauch zu grabe gefahren
als wäre ich nie gewesen wäre ich

20 jetzt wo meine tage gezählt sind
zieh dich zurück laß von mir ab
so daß mir leichter werde
ehe ich gehe um nicht wiederzukommen
in das schattenreich eintrete in das todesdunkel

21 dunkel die erde wie die finsternis
schatten der irre
wo nichts glänzt nur das schwarze

1, 2 in wahrheit oh ihr ausgeburten der völker
mit euch stirbt die vernunft

4 ein gespött für euch andere bin ich
einer der gott anschreit und ihm erwidert
wer schlichtet und wohlwill verspottet ihn nur

5 der unverschämte fühlt nur verachtung
für mißgeschick
dem wankenden fuß versetzt er
noch einen tritt

6 in ruhe strahlen die zelte der zerstörer
im licht des gottesmörder   die gläubigen
im schutz der faust gottes
sind sie sicher

7 doch fragt die tiere   sie werden's euch lehren
die vögel im himmel fragt   erklären werden sie's euch

8 auch das erdreich wird es wissen
auch die fische im meer werden es sagen können

9 wer unter ihnen wäre es wohl der nicht wüßte
daß es gottes hand war die all dies gemacht hat

10 in seiner hand hält er die kehle alles lebendigen
und in jeglichem fleisch des menschen
den atem

XIII, 14 das eigene fleisch greife ich mir jetzt mit den zähnen
mein leben lege ich in meine hände allein

15 töte mich herr   ich gebe nicht nach
solange vor dir du meine taten mich nicht vertreten läßt

23 meine verbrechen nenne   meinen irrweg mir

24 warum bedecktest du dein gesicht?
warum sähest du deinen feind in mir?

25 ein längst gefallenes blatt enthaupten wolltest du?
einem trockenen halm nachstellen?

26 mir sünden zuschreiben
gnadenlos kindersünden vorhalten   warum

27 die füße mir in den block legen
und doch meinen schritten folgen?
deinen gottesnamen in meine sohlen brennen?

28 eine platzende beule
die rosafarbene maske der räude

V, 1 der mensch
vom weibe geboren
im vorübergehen
in schmerzen verkommen

2 ist eine blüte die sprießt und dann knickt
ein schatten auf der flucht   nie ruhend

3 und doch wirfst du auf ihn ein auge
und schleifst ihn vor dein gericht

4 wer denn schüfe reines aus unreinem?
niemand

5 wo die tage doch schon gezählt sind
die monde von dir berechnet
das ende feststeht   die unüberschreitbare schwelle

6 wende dich von ihm ab   seinen tageslohn laß ihm

7 auch der baum noch bevor du ihn fällst hofft
wieder zu grünen
denn sein schößling stirbt nie

8 auch wenn seine wurzel dann in der erde altert
und der stumpf fault

9 beim geruch bloßen wassers blüht er schon wieder auf
und schlägt aus wie in der jugend

10 doch vom menschen der stirbt bleibt nichts
denn wo ist der mensch wenn er nicht mehr atmet?

XVIII, 3 warum hältst du uns für vieh?
für verseuchtes?

4 du der du dein wesen im schmerz aufpeitschst
für den die erde schon öde ist –
hat je ein berg seinen platz verlassen?

5 auch das licht der verbrecher flackert
und der glimmer in seinem herd lodert nicht

6 die zeltbahn verfinstert sich
schon erloschen ist die kerze

7 sein männlicher gang verweichlicht
und die klugheit verleugnet ihn

8 ja in fangnetzen fangen sich seine füße gar
in die falle geht er

9 und die grausame schnappt über ihm zu
und hält ihm die fesseln

10 in die erde vergraben lauert der strick ihm auf
    und auf dem heimweg die falle

11 teufelswerke wohin sein fuß tritt
    die ihn erstarren lassen

12 elend lechzt nach ihm
    ungeduld in den schluchten ihn zu verschlingen

13 räude frißt ihm die haut auf
    die gewebe frißt sie dem erstgeborenen des todes auf

14 jeglichen ärzten entrissen und unheilbar
    vor den könig der teufel schleifen sie ihn

15 lilith wird in seinem zelt hausen
    schwefel seine oase vergiften

16 unter ihm tote wurzeln
    über ihm fallendes blattwerk

17 von der erde vergessen
    seine erinnerung ein haus ohne namen

18 das licht jagt ihn in die finsternis
    und die bewohnte welt in die irre

19 kein enkel   kein enkel im schoß seines stamms
    keine spur von ihm in den häusern

20 sein schicksal erschüttert das abendland
    und das morgenland bebt vor entsetzen

21 hier seht ihr wie selbstsicher der verbrecher ist
und der gott-kenne-ich-nicht endet

XX, 2 von welchem nutzen ist ein mensch
gott? sich selbst?

3 nützt der mensch der weiß
wenn du gerecht bist welchen gefallen
dem allmächtigen tust du
was gewinnst du durch güte?

XXI, 30 das böse schützt sich durch unheil
in gottes zorn rettet es sich

32 auch nach dem tode
wacht es über deinen hügel

33 die gaumen der erde sind ihm lieb
ihm jagen sie nach
und unzählige ihm voran

34 doch ihr die ihr mich mit krumen zu trösten sucht
von eurem redeschwall bleibt nur rauch

XXIII, 3 wer gäbe daß ich ihn fände
vor seinen thron träte ich

4 zu gericht säße ich über ihn
den mund voll nähme ich mit guten gründen

5 seine antwort vorausahnend
die dinge die er mir sagen würde hätte ich schon begriffen

6 wenig mühe mir zu widerstehn
sollt es ihn kosten
nur anhörn müßte er mich

7 ein vollkommener mensch schlüge sich mit ihm
meinem leiblichen richter entkäme für immer ich

8 gut ich ziehe also nach osten ER IST NICHT
nach westen ich ahne IHN nicht

9 nordwärts bewegt ER sich für mich unbegreiflich
im mittag verhüllt ER sich unsichtbar

10 aber wo ich bin weiß ER wohin ich gehe
wie gold bestehe ich seine prüfung

11 in seiner spur entdeckt meine sohle ER
seinen gesetzen lausche ich und weiche nicht ab

12 von den geboten auf seinen lippen unterscheidet mich nichts
die worte aus deinem munde verteidige ich in mir

13 doch ist er EINS hat er einmal entschieden
                wer dann sollte ihn umstimmen
was er in sich hat wird er tun

14 und erledigen was er für mich bestimmt hat
viele schicksale verschließt in sich der EINE

15 seine gesichter machen mich fürchten
mein magen
mich vor entsetzen erbrechen

16   gott entspannt meinem herzen den muskel
schaddaï ist mein entsetzen

17   mich zerstört die finsternis jetzt
schwarz bedeckt sich das antlitz

XXIV, 1   warum verheimlicht schaddaï die schicksale
und sagt den eingeweihten seine gezeiten nicht

2   grenzverletzer sind seine verleugner
herden und hirten verschleppen sie

3   rauben den waisenkindern den esel
verpfänden der witwe den stier

9   die milch dem verwaisten sperren sie
den säugling von der mageren brust zerren sie

4   von seinem heimweg den unterjochten
aus dem versteck die besiegten

5   in der morgenfrühe dennoch zur arbeit schleichend
wie wildesel dem brot zuliebe
in der wüste
ernähren sie ihre jungen
in der öde

6   felder anderer erntend
die trauben den ungläubigen pflückend

7   und nächtigen nackt   kein kleid
schützt sie gegen kälte

8 die wolkenbrüche der berge saugen sie auf
   felsen statt mauern umschlingend

10 nackt gehn sie ohne kleid
   tragen sie ausgemergelt die garben

11 öl pressen sie zwischen zwei kieseln
   lecken die mühlsteine und haben durst

12 der mensch in der stadt schreit
   die kehle der verwundeten fleht
   doch gott hört gebet nicht

13 hier sind die rebellen im aufstand gegen das licht
   hier sind die die seine gesetze nicht kennen
   hier die vom pflaster verbannten

14 der meuchelmörder im dunkel gleitend
   die harmlosen tötet er
   die nacht streunt wie ein dieb

15 das gedungene auge das auf den abend wartet der spion
   das gesicht das unter seiner kapuze sagt
   – kein blick erblicke mich –

16 oh es tastet wie vier himmelsrichtungen
                 die hütten in der finsternis ab
   und tagsüber die eigene höhle
   niemand hat licht

17 sonnenaufgang ist für sie schatten
   ihn zu beobachten entsetzen
   wie schattentod

₁₈ wie ausgelöscht im angesicht des tages
ist ihr zeug denn auf dieser welt verflucht
sind es fremde die ihre trauben pressen

₁₉ wie die schneeschmelze trockenheit und hitze verjagt
so jagt der tod auch die täter

₂₀ vergißt das sterberegister sie
fressen sie lieber würmer
erlöschen sie in der erinnerung
und das verbrechen   mit stumpf und stiel reißt er es aus
                                                wie einen baum
₂₁ in der kinderlosen äsen sie
an der witwe weiden sie sich

₂₂ und wer unter den stärksten ist stärker
und wer   tauchte er auf   machte ihnen
das leben sauer

₂₄ kurz ist ihr höhenflug ins nichts
und wie nesseln zertreten gejätet
wie eine ähre geköpft

₂₃ macht er es möglich daß in ihm sie sich ausruhn und
                                                seiner versichern
und hält sein auge auf sie

₂₅ wenn es nicht so ist dann widersprecht doch
wer machte wohl meine worte zunichte

_{XXV, 2} in ihm ist die macht und in ihm der schrecken
friede herrscht hoch bis in die höchsten der himmel

₁₃₂

3 wer kann auf die gestirne zählen wer
geht die sonne nicht über jeglichem auf

4 wird je ein mensch vor gott gut sein
je ein von den müttern entbundener unschuldig

5 nicht einmal der schimmer des mondes ist ohne makel
noch scheinen fleckenlos sterne

6 denn der wurmmensch   der insektmensch
nichts schuldigeres gibt es als ihn

VI, 4 hätte je ein mensch recht
sprächen je gerechte die ausgeburt einer frau frei

5 giganten zu lande und zu wasser
hat nicht er sie gemacht

6 nackt steht vor ihm die hölle
und unverhüllt der sündenfall

7 den norden herablassend bis in die einöde
hängt er die erde an das-was-nicht-ist

8 quetscht zwischen die lüfte gewässer
und erdrückt doch mit ihrem gewicht nicht die wolken

9 die scheibe des neumonds bedeckt er
mit dem schleier der luft

10 schon in den stoff des wassers hat er den kreis einer kugel
                                        gezeichnet
bis an die naht wo licht und finsternis sich berühren sollen

11   die säulen des himmels erzittern
betäubt von seinem schrei

12   mit seiner kraft allein hat er das meer gezähmt
mit seiner vernunft rahab zerhackt

13   mit seinem atem macht er die himmel schön
seine hand auch verwundet
schrecklich den zusammengerollten lindwurm

14   siehst du   das ist ein teil seiner taten
wer je hörte von ihnen mehr als das zirpen eines gerüchts
unmerklich
donnert seine kraft

XXIX, 1   wie ein könig ging ich

24   lächelte ich ihnen zu
sie glaubten es fast nicht
das licht meines gesichts
ließen sie nie mich verlieren

25   die wege wählte ich für sie aus
am kopfende saß ich
unter ihnen war ich könig   unter ihren heerscharen könig
der tröster aller

XXX, 1   jetzt lachen über mich die jüngsten
und wen ich als hund nicht
in meine herde gelassen hätte   die väter

2   was je hätte die kraft meiner hände hier
nicht geschafft
kraft in den ihren war abgestorben

3   des elends und hungers
farnkraut war ihr fraß
unfruchtbarkeit ihre mutter
zerstörung

4   dornen suchten sie
in den dornbüschen
von ebereschenwurzeln ernährten sie sich

5   die leute verjagten sie
schrien ihnen hinterher wie dieben

6   in löchern wohnten sie auf den kämmen
in furchen in felsspalten
hausten sie

7   im gebüsch
kreischten sie
inmitten der nesseln

8   namenloses pack
ausgekotzt
von der erde

9   ein lied machten sie sich auf mich
ein märchen geworden bin ich jetzt

10   fort laufen sie vor mir vor ekel sich schüttelnd
ins gesicht spucken sie

11   wem das seil gerissen
der holt mich

12 das geschmeiß   hinterrücks springt es mich an
die füße fesselt es mir
seine seuchen überträgt es auf mich

13 die wege auf denen ich ging unbegehbar begehe ich sie
mein unglück genießen sie
niemand eilt mir zu hilfe

14 über mich her fallen sie
wie einstürzende mauern
in trümmern wälzen sie sich

15 wieviel schrecken wollte ich ihnen heimzahlen
wie wind ist meine hoffnung verflogen
wie die wolke verdunstet mein heil

16 und das licht in mir bläst sich selbst aus
eis der todesahnung bedeckt mich

17 und klirrt des nachts in meinem gerippe
meine nagetiere schlafen nicht

18 meine jacke ist von jauche zerbeult
wie im maul eines stinktiers erstickt sie mich

19 in schlamm taucht der herr mich
eine maske aus asche bin ich und staub

20 schreie ich nach dir antwortest du nicht
vor dir stehe ich und du würdigst mich keines blicks

21 wie grausam bist du zu mir
in der wucht seiner faust
spüre ich haß

22 im sattel des winds trägst du mich fort
und meine kräfte   du nimmst sie mir

23 dem tod gibst du mich zurück   ich weiß es
dem haus in das jeder lebende zieht

24 unnütz ist das gebet
wenn sich gottes hand ausstreckt
was ist da ein schrei wert

25 weinte ich nicht vielleicht
mit dem der sich im leben grämte
mit jedem armen war ich mir einig

26 auf das gute hoffte ich   aber das schlechte kam
auf licht wartete ich   aber es wurde dunkel

27 meine adern sie kochen ohne ruhe
meine todestage   hier sind sie

28 schwarz geworden bin ich   aber nicht von der sonne
inmitten der nachbarn stehe ich auf um zu schreien

29 bruder der schakale
weggenosse der strauße
meine haut ist dunkel geworden
feuer versengt mir die knochen

31 trauerklage ist meine musik
meine flöte eine stimme in tränen

33 verstummt an meinem haus klebend
habe ich meine schuld geheimgehalten
in meinem nest meine verbrechen begraben
wie jedermann

34 ach   das gebrüll vielleicht fürchtend
die verachtung des eingeschüchterten volkes für mich

35 oh gebt mir jemanden der mich anhört
dies ist mein letzter buchstabe   tau
der gewaltige soll mir antworten   oh schaddaï
mein gegner mir auf gesetzesrollen schriftlich antworten

36 auf schultern trüge ich sie
wie ein diadem   um den hals

37 alle meine schritte ließ ich ihn wissen
als heerführer biete ich mich ihm an

38 wenn meine äcker mich anschreien
und ihre furchen mit einer einzigen stimme klagen

39 weil ich ihre frucht verzehrt hätte
ohne zu zahlen
ihres eigentümers leben ausgelöscht
weil aus weizen dornen gewachsen wären
aus gerste mir sumpfgras

XXXIII, 12 ich sage dir   du hast unrecht
weil gott größer ist als der mensch

13 warum streitest du mit ihm
weil er auf keines deiner worte
antwortet

14 aber gott spricht mehr als ein mal
nur horchen wir nicht

15 im schlaf   in den erscheinungen   nachts
wenn der mensch sich betäubt entfernt
und schlummer sich über ihn legt

16 öffnet das menschliche gehör seine wege
und zeichnet warnrufe auf

17 wohl um den menschen von seiner tat abzubringen
um ihn vorm untergang zu retten

18 um seine kehle dem grab zu entreißen
und den tod aus seinem leben zu jagen

19 quält er ihn im bett
die knochen schabt er ihm
wetzt sie

20 nahrung ekelt ihn   sein gaumen verabscheut
gierige mahlzeiten

21 wie er vom fleisch fällt   das siehst du nicht
durchsichtig seine gebeine nackt

22 seine kehle ein grubenrand
und sein leben am rande des todes

23 so ein prophet ihn begleitet
sei es ein einziger nur unter seinen vieltausend schauspielern

26 wird er vor den menschen ausrufen – gott ist gerecht –

28 mein hals hat sich aus dem grab geschrien
und mein leben sieht licht

₂₉ all dies   seht doch   gott tut es
mehr als einmal den menschen an

₃₀ so daß sie aus der grube zurückspringen
so daß sie das licht der lebenden sehen

₃₁ höre mich iyob höre mich doch
schweig   jetzt spreche ich

₃₂ wenn du worte weißt sag sie
sprich   gerecht will ich dich sehn

XXXIV, 5 iyob sagt – ich bin gerecht
gott beugt mein recht

₆ unschuldig leide ich
an seinen mir unbekannten pfeilen
trage ich keine schuld -

₇ wer sonst außer iyob
wagte spott auszuspucken als wäre er wasser

₈ spießgeselle der luden
komplize der lästerer

₉ kühn genug zu behaupten
– gott gefallen zu wollen ist sinnlos –

₁₀ oh   männer von sinn und verstand   hört
in gott ist nichts böse
kein unrecht in schaddaï

₂₉ wenn er frieden bringt
wird er ihn brechen

wenn er sein angesicht verbirgt
wer wird ihn sehen
errette mensch und pack

30   vor dem reich des himmellosen
verderbers im volk

31   – aufbegehrt habe ich –
gesteht man gott
– nie wieder
werde ich dich beleidigen

32   gesündigt habe ich   sei du mein herr
tat ich böses tue ich es niemals wieder

33   muß ich nicht   sag
dir deine kränkungen heimzahlen
– entscheidest du oder ich –
was meinst du   sprich

34   sprecht oh ihr herzlichen   sprecht doch
ihr weisen die ihr mir zuhört

35   iyob ist von sinnen
seine worte sind die eines geists in der irre

36   gemartert sei er in alle ewigkeit
oh herr   gefoltert bis in sein herz aus dem ein verbrecher
                                       spricht

26   bist du es   deine kunst die dem reiher
die schwingen öffnet
ihn nach süden lenkt

27 deine stimme die sich mit dem adler erhebt und
über den gipfeln nistend

28 felsen einnimmt und in ihrer spitze sich burgen baut

29 dort späht er nach beute
und sieht in die weite

30 seine jungen saugen das blut
wo tote sind blüht der adler

XL, 2 der herausforderer von schaddaï zieht sich zurück
der ankläger gottes
wird sich verantworten

4 was könnte ich elender
dir entgegnen   meine hand wird
mir den mund stopfen

5 einmal habe ich gesprochen
zweimal werde ich nicht sprechen
ich sage nichts mehr

7 greif wie ein krieger an deine lenden
ich stelle die fragen   du lehrst mich

8 bist du es der mein urteil kassiert
und mich anschuldigst um dich zu rechtfertigen

9 dein arm ist gottes arm
deine stimme donnert wie die seine

10 schmücke dich mit magnifizenz und auffahrt
hochtrabend mit dem schmelz der macht laß dich sehen

11 aus deinen nüstern wut schnaubend
    töte jeglichen starken den du kreuzt

12 jeden hochmütigen den du kreuzt stürze ihn
    die mordbuben   im nu mach ihnen ein ende

13 wirf allesamt sie gebündelt in deine grube
    und verschließe ihre gesichter unter der erde

14 ich werde dich adeln
    wenn deine rechte dich rettet

15 siehe doch behemot das flußpferd das urtier das wir
                              zusammen machten
    sieh   gras wie das rind frißt es

16 betrachte die kraft in den mauern seines bauches
    die stämmigkeit seiner nieren

17 das glied   wie eine zeder ragt es
    knoten sind die sehnen der hoden

18 bronzerohre die knochen
    das schienbein ein strauß aus eisen

19 ein herrschaftliches werk gottes ist es
    gott hat es gemacht   wer vermöchte
    wer wohl seinem gebiß sich zu nähern

20 die kämme der berge verneigen sich vor ihm
    alle raubtiere überflügelt es

21 im schilf ruht es
    im saft des zuckerrohrs versunken

₂₂ von lotus bedeckt
umringt von bachweiden

₂₃ auch wenn der fluß es hinabzieht unverzagt
tränke sein maul den jordan aus

₂₄ wer könnte es fischen
pflöcke ihm in die nase schmieden

₂₅ leviathan angeln willst du
mit einem ring ihm die nüstern fesseln

₂₆ ihm einen strick durch die zunge drehen
mit harpunen ihm die wangen durchbohren

₂₇ mit gnadengesuchen überschwemme es dich
untertänigst spräche es zu dir

₂₈ dir unterwürfe es sich   einen pakt schlösse es mit dir
und du nähmst es für immer zum sklaven

₂₉ ein vögelchen wäre es   zu deinem vergnügen
in einen käfig legtest du es   deinen kindern zulieb

₃₀ an der leine führen dürften die freunde es
die krämer es unter sich aufteilen

₃₁ den körper mit pfeilen durchbohren wolltest du ihm
seiner schnauze ein fischnetz überziehn

₃₂ solltest du je hand an es legen
die lust am kampf verginge dir schnell

L, 1   wenn du hoffst es zu fangen gehst du fehl
sein anblick allein ist tödlich

2   wer wäre so kühn es zu ärgern
wer könnte vor ihm bestehn

3   niemand unter den himmeln
der ihm sich stellt überlebt

4   von seinen gliedern verschweigen auch
werde ich nicht die schreckliche kraft und von der anmut
seiner erscheinung will ich sprechen

5   wer öffnete je die brust seines mantels
wer drang in seine doppelte kieferkoppel je ein

6   wer je riß die pforte seines mauls auf
schrecklich sind seine zähne

7   mächtige schilder sind seine schuppen
doch wie mit sieben siegeln verschlossen

8   eines an das andere so fest gelehnt
daß selbst ein luftzug an ihm abprallte

9   zusammengeklebt wie schwestern
halten sie sich fest ohne sich voneinander zu lösen

10   sein niesen ist eine lichtquelle
seine augen wimpern des morgenrots

11   funken zischen aus seiner schauze
feuerpfeile spritzt es

12 wie aus brodelnden öfen und kesseln
  raucht es aus seinen nüstern

13 mit seinem atem entzündet es kohle
  aus dem maul kotzt es flammen

14 in seinem hals übernachtet stärke
  und tanzend vor ihm terror

15 fest ist die masse seines körpers
  druck faltet sie nicht

16 seinen herzklumpen
  wie den mühlstein drückt es von unten ihn

17 die götter erschreckt es durch seine herrlichkeit
  verstecken vor schreck möchten sie sich

18 gegen behemot hilft kein schwert
  noch der wurfspeer   kein pfeil

19 eisen wird stroh
  und zu morschem holz bronze

20 die bogenschützen gar scheut es nicht
  zu halmen macht es die schleudersteine

21 den speerwerfern spottet
  im feuerlärm lacht es

22 auf kokossplittern geht es einher
  wie im sumpf weich auf schneidenden scherben

23 die abgründe bringt es
    zum kochen wie dampfkessel
    salbe macht es daraus   ein töpfchen

24 hinter sich bringt es die wege zum leuchten
    wirbelwind erinnert an einen weißhaarigen

25 kein herr weit und breit kein wesen
    das sich nicht fürchtete

26 von all dem was in den himmeln ist genießt es
    von allen kindern des grauens ist es könig

L, 2 ich weiß   du kannst alles
      jeder mögliche gedanke bist du

3 wer wenn nicht ein unkundiger
   könnte wohl deine kunst leugnen

4 wie von sinnen sprach ich
   ferne wunder
   die ich nur ahne

5 mein ohr fing
   von dir töne ein
   aber jetzt sah dich
   mein auge

6 drum hasse ich mich
   und tröste mich
   in staub und asche

7 vor zorn brenne ich über dich und über deine freunde
   warum habt ihr von mir nicht wahrhaft gesprochen
   warum nicht aus gutem grund wie es mein diener iyob tat

8 jetzt nehmt euch sieben stierkälber und sieben steinböcke
   zieht wohin iyob mein diener zieht zu euerm wohl
   besteigt seine gebirge   mein diener iyob
   wird für euch beten   und ich sein gesicht tragen
   strafen werde ich euch nicht   euch nicht zu aas faulen lassen
   ihr luder die ihr von mir nicht gesprochen habt
   wie mein diener iyob   aus gutem grund

9 elifas der taamane   bildad der schuachane
                 und zofar der naamater gingen
   sie taten wie gott ihnen gesagt hatte
   gott trägt das gesicht iyobs

10 gott kehrt um   mit iyobs umkehr
   nach dessen gebet für die freunde kehrt er um
   und gibt iyob doppelt zurück was er ihm nahm
   nämlich

11 zurück kehren vor ihn die freunde   die brüderschwestern
                      von dazumal die liebsten
   das brot teilen sie mit ihm   auf seinem hof brechen sie es
                                          mit ihm
   den kopf schütteln sie   trösten ihn
   weinen mit ihm
   über das unheil weinen sie das gott stiftete
   ein jeder gibt ihm eine Geldmünze
   ein jeder einen goldenen nasenring

12 und der herr segnet das neue leben iyobs mehr noch
    als das vergangene
    vierzehntausend schafe sechstausend kamele
    tausend ochsenpaare und tausend eselinnen

13 und sieben söhne und drei töchter

14 und nennt die erste jemine-täubchen
    die zweite kzia-zimtblüte
    die dritte keren-ha-puch das füllhorn der schminke

15 und es gab auf der erde
    keine schöneren als die töchter iyobs
    und mitsamt seinen söhnen
    machte ihr vater sie zu erbinnen

16 daraufhin lebte iyob vier
    und vierzig jahre
    und erlebte seine söhne und die söhne seiner söhne
                              vier generationen
17 dann starb
    iyob
    alt
    des lebens müde

                        HIOB / IYOB / IOB / JOB / GIOBBE

In den nördlichen Ausläufern des Ural liegt, an der Grenze zu Asien, eine Stadt, die auf keiner Karte steht. Auf einer Karte des nördlichen Ural von 1911 steht sie wie auch auf der von 1931 noch dort, wo sie liegt; sie steht dort als ›Kreisstadt Wotkinsk‹ des Gubernorats Perm. Auf neueren Karten steht sie schon nicht mehr: wo *Wotkinsk* stand, steht, 1945, nichts; was insofern unverständlich ist, als auf maßstabsgleichen, auch später noch, 1951 editierten, geophysischen Karten sich eine Stadt gleichen Namens findet, die in den nördlichen Ausläufern des Ural als Kreisstadt einer Autonomen Republik der Udmurten steht, aber anderswo. Wo Wotkinsk-die-Alte stand, steht, auch hier, nichts. Die Entfernung zwischen dem Punkt, den die Karte als *Wotkinsk* kennzeichnet, und dem Punkt, an dem die Stadt sich früher befand, beträgt 52 Kilometer. Die Abweichung ist enorm; mit einem kartographischen Irrtum läßt sie sich nicht erklären. Wer nach einer anderen Erklärung sucht, hegt einen Verdacht: Es gibt sie *zweimal*. Vergleicht man 1911, 1931, 1945 und 1951 editierte Karten gleichen Maßstabs miteinander, so erscheint die 1931 noch mit *Wotkinsk* bezeichnete und dann gelöschte Stadt 1951 unerklärt, wie ein neues Sternbild, um eben jene Entfernung – 52 Kilometer – nach Südsüdosten verrückt; 1945 fehlt die Stadt auf der Karte gänzlich; sie fehlt, wie die Arktis, gleichfalls in der *Sowjetischen Enzyklopädie* von 1949; der *Wotkinsk* betreffende Artikel ist aus der vorangegangenen Edition von 1931 nicht übernommen worden. Erst 1953 taucht sie wieder auf. 1990 schließlich findet sich der in ihrem Kartenwerk mit *Wotkinsk* gekennzeichnete Punkt bei gleichbleibender Abweichung – umgekehrt proportional – nicht nach Südsüdost verschoben, sondern, diesmal, nach Nordnordwest. Die zwiefache Verschiebung ist, auf den ersten Blick, unverständlich, umso mehr, als eine Abwanderung bebauter Flächen – sieht man von Erdstößen und Naturkatastrophen ab – ausgeschlossen werden kann. Wer nach einem allseits verständlichen Grund für das Verschwinden jeweils einer der beiden Städte fragt, wird unwillkürlich an das udmurtische Märchen *Die Milchschwestern* erinnert, in welchem die Amme der Ziehtochter aufträgt, ihre leibliche Tochter ›Asia‹ mit der Muttermilch zu verschlucken und sie in ihr zu ertränken. Der Grund für die Verstoßung der leiblichen Tochter, sagt der Volksmund, sei deren Verunstaltung durch eine Hasenscharte gewesen; die Amme habe ihre Tochter von ganzem Herzen und mit solcher Inbrunst gehaßt, daß die Milch in Strömen aus ihr geflossen und sie selbst anstelle der Tochter darin ertrunken sei. Die Tochter *rettete sich in der reißenden Milch, sie schwamm und schwamm, sie schwamm, stromaufwärts, nahm den Namen ›Asia‹ an, sie schwamm hoch in den Ural und bis in die Milchstraße, wo sie ein Stern wurde*. Überträgt man das Muster vom Ammenmärchen auf die vom Erdboden verschluckte, dann andernorts wieder ans Licht gekommene getretene Stadt, so ist die Ertränkte nicht etwa aus der Welt entkommen; sie bleibt ihr vielmehr, in einer anderen, gleichnamigen Stadt, ihrer Schwesterstadt, erhalten, aber – für einen rätselhaften Fehler bestraft wie zum Beispiel den der Hasenscharte – verborgen. Auch der märchenhafte Verdacht, es müsse ein Vermessungsfehler ursächlich für die Verschiebung der Ziehtochter gewesen sein, erweist sich allein deshalb bereits als umso unhaltbarer, als mit der nach Südsüdost abgewanderten Stadt Wotkinsk sich auch ihre Umgebung verändert hat: Die in den Vorkriegseditionen der Enzyklopädien beschriebenen, vor deren Toren gelegenen Dörfer und Tagebauten des ›Wotkinsker Beckens‹ decken sich nicht mehr mit jenen der illustrierten Edition 1953: Sechs Berge sind verschwunden, zwei Eisenhütten, ein Fluß, das Vorwerk *Kamsko* in den sich der Stadt Wotkinsk nordwärts anschließenden Niederungen, der Baptistenfriedhof, das Grab von Fräulein Fanny Dürbach, Amme und Klavierlehrerin im Hause des Bergwerkdirektors Ilya Tschaikowsky, einer Schweizerin, die später testamentarisch verfügt hatte, dass ihre Urne aus Montbéliard, wohin sie im Alter zurückgekehrt war, in das Rußland ihrer glücklichsten Tage überführt werden solle – »in die Welt meines Peter«. Nichts, rein gar nichts stimmt mehr mit irgend etwas überein. Hält man überdies nicht allein die Karten und Enzyklopädien, sondern auch die anderen Quellen, die *Wotkinsk* erwähnen, gegeneinander, und vergleicht die mit der Zeit jeweils dem Verlauf der Geschichte angepaßten Retuschen, so läßt sich die Veränderung der Stadt, ihre zunächst vermutete *Zweiteilung*, versuchsweise auf die fehlenden dreißiger Jahre datieren; wobei, wer den Spuren der verschollenen, dann wiederaufgetauchten Stadt nachgeht, auch mühelos zu dem gegenteiligen Schluß gelangt, nämlich daß *Wotkinsk* nie geteilt worden sein konnte, weder in zwei noch in mehrere Teile: Die Stadt blieb und ist – zweimal vollständig – erhalten. Sie ist – in den alten Nachschlagewerken des Gubernorats Perm – noch ›Kaiserinnenstadt‹, die von Katharina II. 1787 gegründete und von ihrem Hofbaumeister Worontsow an den Ufern des Schwanensees entlang der Einfallstraße der Hunnen erbaute östlichste Metropole des europäischen Rußlands – »ein einziges Kunstwerk«; sie zählt, wie eh und je, 180.000 Ur-Einwohner, Ur-Udmurten, und ruht, sie und ihr See, wie je, auf Eisen und auf Kohle, unterhöhlt von unterirdischen, sich tief bis in den Ural hinziehenden Rüstungsfabriken, den vielgerühmten »rückwärtigen, unerreichbaren, umfassendsten, geheimsten Waffenschmieden aller Rußländer – so die ›Annalen der Kaiserlichen Militärakademie zu Sankt Petersburg‹«. In sowjetischen Texten ist sie – auch dann versehentlich wohl noch, als ihre Existenz längst geleugnet worden ist – »Stadt des Klaviers«, »Perle der italienischen Baukunst des späten 18. Jahrhunderts«. 1953 bereits spricht ihr die Enzyklopädie keine dörfliche Umgebung mehr zu, keine Bodenschätze mehr, kaum Bergbau; auch liegt sie dort um einiges niedriger als in den alten Handbüchern angegeben und auch an keinen Wasserläufen mehr, Bächen, die hier einstmals zusammengeflossen waren. 1939 stellt *Pianofort*, ihre Klavierfabrik, Ableger der deutschen *Steinschläger & Söhne* – so belegt es ein Briefwechsel zwischen Werk und Moskauer Konservatorium – die Produktion ein; »schließt, endgültig«, pünktlich ihr Ende voraussehend, »1940«. Eine Festschrift erwähnt *Wotkinsk* 1940, wenn auch beiläufig, nur noch einmal, ein letztes Mal anläßlich der Einweihung des *Museums des P. I. Tschaikowsky Genannten*. In Biographien des Genannten ist der Geburtsort künftighin getilgt; Peter Tschaikowsky wird nirgends 1840 geboren, wächs nirgends auf. Die Lüge, er sei an Cholera gestorben, nicht an einer Liebschaft, und auch nicht von eigener Hand, kehrt in die Literatur zurück. Erklärungen für seine geheimnisvolle Krankheit gibt es zu diesem Zeitpunkt noch nicht, und, genaugenommen, auch später nie. »In der Union wird«, klagt F. A. Rybkow, »wenig gesprochen, nichts gesagt«. Der aus Wotkinsk stammende Bildhauer wagt zwar im nämlichen Jahr 1940 immer noch seinen Verdacht in einem an Sergej Prokofiew gerichteten Huldigungsschreiben über *Die Liebe zu den drei Orangen* zu äußern, demzufolge die Tilgung des Ortsnamens *Wotkinsk* eine »Variante der Ungnade« sei, »in die nun auch Städte und Republiken fallen könnten«, doch seine Sorge gilt in erster Linie sich selbst; sie quält ihn umso nachhaltiger, als der »helle Wahn« jene »erhabene Stadt« betrifft, deren Abgeordneter er noch im Obersten Sowjet ist. »Vertrete ich niemanden mehr?«, schreibt Rybkow, den auch Prokofiew nicht mehr hinreichend trösten kann: Aus den Büchern des Moskauer

Konservatoriums weiß man nun definitiv, daß im Frühjahr 1937 Absolventen der Meisterklasse für Komposition verhaftet und in die Militärakademie von Perm verbracht worden waren, wo sie, bis Ende 1940, unter Bewachung der ›Organe‹ und angeleitet von Heeresgraphologen Wotkinsker Originalmanuskripte der Opern Tschaikowskys kopieren müssen – die *Hymne zu Ehren der Heiligen Cyrill und Methodius*, die Ballette *Dornröschen* und *Schwanensee*. Rybkow kopiert, im selben Jahr, Wotkinsker Reliefs und Reiterstatuen; Studenten der Leningrader Hochschule für Bildende Künste entwickeln im Frühjahr 1938 schon, »als gäbe es noch keine Stadt Wotkinsk, nach alten Zeichnungen der Hofbaumeisterei« Pläne für eine Stadt Wotkinsk. Von *Ungnade* ist längst schon nicht mehr die Rede; und auch von Strafe nicht, wie Rybkow befürchtet hatte. Versteht Prokofiew 1940 die wenigen ihm bekannt gewordenen Hinweise auf das ›Geheimnis von Wotkinsk‹ richtig, so ist, glaubt er in seinem Antwortschreiben an Rybkow begriffen zu haben, »doch nur ein Kunstwerk in Gefahr«; und nur dies. »Und das genügt!« Wotkinsk wird, er weiß es nur allzugut, »verlegt«. Prokofiew kennt den Begriff offenbar. In Dokumenten des Instituts für Militärgeschichte, die er gewiß nicht hätte einsehen dürfen, erscheint jedenfalls das sozialistische Neuwort *Verlegung* schon regelmäßig – im Januar 1937 zum ersten Mal, als Aktenzeichen W[otkinsk]-2 *Peresselenie* – genauer: Aussiedlung – auf der von Generalstabschef Tuchatschewski für die Rote Armee paraphierten geheimen Kommandosache CCC48, die, auf diese Weise noch verschlüsselt, auf Bauvorhaben eher hätte schließen lassen können, denn auf den Abriß einer Stadt. Auch wenn das Schreiben allein Panzerzüge und Schienenwege des nördlichen Ural zum Gegenstand hat, scheinen es doch »große«, ungenannte »Werke« zu sein, denen Wotkinsk weichen muß – Staudämme, Rüstungskombinate (obwohl sie längst bestehen). »Ihr Produktionsausstoß ist bemerkenswert, deren

jähes, pro Werkeinheit/Monat um 6,2 % beschleunigtes Anwachsen für Juni/Juli schwindelerregend«, befindet die näm-
liche Kommandosache, mit der Tuchatschewski über »unsere
gesamten, allein durch die W-Werke 1–64 zu 41,5 % ab-
gedeckten Verteidigungsvorhaben« dem Politbüro Vortrag
hält, ohne jedoch das allergeheimste aller Projekte, *Projekt
W[otkinsk]-2*, auch nur zu erwähnen. »Von den Geschehnissen in und um Wotkinsk spricht selbst in Wotkinsk niemand«, erzählt Lew Kudrin, der damals am dortigen Poly-
graphischen Institut als Laborant arbeitet, »auch niemand in
Moskau«, wohin er des öfteren in Mission reist. Der Grund
hierfür sei wohl gewesen, daß »so recht eigentlich nichts
Bemerkenswertes geschah«, daß, auch wenn Personen bisweilen unerklärt die Stadt verließen, »die Geschehnisse nur
Vermutungen möglicherweise eingetretener Geschehnisse
waren«, Vorahnungen, »Nachahnungen«, sagt er, nicht von
der Staatsmacht etwa verschwiegener Geschehnisse, sondern,
umgekehrt, daß »angesichts der allgemeinen Versteinerung,
des die Grenze jeglicher Kraft überschreitenden, den Verhält-
nissen abgetrotzten Verzichts, sei es auch nur auf den geringsten Ansatz zu einer Bewegung, der Kraftakt des Stillstands
schließlich nicht mehr als Schmerz empfunden, vielmehr für
eine Wohltat, für die Rückkehr in den Zustand vollkommenen Gleichgewichts gehalten wurde, kurz, daß jene nicht ein-
tretenden Geschehnisse, eben weil sie nicht eintreten konnten«, sagt er, »sich selbst geleugnet hätten«; sie seien lediglich
durch kurze, blitzartig auftretende Erscheinungen unterbrochen worden oder gar widerlegt, durch die wunderbare Macht
des Ungeschehenen erhellt, über uns angedeutet und, wie
versehentlich, zum Leuchten gebracht – so erklären sich die
Erscheinungen von ›Helden‹, ihre Arbeiten, Nachtwachen,
ihre in Ruhe oft strahlend erwarteten ›Abreisen‹, ›Versetzun-
gen‹ – in gelähmten Körpern arglos ertragenen Eingriffe,
die, erzählt er, alsbald in jene Normalität übergegangen seien,

derer sie bedurften, um ihren Opfern natürlich zu erscheinen, in einem derartigen und beschränkten Maße natürlich, daß diese sich schon gar nicht mehr als solche verstanden, vielmehr als Glieder fühlten eines fremden, ihnen indes zur Genüge bekannten Körpers, Volkskörpers, der Leiden für eine Lebensform hielt; wobei, was ein jeder für alltäglich ansah, von ihm wie ein Anrecht auf Schmerz verteidigt wurde, dessen Stetigkeit, nicht etwa Linderung, er im Auge hatte, wenn er glaubte, durch Verrat oder Denunziation das kollektive Selbstverständnis gegen jene ins Feld führen zu müssen, die dem Schmerz hätten ausweichen wollen und sich neben ihn stellen oder gar aus ihm Gewinn ziehen. So groß seien der Schmerz und so eindeutig das Übereinkommen der Glieder gewesen, ihn zu ertragen, daß man, als habe es sich um das Werk eines Bildhauers gehandelt, von Schönheit sprechen könnte, der Verewigung eines ganzen, wie in den Menschen gehauenen, verwandelten Landes, das seine Widersprüche in den Steinen zurückgelassen hatte. Auf die Frage nach der Zwillingsstadt antwortet wie ein jeder auch Lew Kudrin, von einem zweiten Wotkinsk sei ihm nie etwas zu Ohren gekommen; die Stadt sei im Frühjahr 1939 Sperrgebiet geworden; er habe seitdem keine Besuche mehr empfangen dürfen, keine Kontakte mit der Außenwelt gehabt, seine Schwester nicht mehr gesehen wie zuvor in den Sommerferien, und sei damals, nach Verlautbarung der neuen Dekrete des Stadtsowjets, dazu aufgefordert worden, seine Leningrader Familie über den bevorstehenden Umzug an eine ›Außenstelle des Instituts im Fernen Osten‹ zu unterrichten. Er habe nicht mehr in Wotkinsk gelebt, obwohl er in Wotkinsk gelebt habe, und künftighin Post, als sei es Feldpost, unter der Anschrift *3063-K Haus 27 Wohnung 3* empfangen, wie seine Adresse *Krassnaia Armeijskaïa* in der Altstadt von Wotkinsk nun lautete. Kudrin war »in Haft«. Er heiratete in der namenlosen Stadt, hatte drei Söhne, und sah, zweiundachtzigjährig, 1990, nach einundfünfzig Jahren, seine Schwester erst wieder, als, sagte er, »die Zeit vorüber war«. Sein Unglück sei »die Zeit« gewesen. Verstanden hatte er sie nie, bis ans Ende nicht; und verstanden hatte sie auch niemand sonst. Auch Karolina Wassiliewna Till, Stalins Haushälterin im Grünen Haus N°9 in Subalowo, erinnert sich, wie Kudrin, »eigentlich an nichts« und »auch nur ungenau« an »unverständliche Begebenheiten« in der Märzwoche des Jahres 1938, an deren Ende, »nach lebhaften Gesprächen mit den Genossen von der Armee«, Iosif ›Sosso‹ Wissarionowitsch, der *Woschd*, sie des Nachts zu sich gerufen habe – noch bekleidet, auf seinem Bett sitzend, »gelb wie eine Leber, ungesund, mein Sosso«. Er habe sie um eine Tasse Brühe gebeten, sie aber dann an der Tür zurückgehalten und *Karolinka, hör mir gut zu, Kind* gesagt, »*Kind* hat er mich genannt«, sagt sie, er sei »bewegt« gewesen, betrübt, er habe die Hand, »die rechte, nie die linke, gelähmte«, nach ihr ausgestreckt, aber sie sei in der Tür stehengeblieben, ihr sei »sehr schlecht« gewesen wegen des Leidens, das sie von seinem Antlitz habe ablesen können, »tiefe, wie in ihre Höhlen zurückkriechende schwarze Augen hinter einem Schleier, dachte ich«, sagt sie, »als er den Namen *Mischa* aussprach, Sie wissen doch, wer das war, Mischa, das war die Rote Armee, das Oberhaupt unserer Streitkräfte, *mein schöner Pole*, nannte der *Woschd* ihn liebevoll, *mein schöner Verräter, der Graf*, der die Union an die Deutschen verkauft hatte, Marschall Tuchatschewski und sein ›Gewürm‹, unsere Aufmarschpläne hatte er verraten, unsere Befestigungsanlagen, unsere größten Geheimnisse, *frech, Karolinitschka*«, habe er gesagt, »*bis zur letzten Minute vor seiner Erschießung frech*«, und »Tränen in den Augen« habe er gehabt, »der Sosso«, als sie mit der Brühe in das Schlafzimmer getreten sei, wo der *Woschd* bereits seine Jacke abgelegt hatte und »eingenickt dalag« und, dann, als er sich wieder aufrichtete, um die Tasse an den Mund zu führen, »wie vom Fieber geschüttelt in ein

Zittern verfallen« sei, »ein Zittern, wie ich noch nie eines beim Woschd gesehen hatte«, während sie selbst, erzählt sie, die Jacke an sich genommen und sich daran gemacht habe, den Ärmel zu stopfen, den ausgefransten Bund, denn »der Arme, er war der Ärmste von allen, er hatte nichts, vier Jacken und vier Hosen für die vier Jahreszeiten, das war alles, was er hatte, und keine Freunde«; und während er so dagesessen sei, habe sie »verstanden«, er habe ihr etwas »zu verstehen gegeben«, es sei die Geschichte des Vaterlandes gewesen, die ihn so betrübt gemacht habe, »*Karolinka*, sagte er zu mir, *wir werden uns*, ich weiß nicht mehr, ob er ›retten‹ sagte oder ›rächen‹, *du kennst doch die Stadt des Klaviers*, Ja, sagte ich, kenne ich, ›Pianofort‹, *Ja*, sagte er, *Pianofort, du weißt, wo das ist, Karolinka*, Ja, Sosso, sagte ich, das wollte er, daß ich ihn so nenne, nachts, wenn er mich brauchte, ›Sosso‹, bevor er zu Bett ging und ich ihm Geschichten erzählen mußte, er liebte Geschichten, *Karolinitschka*, sagte er«, sagt sie, »*erzähl!*, und dann erzählte ich, und in der Nacht, im März, im Winter, war er es, der erzählte, er sagte: *Die Deutschen wissen jetzt alles, jetzt müssen wir sie täuschen, sie glauben lassen, daß sie alles wissen; ich werde die Stadt des Klaviers ein zweites Mal bauen, ein Dutzend Werst weiter südlich, die gleiche Stadt, Karolina Wassiliewna, den gleichen Schwanensee*, Mit den Fabriken dazu?, fragte ich, da sagte er nichts drauf, und dann – sein Gesicht erhellte sich, als er dann sagte *Unsere Welt da unten*, er zeigte auf den Boden, *Karolinitschka, da müssen wir nicht viel ändern*, dann schlief er ein, ich stopfte ihm die Ärmel zu Ende, damit er die Jacke hat, wenn er aufsteht morgen, er träumte, das hörte ich, ich hörte ihn flüstern, verstand aber nicht, er war so sanft wie immer und scheu wie ein alter Bauer, obwohl er gar nicht so alt war, aber eine Jugend hatte er wohl nie gehabt, und so wurde das Vaterland vor den Deutschen gerettet, Sie wissen ja, wie das ausging, wie das Land sich erhoben hat, um sie zu verjagen ...«. »Und Wotkinsk?«, frage ich, der ich sie in einem Erholungsheim in Kokorina auf der Krim aufgesucht hatte, »dort, wo der Mandelštam seine Bücher geschrieben hat zuletzt«, sagt sie und spricht dann immer noch von den Kleidern des *Woschd*, von Armut und Bescheidenheit und, dann, zum Schluß, mit einem Anflug alter, längst in ihrem Gesicht zusammengefalteter Zärtlichkeit von etwas, das sie, als habe sie keinen Anspruch auf das Wort, nicht *Liebschaft* genannt sein lassen wollte; vielmehr sei es »sein Arm« gewesen, der, »wenn die Zeit kam, fünf Uhr früh war es immer«, nach ihr gelangt, sich nach ihr ausgestreckt und sie an sich gezogen hätte, »meistens ohne etwas zu sagen, oder, wenn er etwas sagte«, sagt sie, »dann war es etwas Trauriges, dann sprach er über Julia, Jaschas Frau, seine Schwiegertochter, oder über seinen verwöhnten Sohn, der ›verdientermaßen einer Familie von Spionen in die Hände gefallen‹ sei, *Was soll ich machen?*, sagte er dann, so sprach er sonst mit niemandem, so sprach er nur mit mir, weil ich sowieso nichts verstand von den Sachen, und das war gut so, dachte ich, ich verstand ja nichts«. UNVERSTAND OH VERNUNFT DER HEROEN schreibt Wassia, Stalins Sohn, Jahre später in deutscher Gefangenschaft, wenige Stunden vor seinem Selbstmord im Konzentrationslager Sachsenhausen, in sein *Notizbuch* – Zigarettenpapier, zweihundert Blatt, die von tschechischen Häftlingen über den Krieg gerettet werden. Papa bestellt derweil bei Pauker, Wassias einstigem Hauslehrer, »eine Schaukel – für die Kinder«. Als Wassia in Deutschland stirbt, ist das Enkelkind, Galina, vier Jahre alt; Julia, seine Mutter, Wassias Frau, längst verhaftet: Ordschonikidse, ›Sergo‹, Tischgenosse und Bänkelsänger der Sonntage in Subalowo, längst tot; ›Mischa‹ längst erschossen; erschossen Abel Safronowitsch Enukidse, Adoptivsohn, Patenkind der ›Tototschka‹, der Gattin Nadejda; vergiftet Schwager Pawel, Brigadegeneral; Geliebte geworden Pawels Frau, Genia, Schauspielerin; erschossen Sonntagskumpel Alioscha Semionowitsch Swanidse, stellvertretender Volkskommmissar des Äußeren; erschossen Marija Swanidse, Opernsängerin, die Schwägerin; erschossen Sonntagssänger Stanislas Frantsowitsch Redens, Volkskommissar für Innere Angelegenheiten; verblieben, zu Tisch, sonntags, nur Alexis noch, ›Alioscha‹, Graf Egnataschwili, der Milchbruder. Ihn, den Getreuen, seinen Baß, begleitet Sosso zu Galinas viertem Geburtstag auf der Ziehharmonika. ›Alioscha‹ singt nur noch für die Abwesenden. Die Milch der frühen Jahre hält nicht nur Brüder vom Sterben ab. Auch Nana, Sossos Ziehmutter, die den im Roten Oktober verdurstenden Armisten die Brust gegeben hatte, wird, 1940, achtzigjährig, ›Heldin der Arbeit‹ – Königin eines Sommers im Leben der transkaukasischen Werktätigen. Ab Juli schläft Iosif Sosso Wissarionowitsch tagsüber. Sein Herz taugt bei Hitzewellen nur für die Nacht. Im August bestellt er bei Intendant Efimow, erinnert sich Karolina, »Himbeerstauden« – er wolle »Schatten«. Im September geht er noch einmal »allein in die Pilze«. 1941 reißt er Subalowo ab, die grünweiße Holzvilla im Moskauer Grünen, die Konstantin Merjanow, der Freund, ihm gebaut hatte, zieht nach Kuntsewo um, in die *Blijinaïa*. Im Februar 1941 erwirbt die sowjetische Handelsvertretung in Washington von einem Sammler mechanischer Musikinstrumente die Drehorgel *Orchestrion;* Arbeiterbrigaden der ehemaligen Klavierfabriken *Pianofort* produzieren während des ersten Kriegssommers die dazugehörigen Stiftwalzen für *Lucia di Lammermoor* und *Die Hochzeit des Figaro* in den Armeewerkstätten der Nachodzker Fernostflotte. Noch heißt *Projekt-W-2* nicht *Wotkinsk: Projekt W-2* steht – obgleich auch im April noch leer. Im März verfügt ein ›Dekret Nr. 600‹ des Stadtsowjets von Wotkinsk die Schließung des Bahnhofs, die des Instituts für Tiermedizin dann Anfang April. Anfang April wird ein Exemplar des Schnellzugs Wotkinsk-Moskau samt Elektrolokomotive ausgemustert und zur Täuschung

der gegnerischen Aufklärung als Attrappe auf den Gleisen abgestellt, die Strecke Perm-Wotkinsk ihrerseits gleichzeitig
nach Nordnordwest um 52 Kilometer verlängert. Wo ›Projekt
W-2‹, ›die Neue‹, liegt, weiß niemand, nicht einmal die Blau-
pause. Sperrgürtel 2 ist – wie der von 1 – ab Mai endgültig.
Kein Udmurte verläßt mehr Wotkinsk-die-Alte, kein Bau-
meister die namenlose Neue. Wie in Stadt 1 liegt auch ›S-2‹ –
Schwanensee 2 –, lang wie See 1, breit und bewaldet, neu, an
nördlichen Abhängen: Gartenbauingenieure sprengen ihn
52 Kilometer südsüdöstlich von Wotkinsk 1, vorsorglich im
Mai, in den braunen Stein. Eine Milliarde fünfhundertsechzig
Millionen Liter Süßwasser erreichen im Juni ihr betoniertes
Nahziel. Schwäne, die in S-1 noch fehlten, schwimmen, des
Guten zuviel, ab Juli in nun fischlosen Wassern, über S-2.
Ufersand von 1 streut eine Pionierbrigade – verdiente Arbei-
ter, Helden der Magistrale. Am 11. Juli 1941 erfüllt Bau-
brigade 300 – für den Krieg zu spät – Planziel W-2 vorzeitig:
1 und 2 erreichen Deckungsgleichheit. Der Unterschied zwi-
schen Rätsel und Lösung verschmilzt mit ›Projekt W-2‹. Wer
nicht an Märchen gewöhnt ist, übersieht ihn gern. Auf *Awto-*
Atlas 41 für Fernfahrer liegt ›2‹ ab Juli als ›Polygon SA‹ –
Schießplatz wohl – dort, wo W-2 tatsächlich steht. Wo 1 liegt,
ist nichts mehr. 1 wird Ende Juli vergessen, 2 geschmückt:
Noch bevor Anfang August erste Einwohner in *Projekt W-2*
siedeln, üben Ende Juli Lautsprecher auf menschenleeren
Straßen deren Empfang mit den Stimmen der Lisa aus *Pique-*
Dame und Tatjanas Arien aus *Eugen Onegin*. Ende August
beginnt der Rat der Stadt die Verwandlung von *Projekt W-2*
in *Wotkinsk-Stadt-der-Elektroindustrie* mit Aufrufen an eine
künftige Bevölkerung. »Aufrufe setzen voraus, empfunden zu
werden, nicht gehört«, erinnert Bildhauer Rybkow seinen
hochverehrten Prokofiew. Ende des Jahres folgen die Un-
empfindlichen, ›Neusiedler‹, bereits ›Einberufungen‹. Bereits
Mitte September 1941 erreicht die Belegung der Phantom-

stadt mit 180.000 Personen bei 86.000 Wohneinheiten den Stand von Wotkinsk 1 / Sperrzone / 1939. »Ihr Herz schlägt höher«; Empfindungen werden »öffentlich unverhohlen« geäußert. Die *Neuen* – Facharbeiter, Verschickte, Versetzte, Strafversetzte – schaffen das Neue innert weniger Monate »aus dem Nichts«. Die *Alten* – Udmurten – gehen »ab«; Neuzugänge sind Ausnahmen; sie versiegen mit Kriegsbeginn. Sieht man von Häftlingen ab, sinkt die demographische Kurve zwischen 1941 und 1990 um 34 %. Ende August ergehen die ›Angleichungsdekrete‹ Nr. 122 und 123 des Stadtsowjets Wotkinsk [2] »hinsichtlich Ausschaltung der Stadtbeleuchtung sowie Eröffnung des Opernhauses mit *Jewgenij Onëgin* für die Saison 1941–1942«. Im September verliert Wotkinsk 1 – offiziell verspätet – Stadtrecht und Namen; sie heißt jetzt nicht mehr. Ihre Hauptpost wird ›Poststelle‹, die Genossin Postmeisterin ›Vorarbeiterin‹ des Hoch- und Tiefbaukombinats *Pobeda* – ›Projekt W-2‹, Provinzhauptstadt einer Udmurtenrepublik ohne Udmurten. Im Oktober überschreiten die Werke unter Tage in Wotkinsk 1 ihr Plansoll mit 220 T-34-Panzern, 4000 Orgeln, 618 Stück Artillerie, ungezählten Raketenbatterien, Granaten, Schnellfeuerwaffen, um 122 %, verdoppeln den Produktionsausstoß 1942, verdreifachen ihn 1943. 1943 wird *die Alte* – Wotkinsk 1 – Arbeitslager, *die Neue* ›Stadt der Elektroindustrie‹. Der Neurologe K. W. Berman beobachtet im Januar in W-2 »vierzigtausend durch die verdunkelte Stadt gleitende Karbidlämpchen, in schwarzen Händen zischenden Schwefel, Streichhölzer, Feuerzeuge, die sich aus der Unterwelt den Weg heim in ihre Waben leuchten«. Die erste Probe-Langstreckenrakete verläßt Werk 16 in W-1, Alt-Wotkinsk, am 5. März 1945, das erste Radio Marke *Fiks* Wotkinsk-die-Neue im Mai, der erste Schnellkocher *Paloma*, der erste Staubsauger *Preobraschenyje* – Verklärung – W-2 im Sommer. 1946 verfügt der Rat der Alten die Schließung der naturwissenschaftlichen Fakultät,

Ende des Jahres die Einschläferung aller Haustiere. Im Mai 1946 behandelt der Neurologe K.W. Berman im Lokomotiv-reparaturwerk 22 den gemütskranken Eisenbahner N. nach Rezepten der Prophetischen Medizin *zur allfälligen Linderung geistigen Schmerzes* durch das Erzählen von Märchen. Briga-dier N., der sich vor einen Triebwagen der Munitionsfabrik ›Werk 7‹ geworfen hatte, leidet an der von Schreien beglei-teten Gewißheit, er sei der Sohn zweier Väter und keiner Mutter, und müsse, durch eine riesige Zange nun an der Be-kundung seines freien Willens gehindert, zur Welt kommen, fürchte sich aber, und suche nach einem ›wahren Freund‹. »Überwinden Sie Ihre Scham«, rät ihm der Nervenarzt, »kommen Sie! Sie sind doch schon da!«, erinnert er sich, sei-nem von Zuckungen geplagten Patienten in Anbetracht der heilsamen Kraft von Märchen gesagt zu haben – »grausame Märchen für die Kinder und die Sinnesverwirrten, Freund-liche für die organisch Erkrankten«, wie sie in der persischen Dichterschule von Schuscha im Kaukasus gelehrt würden. »Sehen Sie, Sie haben ihre Scham überwunden«, versichert Berman dem Eisenbahner, der die udmurtische Sage von den *Milchschwestern* »mit einem unverhohlenen Glücksgefühl« angehört und – berichtet Berman den Organen – »auswendig gelernt« hätte. Dergestalt sei dem Kranken »die Erfahrung der Süßigkeit seines Elends« vermittelt worden, das »russi-sche, ihm als gebürtigem Letten zunächst fremde und darum unwillig ausgeschlagene Erbe der Hingabe an die eigene Not in Zeiten der Bedrohung des Vaterlands«. Das Geheimnis der Stadt Wotkinsk, so schwört er, habe er nie verraten; er sei vielmehr den Befürchtungen des Patienten, es könne »eine ganze Welt im Ural zugrundegerichtet« worden sein, zuvor-gekommen, indem er ihn durch eine »naturwissenschaftliche Erklärung des Unwahrscheinlichen mit der Wirklichkeit ver-söhnt« habe: Die Mutter der *Milchschwestern* des Märchens, sagt er auf die Städte anspielend, habe ihre leibliche Tochter nicht etwa ertränkt; diese sei vielmehr, allen Gerüchten zum Trotz, am Leben, sie sei bei bester Gesundheit; ihr Lebenssinn bestünde einzig und allein darin, ihre Milchschwester vor den Augen der Fremden zu verbergen. Eisenbahner N. muß dies verstanden haben, erklärt Berman, denn er sei ruhiger geworden, zuletzt sogar »wie für immer – still, glücklich«; er habe sich »für einen Stern gehalten«; er konnte guten Gewissens, sagt er, »als geheilt gelten«. Im November 1946 stirbt er – glaubt man Berman – »an einer Lungenembolie«. J.W. Berman selbst – »Kurpfuscher, Komplotteur der *Weißen Kittel*« – beantragt die Einweisung seiner eigenen, nun als schädlich entlarvten Person in das psychiatrische Heim *Neuland* im Januar 1947. Als Häftling erreicht er Kasachstan im Mai. Im Juni 1947 trifft in Wotkinsk 1 Andreï Sacharow ein. 1948 baut er die Atombombe. 1948 baut er das erste Heißwasserantriebswerk, 1949 baut er die erste Expansionsdüse, baut er die erste Einstufen-, baut er die erste Mehrstufen-, die erste Mittelstreckenrakete, dann, 1951, 1952 die erste für Langstrecken, die ersten Sprengköpfe, die erste Bombe ›H‹ im Januar 1953, als, unversehens, grundlos, am 23., Schwanensee 1 über die Ufer tritt. Am 27. Januar feiern ihre Erbauer – Sacharow, Andreï, im Parkett, Dschugaschwili, Iosif Wissarionowitsch, ihr Vater, incognito, aus einer Seitenloge – mit einer Eröffnungsgala des Bolschoï-Theaters die Wiederaufnahme des Balletts *Schwanensee*. Am 28. kniet Stalin um 4 Uhr früh auf dem Teppich im Speisezimmer der *Blijnaïa*. Matriona, Mamsell, findet ihn, sechzehn Stunden zu spät, »darnieder – unseren Sosso, vornübergeneigt«, in der linken Hand die *Prawda* und einen Hosenknopf. »Mein Woschd!«, ruft sie, dann: »Sosso, was ist dir?« hört, dann, »nichts – Säuseln«, dann »dzzzz!«; dann »*Matrioschka!*«, hört den *Woschd* ihren Namen »zischen«, wahrscheinlich *Mücke* sagen, »*Mein Mückchen*, der Arme«, und nimmt den Knopf, zieht aus der Tasche Nadel und Faden, denkt »Oh Gott«. Am 1. März,

6 Uhr früh, sternklarer Schneehimmel, steht sein Herz still. »Aus seinem Mund quoll was Weißes«, berichtet sie später, »als Losgatschew die Post brachte – sowas wie Wolle«. Während Losgatschew, Chef der Hauswache, Stalin beatmet, näht Matriona den Knopf an. Der *Woschd* atmet noch einmal, von Losgatschews Küssen wiedererweckt, »unsterblich, denke ich noch«. Dann stirbt er. Am 5. stirbt er ein zweites Mal – jetzt offiziell; der Totenschein lautet auf ›Abgang 5.3.1953 06 h 00‹. Am 22. März trifft, aus Toronto kommend, in Wotkinsk-Elektrostadt John P. Tchaikovsky ein – Urenkel, Statistiker, Gastreferent der IV. Allunionstagung der Akademie der Wissenschaften über *Grundrisse der Wahrscheinlichkeitsberechnung*. Noch am Tage der Ankunft in W-2 hört er, zu Besuch im Museum des Genannten, Peters Spieluhr, *Ach du lieber Augustin*, Frösche des Schwanensees, Plätschern, das Wiegenlied der Amme Dürbach, *Dornröschen*, die fast lautlos mahlenden Rollen der Stiftwalze auf dem Orchestrion des Hausherrn und ururgroßväterlichen Bergwerkdirektors im Range eines Generals, der, vergilbt vergrößert, über der Wiege Peters hängt, zwischen den spätgeborenen Zwillingsengeln Modest und Anatol, Peters Brüdern, hoch über den Namen der Fehlgeburten in Kursiv, in den farblosen Ahornblättern der Ungetauften am Stammbaum der Wotkinsker Großbürgerfamilie. Unter den Mathematikern aller Länder verteilt John am folgenden Vormittag Exemplare des von ihm verlegten russischen Comic-Heftchens *Smert Piotra* – Peters Tod. Der an Rückenmarkschwindsucht leidende Peter – verwirrt und elendiglich, sträflich hingegeben an einen jugendlichen Prinzen aus dem Fürstenhaus Stenbok-Fermor, über die zwanzig kümmerlichen Sprechblasen der ersten Heftseite seufzend, weil verraten und verkauft von einstigen Mitschülern, Höflingen nun, und aufgefordert von deren Rechtsanwalt, Gerke, die Schande zu tilgen, »sich also das Leben zu nehmen« – nimmt sich das Leben, tilgt noch einmal

Schande und Schuld, tilgt, einmal noch, laut, vor der versammelten Gemeinde in den Ausstellungssälen des Genannten, die Schmach, greift, im Geburtshaus, ein für alle Mal, zwölf zögernd voranschreitende Bildchen lang, nach Gift, Arsen, nach dem Fläschchen, dunkelblau, unbeschriftet, das auf dem Nachttisch steht, Chippendale, echt, ein Meisterstück, und stirbt, stirbt, sagt die Blase, die Arie des Cherubin im Ohr, dem Rollen der Stiftwalze einmal noch, der unregelmäßigen Drehung der Kurbel verzagt folgend, der Kindheit, dem zitternden Busenfreund an der Orgel, unter Qualen im Haus des Engels Modest, seines jüngsten, knabensüchtigen, verdammten Bruders, und stößt, dann, gibt, noch einmal, auf, ein Lebenszeichen, schluckt, verschluckt, einmal noch, Dämpfe, sich, fließt, fällt, aus, wie, schon vertrocknet, unumwunden aus den Gedärmen sich der Hülle entziehend, schreiend, noch einmal, Adieu *con dolcezza e flebile*, den Anfang des Trios der letzten, Sechsten Symphonie sich als Ende einfach zurücknehmend, nimmt, einmal noch, die Bekundungen des Schmerzes seiner Liebsten und Bewunderer entgegen, läßt sie, allen voraus Werschibilowitsch, König der Hofgeiger, Kopf und Füße seines noch warmen, gesunden Leichnams mit Küssen bedecken: Über ihm weht, wacht, vergrößert, auch jetzt für immer, Frau Cholera, auf Seide, flatternd, ein Fähnchen, in Sepia, Madame Charlotte Assier, die hugenottische Mutter. Ihr stattet John, von Zweifeln genagt, im »Vorgefühl eines außerordentlichen Betruges«, wie er seinen Mathematikerkollegen Sherman wissen lassen wird, am folgenden Tage einen neuerlichen Besuch im Museum des Genannten ab, in Wahrheit, um sich über die Notenblätter zu beugen. Der Kopist der *Pathétique* hatte in ihrer *Introduction* Holzbläser und Kontrabaß mit den Klarinetten und Streichern des ersten Satzes der Fünften Symphonie verwechselt. John entdeckt das am 24. Am 27. spricht der Urenkel im Rat der Stadt vor. Am 28. – Abschlußfeier der Akademie –

erzählt er es Tischnachbarn und dem Kollegen Sherman, Sherman erzählt es Pontecorvo, Physiker, Pontecorvo dem Ali Alihanian, Astrophysiker, Ali Alihanian seiner Frau, seine Frau den Organen. Die von allen Geistern verlassene Stadt entdeckt John zu Fuß. Am 4. April muß er Wotkinsk 1 die Vergessene, den Sperrgürtel, schon erreicht haben. Das Hotel meldet ihn der Miliz des 1. Rayons jedenfalls am 3. bereits als vermißt. In seinem Gepäck finden sich uralte, 1903 in Sankt Petersburg editierte Wanderkarten – seltsamerweise nur des *mittleren* Ural –, Zeichnungen des Kriegshafens Nachodzk am Chinesischen Meer, Fotografien der sieben kubanischen ›Märtyrer der Schwulen‹, Prozeßbilder, Zeitungsausschnitte, und – im Buch *Ruth* der Genfer Calvinistenbibel versteckt – in russischen Lettern auf Englisch die handschriftliche Notiz *Wanderer kommst du nach Wotkinsk glaube nicht du kämest nach Wotkinsk du kommst nicht du kommst nie komm mit mir John.* Johns Spur verliert sich Anfang April, an den nördlichen Abhängen des Urals, im Nichts. Die örtliche Prokuratur analysiert – erfolglos – Blutreste auf zurückgelassener Leibwäsche, vernimmt Zeugen, Hotelpersonal, auch Tagungsteilnehmer, auch Alihanian, den inzwischen an das Observatorium Jerewan zurückversetzten Astronomen, schließt aber dann, ohne äußeren Anlaß offenbar, die Akte *Tchaikovsky J.P.* plötzlich im Juli. Briefe des Rats der Stadt an die diplomatische Vertretung Kanadas in Moskau bleiben, scheint es, unbeantwortet. Spielende Kinder finden im Schnee unweit des Bahnhofs von Omsk an der südsibirischen Magistrale erst 1954 den Kopf eines dreißigjährigen Mannes, den Angestellte des Hotels *Lux* aus Wotkinsk als dem John P. Tchaikovsky zugehörig wiedererkennen – ein Suchtrupp, dann, 5 Kilometer weiter östlich, eine Zulassung für das Kraftfahrzeug *XLJ-4489 Ontario* auf den Namen *John P. Berman M.D.* In der Akte Tchaikovsky fehlt das Dokument; der Fund hat keinerlei Folgen, obschon doch die Namensgleichheit mit ›K.W. Berman‹, dem ›Eingewiesenen‹, die Miliz hätte in Aufregung versetzen können. Wotkinsk-die-Alte bleibt in den Papieren unerwähnt. Daß es sie noch gibt, weiß nicht einmal sie selbst; seit 1940 heißt sie *3063-K*. Berman notierte, als er sich noch mit Milchschwesterstädten und deren Kranken abgab, daß eine jede ihrer Geschichten schwesterlich künftighin von einer anderen, unsichtbaren Geschichte begleitet werden würde, ihrem ›Gegen-Märchen‹, einem ungeschehenen Ereignis, das, wie alles Geschehene, unwiderruflich sei, doch, im Gegensatz zu diesem, *untröstlich*, »ein auf ewig trauerndes Etwas – ein *zweites Leben*«; wobei es Lebende gäbe, die kein anderes als dieses hätten, eben lediglich dieses ewige, zweite der *untröstlichen Toten*. Am Tage der Auffindung der Leiche war mit John P. Tchaikovsky und der Sonne Wotkinsk-die-Zweite untergegangen und seitdem an der Erdoberfläche nicht mehr erschienen.

Er war die Treppe hinuntergegangen. Es gab im Hotel keine gewöhnlichen Treppen; es gab nur Aufzüge, und es gab eine Feuertreppe. Er war über die Wirtschaftstreppe (es gab also eine Treppe!) hinuntergegangen, durch eine Tür für das Personal. Die Tür hatte offengestanden. Türen für das Personal konnten nur von außen oder nur von innen geöffnet werden, entweder oder. Das Zimmermädchen hatte die Tür absichtlich offenstehen lassen müssen, oder ein Kellner. An der Tür stand – innen – *Ausgang*. Eingänge und Ausgänge gab es nur getrennt; sie lagen so weit wie möglich voneinander entfernt. Er dachte: ›Die Entfernung zwischen Menschen‹. Der Vierkantschlüssel hatte noch im Schloß gesteckt, als er die Tür hinter sich zuzog, sich den Rückweg abschnitt und, hinabsteigend, einem ihm entgegenkommenden Zimmermädchen begegnet und, ins Erdgeschoß gelangt, in die Hotelküche, die Küche durchquert hatte, am Küchenausgang in einen mit Kiefern bewachsenen Hinterhof und durch einen Torbogen dann auf die Straße getreten und dort in einen Autobus eingestiegen war. Es war irgendein Autobus. Er hatte noch nie einen Autobus bestiegen. Er hatte das Hotel noch nie ohne Begleitung verlassen. Für gewöhnlich waren Fahrer seine Begleiter gewesen, manchmal eine Übersetzerin. Er sagte sich, daß die Übersetzerin auf ihn im Frühstückssaal wartete, und sah auf die Uhr. Es begann zu schneien. Er kannte die Stadt; er hatte sie noch nie im Schnee gesehen; er kannte die Stadt nur aus dem Blickwinkel eines Taxis oder eines Dienstwagens, eines Hundes, schien es ihm, in Kniehöhe zu den Gestalten aufblickend, die er jetzt, aus der Höhe seines Stehplatzes, beobachten konnte, und von denen einige jetzt neben ihm, unterhalb von ihm saßen, unterhalb des Bildrahmens, so, wie er noch nie welche gesehen hatte, anders, leibhaftiger. Es waren dieselben anderen, derer er zuvor nur als Menge gewahr geworden war, die ihrerseits jetzt mit ihm in Kniehöhe Tuchfühlung hielten, Wintermäntel, Körbe, Taschen an ihm reibend, ihren Pelz, und mit ihm zusammenwuchsen, sich bis in ihn hinein ausbreiteten, ihre Grenzen versetzten, ihn ihrer umso teilhaftiger werden ließen und von ihnen untrennbar. Er beobachtete einen jeden einzelnen, jeden einzeln, die Sitzenden zuerst, dann die Stehenden. Er kam zu dem Schluß, daß sie keine Einzelnen waren. Er kritisierte diesen Eindruck und verbesserte ihn dahingehend, daß ihre Verwechselbarkeit auf ihre Kleidung zurückzuführen war. Er beschrieb sich ihre Gesichter; er zeichnete sie in sich nach, folgte ihren Umrissen, zählte die Einzigartigen, die Brauen, die unvergleichlichen, jedes Einzelnen, wiederholte das Wort ›Einzelnen‹, die Backenknochen jedes Einzelnen, die Lippen, Ohrläppchen, Stirnen, hohen, fliehenden, gefalteteten, kahlen, mit weißen, aus Pelzmützen, Kappen, Hüten ragenden Locken, mit nichts versehenen Kinderköpfe, Barhäupter, Schöpfe, Tollen, Glatzen, ihre Atemzüge, die Nasenflügel, die feuchten, ihren Tau, ihren Blick in die Ferne. Ihm fiel auf, daß den Einzelnen der Blick gemein war, die Ferne. Es schien ihm, daß nicht nur die Einzelnen in der Menge voneinander getrennt waren wie Ein- und Ausgänge, und nicht zueinanderkamen. Auch jeder Einzelne schien nicht zu sich kommen; jeder Einzelne machte den Eindruck, den er Ausdruck nannte, in sich hineingegangen zu sein, aber nicht herauskommen zu können, oder aber – wenn er herausgekommen war – zögerte, in sich zu gehen. Die in sich gegangenen und die aus sich herausgegangenen schienen einander nicht zu sehen; sie sahen einander ähnlich. Sie kamen und gingen auf eine unverwechselbare Weise, befand er, die allen gemein war, und jeder Einzelne für sich, vom

Einzelnen ins Allgemeine. Sie schienen, aufeinanderzukommend, auf andere stoßend, selbst andere zu werden; sie drängten sich in diese, die ihnen keineswegs Platz machten, ihnen vielmehr entgegenkamen; sie verschmolzen mit ihnen, gingen, ihrer Unscheinbarkeit gewiß, in ihnen auf. Es war dies, dachte er, ein Gemeinplatz, ein ansonsten noch nie beobachteter, fleischgewordener Ort der insgeheim Unverwechselbaren und ihrer Versammlung, die Bleibe einer einzigartigen, gemeinsamen Seele. Er dachte an deren weiblichen Artikel, an *die*, dann an Wasser, dann wieder, als der Druck der Menschenfülle an Haltestellen im Stadtzentrum zunahm, an den weiblichen Artikel, bezog diesen auf sich; er nahm ihn in Anspruch; er schwamm in ihm; er überließ sich seiner Einbildung; er sah sich in stehenden Gewässern zu einer einzigen Seele versammelter Schwärme Einzigartiger stehend, in diese einbezogen, sah sich sie noch wahrnehmen und dann bald aber schon nicht mehr den Verlust seines Gewichts in ihrer Dichte, ihnen zugehörig, ihnen zugetan, und sogar die Umkehrung ihrer Anziehungkraft sich in Schwerelosigkeit verwandeln, in eine Kraft seinesgleichen, und ihn überflüssig machen und wachsend die eigene Kraft dann diese verdrängend, ›wie von einer Krippe‹, dachte er. Er hielt es für möglich, daß es nicht Kraft war, die sie oder ihn dazu veranlaßte, um wieviel weniger noch eine Notwendigkeit, zum Beispiel die Enge. Ihm fiel als Beispiel Wasserverdrängung ein, die in seinesgleichen mit ihm deckungsgleich eingetauchte Masse eines Körpers. Er leugnete die Existenz privilegierter Moleküle, im Fruchtwasser und sonstwo, auch im Bus. Ausschlaggebend war keineswegs, daß er seinen Platz nicht verlassen konnte; er hätte können. Er hatte bemerkt, daß er nicht wollte. Der Verdacht, es geschähe dies aus Neugier, streifte ihn nicht. Er wies ihn durch Bewegungslosigkeit von sich. Ausschlaggebend war nichts. Es erwies sich, daß, unter Druck, im Gegensatz zu seiner ursprünglichen Vermutung, der Schmerz des Einzelnen sich umgekehrt proportional zu seiner Schwere verhielt, und im Ruhezustand der Masse nicht mehr wog, nicht zählte. Er nannte die Entdeckung ›Gleichgewicht‹. Er verglich, in der Masse ruhend, die Unwiderstehlichkeit seiner Festschreibung zwischen Köpfen, Wollstoffen und Schuhen mit der Schwerkraft von Himmelskörpern, auf den Nullpunkt ihres Raums ohne lichte Weite zurückgeschrumpfte Gravitationsfelder einander ansichgezogener Körper, und verwarf, auf der Suche nach einem Bild für den freien Fall, das Wort *Leichtsinn*, weil ihm kein Bild einfiel, das erlaubt hätte, sich Freiheit vorzustellen. Er sagte sich: Freiheit ist ein Ausrutscher. Sie öffnet sich über dir im Fall; sie ist Luft. Er stellte sich das Wort *frei* ohne Bild federleicht vor. Er wußte, daß sich, was gegenstandslos war, nicht beobachten ließ; daß, im Fall, die Leichtigkeit, die er verspürte, allein an der Leichtigkeit Dritter gemessen werden konnte, mit denen er zusammenfiel. Mitgefangen, mitgehangen. Die anderen lagen in der Luft. Er hing, wie über sich, in ihnen er, sie in ihm, und öffnete sich mit ihnen, fiel aber nicht. Er notierte dabei, noch bevor das Bild schwarz wurde, winzige, auf unbegrenzten Berührungsflächen unterhalb der Schulterblätter sich hervorhebende Treffpünktchen, Ausschläge Kontaktarmer bei Berührung, spitz durch Tuch dringende Erhebungen, Füllfederhalter, Busen, Warzen, Mikrofone, allein durch Andeutung eines Hiebs wie unter der Spitze eines unsichtbaren Floretts gesteckten Knospen erhaben sich bildende Angstbläschen, Traumata gern erlebter Reibung, Griffe ins Geschlecht, die gegenseitige Erholung zweier Hände in Hosentaschen, das Geräusch des Holzes zweier aufeinanderstoßender Versehrter, auch das Eingebildete, die Einhelligkeit ihrer Körperhälften, die Begegnung mit Knöpfen, Horn, ihr Aneinanderrühren, das Zusammentreffen von Sohlen, Knöcheln, Scheiben, Bakken, Knochen, deren Rückzüge, Wippen, ihr Platzmachen, Sichabtreten, ihren Beschlag, ihre Hufe, ihr Scharren, Mahlen, Kauen, ihre Kartoffeldestillate, das knirschende Geräusch von Neuschnee, Eis, Schwaden warmen Atems, Ausdünstungen der wartenden, ohne sonderliche Bekundung menschlicher Gefühle in ihre Hüllen eingenähten, lauernd verpackt hinter Polstern ausharrenden Fahrgästen, als er rufen hörte, »Hilfe« rufen, dann »Mach auf!« schreien, »Preßluft!« brüllen, »Einsteigen!«, als alle einstiegen, als niemand aus; als das Licht ausging; als er nichts mehr verstand; als nichts; als noch ein wenig Tageslicht, dachte er; als es noch schimmerte; als es still wurde; als ihn ein Blick traf; er ihn zurückwarf; sein Blick auf einen sich entlang seiner Wangen dem Mund entgegenschmiegenden, die Oberlippe in die Zähne dann zurückdrückenden, dann in seinen Hals greifenden Knoten aus ebenmäßigen, von Haarnadeln zusammengehaltenen, wie in einer Faust endenden Strähnen fiel, deren silberne Fülle inmitten der Fülle ineinanderverschachtelter Köpfe ihn hinderte, sich abzuwenden, auch dann, auch als er schon nichts mehr sah und dann doch im Schimmer Tusche noch und Mascara feuchter, unter nachtblauen Schatten Tausendfüßlern nachgebildeter Wimpern den Strahl zweier glitzernder dunkelgrüner und sich bald abwendender Augen, umrahmt von dunkelgrünen Steinen an Ohrringen; als, noch ein Lichtblick, Licht noch einen Augenblick lang durch ein Fensterloch drang; als mit dem Blick jetzt auch die Stadt verschwand; er sie sich nur noch vorstellte. Er stellte sie sich nicht vor. Er stellte fest: er war unter Menschen. Das sollte sich jetzt ändern. Er ersetzte das Wort durch Menschheit. Zusammen mit ihm war sie ein Mensch. Im übrigen war sie nicht. Ihr Bild erinnerte ihn, als es schwarz wurde, an Weiß. Ihre Belichtung verkehrte alle in ein Negativ. Er stellte sich eine Wolke vor und, in ihr, schwarz, was ihr fehlte – Licht. Er fragte sich, wie es möglich war, daß er die Augen der Frau mit den Ohrringen hatte sehen können, obschon Augen nicht leuchteten, und dachte an eine Katze. Als der Bus erneut hielt;

als in die Körper Bewegung kam, ein leichtes Pendel in sie fuhr, das wogende, vorübergehende Nachlassen ihrer Zangenbewegung, fiel ihm ein Zeitwort ein, von dem er annahm, daß es sich eignete, die Entstehung von Zwischenraum zu beschreiben. Das Haar der unsichtbaren Frau *lichtete* sich. In die Wolke, nähme man es wörtlich, trügen sich die Zwischenräume schwarz ein, fadenförmig; sie würden Licht. So sehr kann man sich über den Sinn eines Wortes täuschen, sagte er sich. Dann, als mit der Entstehung von Zwischenräumen aus den schütter werdenden Reihen der Stehenden und der Sitzenden behutsam zunächst aufrückend ein erster Haufen den Bus zu verlassen suchte; nicht verließ; als ein zweiter, gewaltsam, als ein dritter nachstieß; erfolglos der dritte über ihn hinweg dann; der erste, *Verstorbene stolpernd*, Öl, Gerhard Richter, *Veteranen mit Fahne*, dann *Ausgestopfte Vögel singend* geschlossen blockartig erfolgreich schließlich lichtwärts drängten, nach außen, rücklings der Hartgummiflügeltür zu, in die Straße strömend; dann erst, als die Flügeltüren sich schlossen, als die vorletzten Aussteigewilligen noch nicht ausgestiegen waren, weil die außenstehenden Wartenden den Eingang versperrten, erst dann glaubte er, erst dann, als die letzten Innenstehenden sich willenlos gefügt hatten, die Außenstehengebliebenen noch an die Fenster klopften, die Frau dann noch einmal wieder, ihre lieblichen Umrisse durch die Masse schimmern gesehen zu haben, als er selbst, zurückgedrängt ins Wageninnere, auf einem Sitz Platz nehmend neben einer anderen Frau sich wiederfand, die am Fenster saß, dann einen Blick durch das mit Eisblumen beschlagene Fenster warf, zurück auf die in der Masse verschwundenen Umrisse, dann auf die andere Frau. Die Frau trug eine Hornbrille mit Minusgläsern und goldenen Ohrenbügeln. Sie hielt auf ihrem Schoß einen Korb, in dem ein Hund saß, der sich, als er ihn bemerkte, von ihm abwendete und im Korb verkroch. Die Frau bemerkte das. Der Hund

zitterte; er trug einen Pullover. Er fühlte sich verfolgt. Die
Frau fühlte mit ihm; sie sagte »King Henry«; sie schien anzunehmen, daß, wer sich derart für ihn interessierte, sich für
seine Rasse interessierte. Sie griff ihm unters Kinn, putzte mit
einem Tüchlein seine Augen, bettete ihn in den Korb zurück
und holte aus dem Korb einen Rosenkranz. Er dachte: eine
Ausländerin; dann, als er ihre schmalen, gepflegten Hände
die Perlen abtasten sah: eine Pianistin. Dann blickte er wieder
hinaus, sah aber gleichzeitig, was nur seine weit auseinander-
liegenden Augen ihm zu sehen erlaubten, nämlich daß der
Hund mit einem Knochen beschäftigt war; daß er, kauend,
zwischen einem Brot und Strickzeug, auf einem rosafarbenen,
korsettartigen Gummistoff ruhte und regelmäßig, wenn be-
gutachtet, knurrte. Auch auf der linken, der Straße zugewand-
ten Fahrersitzseite war nicht nur der Bürgersteig, auch die
Straße selbst mit Menschen angefüllt. Die Straße war allem
Anschein nach keine Straße, sondern ein Platz, und die dort
wogende Menschenmenge, glaubte er zu verstehen, nur durch
ein Ereignis erklärbar, ein Sportfest, oder eine Ausstellung.
So erklärte sich auch, daß der Bus nicht abfuhr, mit laufendem
Motor wartete, weil, vermutete er, sich eine Autobusschlange
parallel zu der Menschenschlange gebildet haben mußte, was
sich daraus ableiten ließ, daß sich nichts bewegte. Bei genaue-
rem Hinsehen bewegte auch der Platz sich nicht, die Menge
auf dem Platz, die, wie bei einem Konzert, Stilleben, ein-
gefroren war, und nichts weiter tat, als auf nichts zu warten.
Er verglich die Menge auf dem Platz, links, mit der Menge,
die, rechts, gehsteigwärts, an der Bushaltestelle wartete, und
dann die Menge, die an der Haltestelle wartete, mit der
Menge derer, die den Bus verlassen hatten, erst ihre Zahl – sie
war größer – dann ihre Gesichter; sie glichen sich – er dachte:
›aufs Haar‹. Er notierte beiläufig ihre unvergleichliche
Trauer. Sie war jedesmal eine andere Trauer. Beobachtete
man sie, je Mensch, getrennt voneinander, so bestand sie aus

Blicken, die suchten, auf keinen anderen Blick zu treffen. Dabei fiel auf, daß mehrere Menschen in der Masse, die er, wie die Frau mit den Ohrringen, hatte aussteigen sehen, erneut, und innerhalb der Masse, wie ein in diese gezogener Faden, eine Warteschlange bildeten, die Frau aber im Bild fehlte. Er stellte sie sich ein letztes Mal spiegelverkehrt vor, im Helldunkel, aus hellblauen Ohrläppchen schwarz schimmernd die Komplementärfarbe von Smaragdgrün, purpurn, samten zu ihm aufschauende Augen, befand aber dann, das Beispiel vom Negativ sei an den Haaren herbeigezogen, und verzichtete auf das Bild. Als der Bus sich schließlich in Bewegung setzte, den Platz überquerend die Menge zur Seite schob, in eine breite, hier *prospekt* genannte Allee einbog, und sich offenbar vom Stadtzentrum entfernte, erschien am Horizont kurz ein langgezogenes, frisch froschgrün gestrichenes, von Kupferplatten überdachtes, einstöckiges Gebäude unter einer riesigen, Vogelkäfigen, Volieren ähnlichen Kuppel, von der er glaubte, daß sie ein Bahnhof war, der sogenannte ›Jaroslawer‹. Auch die Stadt schien sich unversehens geleert zu haben, auch der Bahnhofsplatz schon. Der Übergang von Menschenmengen in Häuserreihen, aus vollen in nur dürftig bevölkerte Straßen, erinnerte ihn insofern an Bilder, die er von früheren Fahrten und Gängen durch die Stadt in sich aufgenommen hatte, wie auch an die seltsame Gewißheit jeweils, wenn er durch sie gegangen war, nicht vornehmlich unter Menschen gewesen zu sein, vielmehr unter Häusern, Immobilien, an deren Mauern mobile Teile sich entlangzubewegen pflegten, vorwärtsdrängend, oft rückwärts, aus ihrer Immobilie zur Straße hinaus hängende, tretende, jedenfalls ihr zugehörige mobile Versatzstücke, Balkone, Vorsprünge, menschliche Blumen, Kästen oder deren Schatten, die, zusammengenommen, eine Stadt bildeten, durch die er strich; oder vielmehr: Es schien ihm so, als ob ein jeder, der sie durchzog, eine Stadt für sich war; daß jeder Gehende, Insichgegangene, in ihr auf etwas wartete und, während er ging, derart vergeblich, als wartete er auf sich selbst. So wie der Klumpen der Aussteigenden sich aus der Masse lösend, kaum von seiner Masse befreit, im Augenblick seines Eintauchens in die Stadt auseinanderzufallen drohte, und ein jeder in ihm ein für sich allein gehendes, sich allein bewohnendes, in sich zurückgefallenes Elementarteilchen zu werden schien, ein vollkommenes Fragment, so waren es auch jetzt einander abstoßende, durch das Weichbild oberhalb des Fensterrahmens wandelnde Punkte, die, frei nur unter der Voraussetzung einer Vielzahl von Freien, einzeln, ungreifbar, weil mobil, sozusagen als städtisches Mobiliar verkleidet mit geheimen Lichtquellen vertraut, eigenen Sonnen, nun in Abweichung von der vorgegebenen Bahn ihren Schatten nachjagend, die von der gesammelten Beklemmung eines jeden überwucherte Stadt verließen, um zu sich zu kommen. Er hielt es, während er dies erwog, für möglich, daß, ohne sich darüber im klaren gewesen zu sein, er dabei war, von sich zu sprechen, von seinen Erwartungen, und eben nicht von den beschriebenen, wie Anspielungen auf Menschen den Häusern entwachsenen, mobilen Scherenschnitten; daß er sich selbst zum Gegenstand seiner Betrachtung gemacht hatte; daß er insofern von alldem nichts tatsächlich gesehen hatte und auch jetzt nicht sah; daß seine vorangegangenen Schlußfolgerungen womöglich falsch waren und sich allein deshalb schon als unbrauchbar erwiesen, weil eine auf engstem Raum zusammengedrängte Bevölkerung selbstverständlich durch nichts von einer im Freiraum der Straße sich bewegenden Bevölkerung unterscheidbar war und, wenn überhaupt irgend etwas ausschlaggebend für die Beschreibung ihres Zustandes sein sollte, es sich nur durch die Abweichung jedes Einzelnen von seinem Ruhezustand beschreiben ließe, den Ausbruch sich selbst jagender Magnetnadeln in fremde Felder. Je breiter die Straßen, die Alleen, je leerer die Triumphstraßen wurden, die aus den Innenbezirken,

zunehmend einander ähnlicher, verwechselbarer, in Außen-
bezirke führten, umso leerer auch erschienen die Gehwege,
die von seltenen, schwarzen, ihren Strich ziehenden Pünktchen im Windschatten riesiger, zwölfstöckiger, kombinats-
artiger Wohnblöcke begangen wurden, wobei er sich fragte,
ob die nur leicht oszillierende Gerade, die sie jeweils in den
Schnee zeichneten, eine Abweichung von etwas war, oder
vorgegeben; wie auch die Frau, die, ihren Korb, ihren Hund
an die Brust pressend, ihr Brot in der Hand, als sie ausstieg,
stehen geblieben war, noch nicht eingetroffene Vögel, himmelwärts nach ihnen schreiend, fütterte, dann fortlief, dann
im Schnee versank, wie alle anderen auch, die ihren Punkt
durch den Schnee zogen, und beides, so schien es ihm, hätten
gewesen sein können: schwere, vorgezeichneten Gesetzen
folgende Masse, oder schwere, von ihren Gesetzen abwei-
chende, ihren Trägheitswiderstand ignorierende, von imagi-
nären Körpern angezogene Masse, oder gar Ruhemasse –
ein in der Leere der Straße auf den Nullpunkt ihrer Angst
ohne lichte Weite zwischen Leere und Leere geschmolzener,
einzigartiger Körper. Neben der Frau im Schnee, genauer:
neben dem sich gegen seine Richtungsänderung wehrenden
Punkt, zogen, so konnte er zählen, sechs andere schwarze
Punkte durch den Schnee, ohne sich zu kreuzen. Auch die
Spuren, die sie hinter sich ließen, kreuzten sich nicht; es war
eindeutig, daß sie nicht zusammengehörten, und daß sie auch,
daß sie im Nichts sich lieber verliefen, als aufeinanderzu-
treffen, und niemandes Gesellschaft suchten. Das sagte ihm,
sagte er sich, das Straßenbild, das im übrigen nichts sagte,
außer daß die Sachen sich einander nicht zuordnen ließen, die
unbeweglichen wie die beweglichen, die Fuhrwerke und auch
die Tiere, und sich zueinander verhielten wie Fundsachen,
die, über den Schnee verteilt, sich darin verloren. Der Platz
war Endstation. Er entsann sich, an dem Platz, an dem die
Frau mit ihrem Hund ausgestiegen war, ähnliche, wenn nicht

gar dieselben Fahrzeuge bewegungslos aneinandergereiht stehen gesehen zu haben, die er jetzt hinter den Eisblumen im Rinnstein gegenüber der Endstation stehen sah, als alle ausstiegen, nur er nicht: er war nur ans Fenster gerückt. Am Kopfende der Reihe stand ein Pferd, ohne Wagen, ein sogenanntes ›Bestattungspferd‹, das einen Trauersattel trug und, über Hals und Kopf geworfen, einen schwarzen, mit weißen Zeichen bestickten Mantel, aus dem, links und rechts eines Federbusches, wie über einem Helm, die Ohren ragten. Hinter ihm folgte der Wasserwagen mit der Aufschrift *WODA*, WASSER, eine eierförmige, an Zementmischern gemahnende, an ihrer blassen Aprikosenfarbe erkennbare Zisterne, hinter dieser dann der Brotkastenwagen mit der Aufschrift *CHLEB*, BROT, schließlich ein fensterloses Lastkraftmenschentransportfahrzeug mit Schild *LUDI*, LEUTE, bei doppelter Tätowierung der Ladeflächenrückseite mit riesigen polizeilichen Kennzeichen, wobei die denunziatorische Kraft der Beschilderung ins Auge stieß wie auch, auffälliger noch, die ungewohnte, enorme Leichtigkeit der Chauffeure, die, abseits, im Schnee, in das Himmelweiß ihre Flaschen hielten, sich dabei die Füße vertraten und rauchten. Der Platz war leer. Auch hier ließ sich, der Leere zuliebe, der Nachweis für die Einsamkeit der im Schnee irrenden Punkte bis ans Ende der Irre führen, dachte er, während er die Fortbewegungskoeffizienten zweier voneinander unabhängiger Fußgänger errechnete, eines Betrunkenen und eines vorgeblich an seine Fersen gehefteten Betrunkenen in Uniform, Durchschnittsbeschleunigung 10 km/h geteilt durch Minute mal Entwischen. Er dachte: Ich bin Kommunist. Ich ziehe es vor, das Wort *ich* durch das Wort *er* zu ersetzen. Er zog seiner Person eine dritte vor. Er bezog sich dabei auf die Erzählung *Das ewige Leben des Yaakow Karlowitsch Morgenštern*, in welcher der Astrophysiker A. sein Leben einem anderen, Unschuldigen verdankt, der an seiner Statt hingerichtet wurde, und ein

Leben lang vergeblich den Nachweis seiner Schuld an dessen Tod zu erbringen sucht. Er selbst empfand, als der Tag des 17. Dezember 1953 anbrach, keine Schuld, auch, als der Tag endete, nicht, und auch keine Dankbarkeit – allein Zuneigung, eine besondere, ihm seit den frühen Jahren eigene, übermäßige Liebe für das Sowjetreich und seine Mühen, die Übermacht der Armut gegen die unmenschliche Macht des Reichtums durchzusetzen, wie auch Verständnis für dessen Grausamkeit, eine Nachsicht, die ihn an Abashvilis Film *Das ewige Leben* erinnerte und an die Möglichkeit, daß auch ihn irgendwer vor irgend etwas gerettet haben mußte, obschon er nicht wußte, wer und wovor und auf wessen Kosten, irgend etwas, das ihn nach seinem Dafürhalten im Zweifelsfall als Genossen auswies – Hingabe vielleicht, sagte er sich. Seine Erfahrungen in der illegalen Parteiarbeit und die wunderbare Aussicht auf die Allmacht der Bedeutungslosen hatten ihn gelehrt, daß auch Zuneigung Schuld sein könne, die Neigung, den erbitterten Erbauern der Neuzeit für den Versuch ihres Aufrechtgangs angesichts der Hülle und Fülle von Untermenschen blind und bedingungslos Glück zu wünschen. Er war Gast des Allunionverbands sowjetischer Architekten, Teilnehmer an einem Seminar für Städteplanung, sagte er sich. Es schien ihm, daß er in diesem Augenblick dennoch keinen Grund hatte, an seine Gastgeber zu denken. In den leeren, wartenden Bus stiegen derweil nur wenige ein, und dies auch erst, nachdem der Fahrer, der durch Klopfzeichen an seiner Kabine geweckt worden war, widerwillig zur Umschilderung des Wagens schritt und, auf neuerliche Fürbitte hin, vorzeitig die Türen öffnen ließ. Als der Bus sich in Bewegung setzte, war es – schätzte er – etwa vier Uhr nachmittags. »Die Uhrzeit ist wichtig«, erklärte ein Mann, der neben ihm saß und gleichfalls »etwa vier« sagte, ohne zu erklären, warum. Der Schneepflug, der den Konvoi verspäteter Autobusse in das Stadtzentrum zurückleiten sollte, war wegen eines Brandes

ausgefallen. Der Mann, der sich als Schneepflugführer vorstellte, und, ohne ausgestiegen zu sein, sofort die Ursache
erkannte, sagte ihm die Ursache ins Ohr: »Immer um vier«,
und – laut – dann: »Jungejunge!!«. Das war unverständlich.
Tatsächlich füllte sich stadteinwärts der Bus, nachdem Soldaten ihn freigeschippt hatten, in der gleichen Weise, in der er
sich auf dem Hinweg geleert hatte, wie auch der Zeitablauf
sich spiegelverkehrt wiederholte; nicht mehr ausgestiegen
wurde, nur noch ein; die Zahl der Trinker, der Jüngeren, der
Feierabendfeiernden in der Stoßzeit, Haltestelle für Haltestelle, wuchs; die Zahl der uniformierten Trinker wuchs; die
Zahl der uniformierten Jüngeren wuchs; der Kinder in Uniform, der Taschendiebe, der Verprügelten wuchs; der Flüche
wuchs, und mit der nüchternen Übermacht der Uniformierten dann die Stille, als die Stille gegen Stadtmitte regelrecht
eintrat; die Seufzer seltener wurden, dann ganz abnahmen,
dann, und dann erst, als gegen Stadtmitte die Soldaten den
Bus verließen, die Kindersoldaten, und nur drei Kinder übrig-
blieben, Kadetten, glaubte er, kahlgeschoren, in schwarzen,
abzeichenlosen Uniformen, stumm an den Flügeltüren übereinander wachend, ihn an Bergleute erinnernd, die ihn wiederum an das Pferd der Bestattung denken ließen; erst dann;
er wußte nicht, warum. Er empfand bei dem Gedanken ein
Wohlgefühl. Er erklärte sich das Gefühl nicht, er erklärte es
sich erst, als er aufstand, seinen Sitzplatz, grundlos, aufgab,
willkürlich mit einer Erinnerung, die er an irgend etwas nicht
mehr hatte, einen Verlust, oder ein Ende von etwas, oder auch
damit, daß es ein solches gar nicht gab, nur ein in ihm wühlen-
des, sich noch zutragendes, ihm Gutes tuendes Etwas, Glück,
das weiterwirkte, -arbeitete, rückwärts weiter, an sich, wie unter Tage, baute, unbeachtet an einer Geschichte weiter rückwärts, in ihre Anfänge sich zurückschreibende Geschichte
hinein, in die Gegenwart, schien es ihm, schon stehend dann,
von der Menschenfülle erdrückt, als hätte es keiner Dämme-

rung mehr bedurft, um ihm klar zu machen, daß er nichts mehr von alledem sah, was um ihn herum vor sich ging. Der Platz, auf dem er gesessen hatte, war frei geworden; noch standen die Kadetten wie zuvor, still, allein an der Festigkeit ihres Blicks interessiert. Sie beobachteten anscheinend nichts. Sie waren nur in ihrer Gleichgültigkeit auffällig. Er dachte, als er sie stehen sah, wieder an das Pferd, dann an ein Bergwerk. Er hielt sie für Knappen, oder für jugendliche Angestellte des öffentlichen Dienstes. Als er, an ihrer Statt, das Wageninnere nach zweifelhaften Gesichtern absuchte, traf sein Blick auf Ohrringe mit grünen Steinen, dann auf eine Schülerin, die ein Kind im Arm hielt, das an ihnen spielte – wahrscheinlich ihren Bruder. Er benutzte zur Beschreibung des Bildes, sich vor ihrer Wiederholung keineswegs fürchtend, die Worte, in denen die Wurzel *Licht* jenen Schatten beschreibt, in welchen die Vielzahl jeweils die einzelnen zu stellen sucht, um sie unsichtbar zu machen, und fühlte, als er auf die Ohrringe blickte, eine Hand seine Schulter berühren. Er drehte sich um, erblickte jedoch niemanden, nur viele, die wenige geworden waren. Die Menge hatte sich gelichtet. Die drei Jugendlichen mußten bemerkt haben, glaubte er später, wie, in eben diesem Augenblick, als die Flügeltüren sich öffneten, als erneut eine größere Menge in den Bus drängte, und eine kleinere ihn verließ, sich ein Arm unter seinen Arm geschoben hatte; wie der Arm sich in den seinen eingehakt, ihn an sich gezogen, und ihn dann mit sich fortgerissen hatte. Er erinnerte sich noch in der Sekunde, in der es geschah, an das, was er soeben gefühlt hatte, und, noch bevor geschehen war, was geschah, an das Gefühl, der unerwarteten Bewegung nachgeben zu wollen, sich von ihr mitreißen zu lassen. Der Mann, der ihn aus dem Bus zog, war alt; vielleicht achtzig Jahre alt. Er trug einen dunklen Mantel und eine Pelzkappe und, in der Hand, eine Einkaufstasche, und hatte, zunächst, kein Gesicht; er blickte ihm nicht ins Gesicht; er hielt ihn –

mich – sein parallel zu ihm schreitendes Gegenüber, im rechten Winkel fest, fest im Profil; er zog ihn mit sich; wie einen Tatzeugen zog er ihn, schritt mit ihm, in Schritten, die so klein waren, daß es den Anschein hatte, er könne ohne ihn, ohne seinen Schutz, sich gar nicht auf den Weg gemacht haben, von der Bushaltestelle, auf eine Straßenecke zu, unter seinem Begleiter auferlegten Zwängen, der in der Gefangenschaft des alten Gefährten das Weite suchen zu müssen glaubte, aus der er nie zurückfinden würde und für immer verschwinden, und sagte kein Wort. Seine Mitteilungen setzten sich aus der Summe im Zustand des Schweigens möglicher Verbindungen von Körperhaltungen zusammen, Winkelkonstante, Kopfentfernung, Zwischenraum, linker Oberarmdruck, Ellbogenanwinklung, Wärme, Anspannung; Zeichen gab es nicht; auch keine Anzeichen. Die Bewegungen des Mannes, allein leichte Zuckungen oft, waren jeweils nur für ihn bestimmte Markierungen bereits erreichter Ziele, Andeutungen, und die Ziele jeweils in Bewegung, insgeheim rückwärtsweisend. Der nach weniger als einer Schweigeminute fast bewegungslosen Gehens erreichte Punkt, an dem der Mann ihn im rechten Winkel in eine Abzweigung drängte, und, überraschend, von dort, fast unmittelbar, in einen mit Kiefern bewachsenen Lichthof, lag etwa fünfzig Meter von der Haltestelle entfernt, unmittelbar hinter der Abzweigung in eine Nebenstraße, von der er sich verbeten hatte eingedenk seiner jahrelangen Schulung in der Illegalität, das Straßenschild zu lesen, von welchem er lediglich notierte, daß es rot war, und das den Wohnblock bezeichnende Schild weiß; daß er, über Schneewehen, noch am Arm des Mannes, in den Block eintrat; ihn dort der Geruch von Müll empfing; daß sein Wächter ihn vor den ersten Stufen losließ, ihm still, langsam, sich nach ihm umwendend, vorausstieg, am Fahrstuhl vorbei im ersten Stock, innehielt, dann im sechsten so, dann, im siebenten, vor einer Tür, rechts, wartete, bis er ihm gefolgt und sich neben ihn, vor die Tür, gestellt hatte, und erst dann aufschloß. Der Mann sagte dabei nichts; er blickte ihn auch nicht an, als die Tür, von innen mit einer Kette verriegelt, sich nur einen Spalt breit öffnete, er dessenthalben die Tür wieder zuzog, dann wartete, auf Schritte wartete, hinter der Tür Schnaufen hörte und »Ich« sagte, als ein kleiner, mit silbernem Garn bedeckter und von Lockenwicklern eingerahmter Kopf die Kette löste und, die Tür angelehnt lassend, hinter ihr verschwand. Der Mann ging ihm auch hier voraus. Er bog, eine kaum beleuchtete, mit Wandteppichen verhängte Diele durchquerend, nach rechts in ein Wohnzimmer ab, bot ihm einen Sessel an, machte eine Handbewegung, die er sofort verstand, eine Bewegung, bei der er die geöffnete Hand zunächst über den Sessel hielt, dann hochzog, die Finger leicht anhebend, mit einem Wink dann zur Tür zurückkehrte, sich aber noch einmal umwandte. Er sah ihm jetzt ins Gesicht. Er kannte das Gesicht. Er hatte im gleichen Augenblick noch, in dem er es zum ersten Mal sah, sich an den Augenblick erinnert, in dem er es eben gesehen hatte, und erinnerte sich immer noch, als der Mann leise »Tee?« fragte. Über seinen Augen lag ein Schleier; die Winkel waren weiß – Schlaf – und feucht; er spiegelte sich in ihnen; er sah sich »Ja, gerne« antworten, sah den Mann dann seine Hand sinken lassen, in die Diele zurücktreten, und die Tür hinter sich schließen. Er hörte ihn draußen noch ein Wort sagen. Dann hörte er nichts mehr; dann einen Pfeifkessel. Der Mann hatte sich an ihn erinnert; er müsse ihn beobachtet haben, dachte er – beobachtet, eingeschätzt, dann ausgewählt, bevor er den Beschluß gefaßt habe, ihn mit sich auf die Straße zu ziehen, einen Deutschen, ein Wagnis, das Unheil bedeuten konnte. Er war dem Unheil in die Falle gegangen. Er sagte sich das zweimal. Beide Fallen waren zugeschnappt. Als er eine Tür ins Schloß fallen hörte, war er sich dessen schon nicht mehr sicher: Der Mann hatte das Haus verlassen; oder beide hatten, der Mann und die Frau. Dann öffnete sich die Wohn-zimmertür, und die Frau brachte Tee; sie servierte ihn in einem Glas, das in einem halbhohen, becherartigen Unter-satz aus altem Silber stand; sie sagte dabei »Tee«, stellte den Tee auf einen Hocker, rückte den Hocker neben den Sessel und ging wieder hinaus. In das Silber waren Buchstaben ein-graviert. Er vergaß sie auf der Stelle; er schuldete das seinen Gastgebern. Schuld spielte für ihn eine Rolle; sie lag in der Luft. Es gehörte zu ihren Eigenschaften, daß sie sich nicht zuweisen ließ; daß er nichts Genaueres über sie wußte, auch über seine eigene Rolle bei ihrer Entstehung nichts. Es schien ihm, daß auch er für seine Wahl als Gast verantwortlich war; daß er niemandem, der ihn je darüber befragen sollte, guten Gewissens erklären könne, es habe sich um einen Zufall ge-handelt; er sei an diesem Zusammentreffen unbeteiligt. Im Gegenteil: Er wartete, und hier und jetzt, auf eine andere Erklärung; auf seine Festnahme. Er leugnete seine Über-raschung, er gestand sich ein, einem Plan gefolgt zu sein; Ver-ständnis dafür zu haben, daß man in ihm fortan einen Feind sehen konnte; daß er nun der Absprache mit dem Feind, mit sich selbst, überführt wäre, und nur insofern ohne sonderliche Schuld außer dieser, der Versuchung erlegen zu sein, den Zufall über seinen Tagesablauf bestimmen zu lassen, keine andere auf sich geladen habe, damit rechnend, daß ihn, auch jetzt noch, zur Nacht, noch während er dies erwog, ein Zeichen erreichen würde, irgend etwas, eine Nachricht, oder ein Gruß; oder nichts; oder er von etwas gezeichnet werden würde, oder etwas in ihm hinterlassen, das er nicht kannte; daß man, grundlos, und doch voll und ganz, ihm trauend, auf ihn bauend, seine Bewegungsfreiheit als Ausländer nun in An-spruch nehmen würde, seinen guten Willen vielleicht; daß ein Fremder sich der Begegnung mit einem anderen Fremden, einem Feind, wenn dies schon seine Rolle sein sollte, nicht entziehen könne, auch nicht dürfe; daß allein schon die Begegnung mit einem Unbekannten ihn wieder unbekannt gemacht hätte, wenn dies – wieder unterzutauchen – nun seine Rolle hätte werden sollen; daß er vielleicht eine Rolle spielte, die er nie kennen würde; oder daß er sie, wie die Buchstaben in Silber, schon vergessen hätte, wie das Wohnzimmer vergessen, das winzige, das Liegemöbel, das mürbe gesessene Leder, die Bücherregale, Aktenregale, hinter Glas, hinter Glas die Tassen, Lenin, Kelche, Trophäen, ein goldenes Fahrrad, *Das Lied der Erde*, Schott & Söhne, Leipzig, das Mahagonibuffet, ein Schreibtischchen, ein Stuhl, rot-blau, mit Etikett *Gerrit Rieveld 1918*, von dessen Eigentümer er, ein Mal noch, annahm, und sogleich wieder schon abstritt, angenommen zu haben, er müsse Lehrer gewesen sein, oder, wie sich aus einem Foto hätte schließen lassen, Marineoffizier; obschon das Foto, verblaßt, halb verhüllt von einer Fahne der Roten Flotte, an der Papierblumen und ein Trauerflor angebracht waren, bedeutet hätte, daß er, der Abgebildete, nicht mehr lebte, und es insofern womöglich das Bildnis zum Beispiel eines zur See gefahrenen Sohnes gewesen sein könnte – Überlegungen, in welche er sich in der Vorahnung flüchtete, es müsse ihm leicht werden, Menschen, Örtlichkeiten, auch ganze Städte aus der Erinnerung zu löschen oder wenigstens in ihr sich verschwimmen zu lassen, nicht aber die Geräusche, Geräusche der Wohnung, das Schleichen von Schritten, Räuspern, das er gehört hatte, den Atem, von hellen, wie für Hunde auch für ihn schmerzlichen Pfeiftönen begleiteten Seufzern in der Stille, die sich zwar wie Bilder einprägten, die aber im Gegensatz zu diesen nicht die Fähigkeit besaßen, sich verwischen zu können, mit der Zeit zu verblassen. Bilder, auch verschwommene, ließen sich abstreiten, wahrgenommen worden zu sein – Geräusche nicht; wenn auch die Frage nach ihnen sich nicht stellen würde, und auch nach deren Beantwortung nicht bei Vernehmungen; auch Tatzeugen, deren Aussage vor Gericht für die Beurteilung eines Kriminalfalles entscheidend sein würde, könnten sich nicht, wollten sie glaubwürdig bleiben, bei der Schilderung von Erlebnissen auf die Wiedergabe, die Nachahmung eines Tons, eines Tonfalls, auf das reine Anhören beispielsweise des Zuklappens einer Tür, der Schlösser beschränken, in die sie fiel, auf das Gewirr, Stimmen, Geflüster, brodelndes Wasser, Pfeifen, auf das Geräusch des schrecklichen, des schabenden, auf dem Parkett wie auf Sandpapier widerstehenden Schleifkontakts eines menschlichen Körpers, der, in Pappe gewickelt, mal gezogen, mal an Fuß- und Kopfende angehoben, mal dumpf aufschlagend, aus der Küche, woher sonst, entfernt und, über die Diele, in einen anderen Raum verbracht worden wäre. Das Geräusch war unvergeßlich; die Stille, die ihm folgte, um vieles mehr. Er wußte, daß dies nicht so sein konnte; daß es nach *unvergessen* nichts mehr gab; daß die längst vergessene Zeit, die zwischen dem Eintreten der Stille und dem Augenblick vergangen war, in dem die Frau und der Mann, die Frau zuerst, den Raum betraten, oder auch nicht vergangen war, und auch nach ihrer Rückkehr ins Wohnzimmer immer noch andauerte. Die Frau zog vorne, der Mann trug hinten, schob, einen Karton. Der Karton war lang wie ein Mensch, aber kleiner. Er ähnelte einer Truhe. Er dachte: ›ein Kind‹; dann: ›der Sohn‹; dann: ›ein Gefangener‹ – wie er. Noch während er dies dachte, hielt er, was er gedacht hatte, für Unsinn; er dachte nur noch an den Karton, nicht an sich. Tatsächlich stand der Karton, lag der Karton jetzt in der Zimmermitte, wohin ihn die Frau zuletzt allein gezogen hatte. Er lag, mit Hanf verschnürt, farblos geworden, dort, und trug, an den Breitseiten der Pappe, die Aufschrift *Osram* mit der Abbildung einer Glühbirne. Der alte, gelbe Strick umschlang den Karton wie ein weiches Gitter, das, anstelle von Lötstellen, mit unzähligen, knotenartigen, die Form von Geschwüren annehmenden Erhebungen durchsetzt war, wie er beobachtete, als der Mann begann, die Knoten mit den Fingern zu lösen, während die Frau, am anderen Ende des Kartons, erst mit ihren Fingernägeln, dann mit Hilfe einer Scherenspitze, die fest ineinandergezogenen, von Fett glänzenden Hanffäden zu lockern suchte, ihre Arbeit dann aber abbrach, die Schere, als ein Geräusch der Miß-billigung sie dazu zwang, ein leichtes Grunzen, fortlegte, hinausging, Sonnenblumenöl holte, und sich daranmachte, das Öl, Knoten für Knoten, über den Karton zu schütten. Der Kartondeckel hatte etwa zwanzig Knoten; die Breitseiten auch, obzwar die Seitenknoten dünner waren, und anschei-nend nur dazu hatten dienen sollen, mangels vollkommener Schnüre kurze Schnurteile, Reste, Enden miteinander zu ver-binden. Mann und Frau gingen mit Behutsamkeit ans Werk und in einer solchen Eintracht davon aus, das seinen Inhalt umfangende Netz nicht beschädigen zu dürfen, daß ihnen die Gegenwart des Gastes oder, mit der Zeit, auch die Frage nach dessen Geduld gleichgültig geworden war. Ihre Inbrust lenkte sie ab; sie hatten in der Art ihres Umgangs mit etwas Neuem den Glanz der Vergeblichkeit von kranken Kindern, die wis-sen, daß sie nicht alt werden. Auch der Mann griff jetzt zur Schere; er nahm sie der Frau weg. Die Frau beobachtete ihn; nicht nur die Frau, auch der Gast beobachtete, wie der Mann, der, ohne irgend etwas anderes zu tun, als den Blick auf den Knoten zu richten, als müsse er sich von selbst lösen, nach einer Weile, enttäuscht, die Schere in den Hanf stieß, nicht schnitt, nur danach trachtete, indem er die Schere öffnete, durch die Hebelwirkung ihrer Schenkel die Schnüre vonein-ander zu trennen. Als der letzte Knoten nachgab, stieß die Frau einen Seufzer aus; sie gab ihn wie verabredet von sich. Der Mann stand daraufhin auf. Er stellte sich, die Hände auf dem Rücken haltend, vor den Karton, verneigte sich vor ihm, öffnete sorgfältig die schon fast zerfallenen Pappdeckelflügel, trat dann zurück, bewunderte den Inhalt, und rief: »*wot!*«. Das Wort läßt sich nicht übersetzen. *Wot* sagt einer, der fertig ist – es ist *vollbracht*. Der Mann war auf sein Wort stolz. Er wiederholte den Ausruf mehrmals, bewegte aber dazu nur die Lippen noch. Der Gast scheiterte an dem Blick, den der Mann auf ihn warf; er untersagte sich, den wäßrigen Schleier verstehen zu wollen, der über ihm hing, oder hinter ihm, und glänzte. Er dachte an die zweiundsiebzig Gelehrten des Alten Testaments und an das ecce der Septuagesima. Interpretationen, sagte er sich, zerstören oft Quellenangaben. Was ins Auge stach, war der graue Star. Die alte Frau ging in die Küche. Als sie mit Tee in den Raum zurückkehrte, stand der Mann, noch bewegt, nicht vor dem, was er soeben gesehen hatte, sondern wie vor einem Anblick, einem Etwas, das selbst einen Blick auf ihn warf, wobei es schien, als blicke er in etwas Lebendiges. Der Mann blickte in sein Grab. Auch der Gast blickte; er erhob sich, als gehöre sich dies, langsam wie alles, was sich tat, sich langsamer zutrug, als zuvor, bis, schien es ihm – *deuchte* schriebe Luther, ein Wort, das den Raum zwischen Vorahnung und Nacht als Sonnenaufgang darstellt – bis nichts mehr sich zutrug, nur noch schien. Nicht die Zeit war es, die stillstand; der Mann stand; er schien; er beobachtete die Zeit: sie lief, rückwärts, ab – ihm davon, auf und. Auch der Gast dachte: sie verstreicht nicht. Er dachte: ich denke, noch bevor es geschieht, nachträglich: es geschieht. Auch als es nicht geschah: Licht. Der Mann scheint. Der Mann kehrt aus dem Ende heim. Auch seine Frau kehrt, sie hält seinen Atem an – vergeblich; sie haucht vergeblich ihren Gatten aus: die Glaskugeln ihrer Augen quellen in hellblaue Äpfel zurück; ihre Wimpern verfangen sich in den Brauen, sie sind schlaflos; ungewollt bücken sich ihre Hüllen vornüber, ohne dem Gast noch Beachtung zu schenken, in das Grab blasend, Staub, kleine, hellgelbe Partikelchen aufwirbelnd, um, aufrecht dann schon wieder, nach einer Denkpause der Toten, die Hand nach ihrer wunderbaren Fülle auszustrecken, nach etwas zu greifen; es in den Arm zu nehmen; an sich zu drücken, wie eine Puppe es, schnellen, schnellen?, Schrittes, auf den Sessel, auf ihren Gast zu, wem sonst, zu überbringen, ihm, der im selben Augenblick noch sich erinnerte, als das Paar schon wieder in seine Zeit zurückgetreten war, vorhergesehen zu haben, was jetzt nicht geschehen und wie, einmal noch, Zeit nicht vergangen sein würde, als sein Gastgeber sich vor ihm aufstellte und lange in einer leichten Hinneigung zu ihm verharrte, wie Eltern in Erwartung des Augenblicks der Überraschung in den Augen der Kinder beim Auspacken eines Geschenks, und im Leuchten des ganzen Kindes, dachte er, und dachte dabei an sich, lesend noch, auf seinem Schoß jetzt die enormen Buchstaben *BERLINER TAGEBLATT* lesend und *Sonnabend, 2. Januar 1929* auf dem obersten Blatt der Zeitung, und dann *Montag, 4.*, als der Mann noch vor ihm stand – auch, als er selbst schon nicht mehr stand, und las. Der Mann, der vor ihm stand, erwartete etwas Unaussprechliches; er erwartete es nicht wirklich und unwiderstehlich auch dann doch nur zum Schein, als er sich wie von sich abwandte, augenblicklich den Zeitungen wieder zu; als er diese, kniend, den Blick dabei nie zurückwerfend, auf dem Parkett in Stapel ordnete, den Jahrgang '29 in Monate aufteilte, die Sonntage abrechnete, und, bis zweihundertunddreiundachtzig, elf mal dreißig Wochentage elf mal minus vier nachzählend, in großer Erregung sich ihrer Vollständigkeit zu vergewissern suchte, und auf nichts ausdrücklicher Wert zu legen schien, als bei der Tätigkeit beobachtet zu werden, seinen Besitzstand zu Protokoll zu geben vor Zeugen und ihn geltend zu machen; den lückenlosen Nachweis seines Aufenthalts in Berlin im Jahre 1929 zu führen; vielleicht den lückenlosen Nachweis der unerklärten Fortdauer seiner Existenz, eines Wunders, wobei er die kurze, in unübertrefflicher Eile ihn in Verwirrung zurücklassende Arbeit des Ordnens und Abstaubens wiederum abbrach, vor ihr zurückwich, sich auf die Liegestatt setzte, und sie betrachtete, so lange in vollendeter Stille und so flehentlich bewegungslos in ihr verweilend, als wolle der

Verstorbene von seinen ihm hinterbliebenen Gegenständen die anderen, Unbekannten, verwehrte Gedenkminute einfordern: Die Bedeutung, die das Ereignis des unverhofften Besuches im Leben des Mannes und seiner Frau haben mochte, erinnerte daran, daß es Ereignisse gab, die sich darin erschöpfen, bedeutend zu sein; sie bedeuten alles; sie verschlagen dir die Sprache; sie treten an deine Stelle. Womöglich hatte der Mann im Autobus ein Leben lang darauf gewartet, daß ein Ereignis an seine Stelle trete, und daß er nach diesem Ereignis den vollkommenen Beweis seiner weltlichen Existenz ein für alle Mal angetreten hatte und er sich dessen eingedenk nun von dannen trollen könne. Hier endete jedenfalls die Geschichte als Nichtgeschichte in ihrer Vollendung im Nichts, über welches hin die Entsagung dem Ungesagten vorauswuchs, bis die Frau das Teeglas vom Schemel genommen und abgestellt und den Schemel dann vor die Liegestatt gerückt hatte; dann erst blickte er auf sein Werk von dort aus zufrieden; auch die Frau überblickte es flüchtig, sah dann aber weg: sie schob den Vorhang beiseite, und blickte auf die Straße, oder auf den Hof, während der Gast, auf dem Boden kniend, in den Zeitungen zu blättern gedachte, es aber nicht tat, und kehrte, ohne den Vorhang zu schließen, in das Zimmer zurück, blieb indessen in gehörigem Abstand zu den zwölf Monaten des Jahrgangs 1929 neben der geöffneten Tür zur Diele stehen. Dann entzündete sie eine Kerze, stellte sie auf den Boden neben den Gast, und löschte das Licht. Neben dem Kerzenlicht leuchtete noch Mondlicht. Der Gast hielt, als das Licht ausgeknipst wurde, die am Mittwoch den 19. Februar erschienene Ausgabe der Zeitung mit der Überschrift DIE JAHRHUNDERTKÄLTE auf dem Schoß – hielt sie fest umschlungen und, dann, hoch: Der 19. Februar war sein Geburtstag; er war 1929 in Berlin geboren. Der Mann beobachtete eine Zeit lang den Gast von seinem Hocker aus beim Studium des Tageblatts; er tat dies stehend bereits, als der

Gast seinen Blick spürte, sich umwandte, und ebenfalls erhob. Eine Uhr schlug, kurz bevor er sich erhob, sechs, oder sieben. Die Frau zeigte auf eine Wand. Die Uhr schlug hinter ihr; er nahm an, in der Nachbarwohnung. Sie schlug dort zweimal. Oder zwei Uhren schlugen. Der Mann hätte sein Geburtshelfer sein können, sagte er sich, der Hausarzt, ein Emigrant. Als der Mann auf ihn zuging, ging die Frau hinaus. Wer die Frau nicht kannte, konnte denken, daß sie weinte. Sie hatte an der Entschlossenheit seines Schritts gesehen, daß für den Zeugen der Augenblick gekommen war, das Haus zu verlassen. Der Mann reichte seine Hand auf eine besondere Weise: Er drückte sie nicht. Die Berührung, in die er mit ihr zu kommen suchte, war, als hätte er sie mit sich nehmen wollen, leicht, weiblich; als wollte er sie im Gehen noch über sich gelegt sein lassen. Tatsächlich gab die Bewegung nur die Richtung des Flurs an, des Fluchtwegs, des letzten der dreihundertundzehn Wochentage, erinnerte er sich, gedacht und gleichzeitig durch den Türspalt die Frau in der Küche Kartoffeln schälen gesehen und sie und dann alles andere auch vergessen zu haben. Der Gedanke, der sie streifte, hatte sie vielleicht erreicht, dachte er; er dachte: man weiß das von Tieren. Sie verstehen im Voraus. Als der Mann ihm vorausging, in die Diele, hielt sie mit dem Schälen inne; sie hielt nicht wirklich inne, sie verlangsamte nur einmal noch, wie zum Andenken, die Arbeit, und nicht nur die Arbeit. Der Mann sagte nichts; er löste die Kette, er sah nicht ins Gesicht, und dann doch; dann traf ihn sein Blick. Er sah sich in ihm wieder. Es schien dabei belanglos zu sein, wer sich in wem wiedersah. Schien ist das richtige Wort. Die Blicke waren austauschbar; sie waren es, weil sie einander gleichzeitig trafen; sie schienen; wobei es eben den Anschein hatte, daß sie, die sie sich im Halbdunkel der Diele augenblicklich einander eingeprägt hatten, ihrer Gleichzeitigkeit zuliebe nicht mehr unterscheidbar sein wollten; daß sie ein einziger geworden waren; daß sie sich vor einander, und einander vor der Welt, abgeschirmt hatten, und allein für sich waren, niemandem verständlich, und daß es ihnen insofern umso leichter sein müßte, das unausgesprochene Versprechen zu erfüllen, sich aus den Erinnerungen ohne das Zutun Dritter zu löschen. Bereits als er auf der Schwelle stand, er den Ärmel des Mannes seine Hand berühren, dann, wie für eine zu lange Zeit, auf der Schulter ruhen fühlte, glaubte er, seinen Schützling nicht gesehen, nur gehört zu haben, und trat, ohne sich zurückzuwenden, in die heiße, müllgetränkte Luft der Stiegen. Daß die Tür hinter ihm nicht augenblicklich schloß, verstand er, als er sie im Erdgeschoß über sich zuschnappen hörte, aber zu spät bemerkte, daß es eine andere Tür gewesen war, aus der die Frau getreten sein mußte, die ihn in diesem Augenblick im Vorbeigehen grüßte. Die Frau roch nach Äther. Wann er ihr Gesicht vergaß, wußte er nicht mehr; er vergaß damals auch den Grund, der ihn, auf Umwegen, während er den Weg zurück ins Hotel suchte, veranlaßt hatte, es mit den Punkten im Schnee verschwimmen zu lassen. Frauen sahen im Schnee einander ähnlich. Auch er glich ihnen, als er, es war 1953, Stalin lebte noch, er war vor kaum einem Jahr gestorben, zwei Frauen in Arbeitskleidung sah, denen die unerschrockene, die unmäßige Liebe zum Schrecken noch i m Gesicht stand – als er zwei ältere Schwerarbeiterinnen in Kitteln aus einer in Türgröße in die Korridorwand geschnittenen Öffnung treten sah, aus einem Schacht, kaum 1 Meter breit, mit metallenen Bügeln, Stufen, und sie das Licht löschen sah, Heizerinnen, schien es, die sich mit einem Vierkantschlüssel nach außen Zugang verschafft hatten und jetzt die unsichtbare Tür zuklappen ließen, den Korridor abschritten an der Wachhabenden vorbei, und hinter einer Zimmerflucht im rechten Winkel verschwanden. Durch welche Tür, wo, wann, die Heizerinnen die Korridore, die sie betreten hatten, wieder verlassen konnten, ob über das Dach oder, nur verkleidet, mit dem Lift, wußte er nicht.

Der Soldat Vo Van Laï, Imker, in den frühen sechziger Jahren für kurze Zeit 3. Sekretär an der Botschaft der Demokratischen Republik Viêt Nam in Berlin, seit 1975 Patient in der Heilanstalt Quang Trinh, erhielt am Vorabend des Neujahrsfestes 1977 den Besuch einer polnischen Delegation von Fachärzten für Gehirnschäden, die ihn über seine Kriegserlebnisse befragte. Vô Van Laï gab zunächst keine Auskunft; seine Anspielungen auf ein tödliches Gift blieben dunkel. Erst am zweiten Befragungstag erklärte er, er habe keine »Erlebnisse« gehabt; er sei »umsonst gefallen«; »der Sieg des Volksheeres über den Imperialismus [sei] nicht das Werk von Menschen, der Sieg [sei] 13 Millionen Bienen zu verdanken«, die »den Feind 360.000 mal ins Herz getroffen hätten und jeden, der ihre Stiche überlebt habe, aus dem Land verjagte«. Es waren nämlich »am Neujahrs-Vorabend des« als ›Têt-Offensive‹ in die Geschichte eingegangenen »Befreiungsschlags gegen die Invasionstruppen«, so seine Erzählung, »181 Imker des Viêt Cong in Begleitung von ebensoviel ambulanten Stöcken bis in das Mekong-Delta, Hué, Kaiserstadt, und Da Nang, in den Kriegshafen vorgedrungen«; sie hatten sich »Wochen zuvor zu Fuß aus einer im Weiler Muong Thanh, Provinz Lai Chan, gelegenen, geheimen, auf dem Gelände eines ehemaligen Genesungsheims der französischen Fremdenlegion errichteten ›Vaterländischen Tanzschule für Hautflügler‹ auf den Weg gemacht« und »während eines bis in den Dezember 1967 andauernden Marsches durch Bambuswälder und über unterirdische Pfade eine Strecke von mehr als 1200 Kilometern zurückgelegt«.

Das Befragungsprotokoll des 24. Januar 1977 nimmt von den »Wahnbildern des Pat.« kaum Notiz; es lenkt das Augenmerk fast ausschließlich auf »erhebl. Beschädigungen der Hirn und Rückenmark umschließenden Pia-mater-Haut sowie einer unbestimmten Zahl von Zellkörpern der Großhirnrinde durch ballistische Einwirkung, inbesondere auf die den Stirnlappen zugewiesenen Felder« mit »hierdurch bedingter Struktur-veränderung der Persönlichkeit des Pflegepatienten«.

Wer den Versuch unternahm, den wunderbaren, indes nicht jeder Vernunft baren Bekundungen des Kranken nachzuge-hen, stieß unwillkürlich auf die Bestätigung der Tatsache, daß schon im Winter '66, noch vor der Entsendung der Imker in den Süden, an die Heeresleitung der vietnamesischen Befrei-ungsfront Informationen übermittelt worden waren, denen zufolge in Kanada lebende Patrioten den Vorsitzenden des Verteidigungsrats über die *Findings* eines ursprünglich von den Biochemikern Katznelson und Jamieson übernommenen, dann von anderen weitergeführten Forschungsauftrags unter-richtet hatten, in welchen die Erscheinungsformen der *Nosema* oder Frühjahrsschwindsucht altersschwacher Bienenvölker beschrieben werden, wie auch die Nebenwirkungen des nose-maziden *Fumagillins*. In dieser Arbeit über todbringende, in der Wand des Mitteldarms der Biene siedelnde Einzeller waren wie beiläufig Möglichkeiten erwähnt worden, durch Kreuzungen der *apis carnica* und *mellifera-mellifera* oder der *Deutschen Dunklen* widerstandsfähige Stöcke von *Blendern* zu züchten, die unter dem Namen ›Renner‹ und ›Stechteufel‹ als Kriegswaffe eingesetzt werden könnten. Grundlegendes Erscheinungsbild der über die *Nosema* triumphierenden und durch Kreuzungsgeschick ›unsterblich‹ gemachten Spezies jener mörderischen, durch fremdes Blut aufgeputschten Ab-art der *apis carnica*, der sogenannten *Neuen Westlichen*, war der durch Mutationen des Genoms erzielte »Umbau der angeborenen Sanftmut in innere Unruhe und Aufwallungen, die zu Wutanfällen geführt hatten, die ganze Schwesternvölker wie abgeschwefelt in den Massengräbern ihrer Stöcke hinter sich zurücklassen konnte«, Wutanfälle, bei denen sich die *Neuen Westlichen*, bevor sie sich auf den Feind stürzten, bei probeweise zu Feinden erklärten Schwesternvölkern virtuell auf den eigentlichen Feind einschossen. Unfug? Eine Wahnidee Vo Van Laïs? Einzelheiten zu den Erkenntnissen hinsichtlich der Verwandlung von Schwarmlust in Angriffslust und Tanzwahn fehlten tatsächlich in der Niederschrift Katznelsons und Jamiesons wie auch gänzlich in den *Findings* und der sie zusammenfassenden Botschaft, die dem Verteidigungsrat des Viêt Minh übermittelt worden war. Möglicherweise hatte niemand die Schlußfolgerungen der kanadischen Wissenschaftler wirklich verstanden.

Die Annalen des Stabsquartiers erwähnen jedoch schon für Juni 1965 die »Abreise eines« ungenannten »Emissärs nach Toronto«, sowie dessen Auftrag, mit Schülern Katznelsons, wenn schon nicht mit ihm selbst, Kontakt aufzunehmen und in Erfahrung zu bringen, welche Universitäten die Forschungen wiederaufgenommen oder womöglich an jenem Punkt fortgeführt hatten, der in den Arbeiten über *Fumagillin* nur wie zufällig gestreift worden war. Gesichert ist, daß dem Emissär der Volksarmee die geplante Kontaktaufnahme nicht gelang; seine Reise bleibt folgenlos. Erst für den November 1965 verzeichnet das Tagebuch der 304. Divison den Empfang eines verschlüsselten Berichtes, den ein in Seattle, im Bundesstaat Washington, geborener Offizier der Befreiungsfront abgefaßt hatte, dessen aus der Kaiserstadt Hué stammende Familie Ende der dreißiger Jahren in die Vereinigten Staaten ausgewandert war, und der sich mit Fragen der Behandlung der Gürtelrose sowie von Flechten und rheumatischen Gelenkerkrankungen anhand von Bienengiftpräparaten auseinandersetzte. Der Lehrstuhlinhaber für Biophysik an der Universität Princeton, New Jersey, hatte damals aus unbekannten Gründen das pharmazeutische Unternehmen *GlaxoWellcome* beauftragen lassen, Erkenntnissen des *Weizmann-Instituts* in Rehovot nachzugehen, denen zufolge der Hauptwirkstoff *Melittin* in den Eiweißgiften der hochaggressiven *Blender* das betroffene Opfer schon nach einem einzigen Stich durch unverhältnismäßige Schwellung der Schleimhäute und Blockierung der Atemwege töten könnte. Der Untersuchung lag eine Analyse der sauren und alkalischen oder Dufourdrüsen sowie der Stachelkammer und -scheide der Königinnen und ihnen gehörender Giftapparate bei, aus der sich ergab, daß die tödliche Wirkung des toxischen Konzentrats mit der Verbreitung von Düften einherging, die Arbeitsbienen nicht nur während des Schwärmens zu Hochleistungen anspornten und Drohnen auf Begattungsflügen ermunterten; der »gezielte Angriff auf Geruchs- und Orientierungssinn erzwingt« auch, führt der namenlose Offizier in Seattle aus, »ihre Bereitschaft zum Töten, und bereitet sie dergestalt auf ihren Einsatz in der Volksverteidigung vor«.

Vo Van Laï lag auf seinem Krankenlager, schlafend, während eine ungenannte Schwester, die ihn bis in die späten Lebensjahre begleiten würde, aus Niederschriften vorlas, die er während der Februarkämpfe '74 um Saigon verfaßt und die sie, eingelassen in seine aus Fahrradreifen gefertigten Soldatensohlen, gefunden hatte; er schlief eigentlich immer, er konnte seiner Geschichte nicht mehr folgen; nur, wenn ein wichtiger Satz fehlte oder ein Wort, das auf den durchgescheuerten Seiten unleserlich geworden war, unterbrach er seinen Schlaf, ergänzte den Text, und fiel sogleich dann, oft glücklich, in seine Umnachtung zurück. Seine Begleiterin las dessen ungeachtet »wochenlang«, wie sie in einem eigenen Bericht notierte, »am Bett des Helden«, als sei es, läßt sie verstehen,

»für einen Nachruf schon immer zu spät gewesen«. »Folgte man *GlaxoWellcome*«, las sie in Vo Van Laïs Kommentaren zur *Denkschrift* des Offiziers der Befreiungsfront aus dem amerikanischen Bundesstaat Washington, muß es »eben diese einzigartige Boshaftigkeit der Kreuzung von *apis mellifera-mellifera* und der für ihre Unstetigkeit bekannten japanischen *apis cerana* gewesen sein, die erfolgreiche Umwandlung des ursprünglich dieser Rassenmischung eigenen Spätbrütens in Genen des sogenannten Bruteifers, die die bis ins hohe Alter auf Kampf angelegten Charaktereigenschaften einer Heldenklasse zu entwickeln und Lebensläufe als eine Abfolge von Schlachten vorauszubestimmen geholfen hatte; sehen Sie doch nur: wie keine andere unter den oft feisten Hautflüglerinnen ist die soeben geschlüpfte, aus *mellifera-mellifera* und *cerana* entsprungene Abart bereits in der ersten Lebensnacht putzsüchtig, fanatische Wäscherin ihrer Wiege, Wärmerin fremder Brut; nach drei Wochen Innendienst schon wird sie Arbeiterin; Wabenflucht scheint ihr, im Gegensatz zu ihren Vorfahren, natürlich; ihr Instinkt für Seßhaftigkeit hat sich verdunkelt. Zwischen 12. und 18. Lebenstag arbeitet sie noch als Baubiene, am 19. schon übernimmt sie die Fluglochwache, zwei Tage später, am 21. zieht sie dann, obschon vormals nur Innendienstleisterin, in den Krieg«. Der »Sinn steht ihr nicht mehr nach Bestäubung«; lebende Angriffsziele ersetzen ihr, sobald die Brut gefüttert ist, die Pollenkörner der Staubbeutel: »Nicht von Löwenzahn zu Osterglocke zieht es sie, nie wankelmütig, gar launisch – es geht von Leiche zu Leiche«; nicht Raum nimmt sie auf ihren Irrfahrten in die Weite wahr, nur Zeit – den sich wandelnden Flugwinkel zur Sonne, die Erdumkreisung des Lichts, in welchem ihr die Erinnerung aufgeht und nie, auch mit der Sonne nicht, unter. Insofern ist ihr Selbstverständnis die Ewigkeit und ihre Flugstrecke nichts anderes als die Summe ihr zu- und abnehmend zugestrahlter Energiebeträge, in welchen die *Neuen Westlichen* und

ihr Grenzfall, die *Deutschen Dunklen*, als lebende Uhr an
rauchfarben getönten Flügeln in Helium- und Wasserstoff-
Ionen segelnd um die Wette mit den Sonnenwinden, *Renner*
und *Stechteufel* der von ihr herbeigesehnten Kriegsmaschine
werden. »Jetzt«, hatte Vo Van Laï seinen verstörten Befra-
gern gesagt, »kann der Krieg beginnen! Jetzt siegt sie! Auch
über uns!«. Wie ihre Ahnen überträgt sie den geflogenen
Licht / Kompaßwinkel eines optischen Erlebnisses in ein
Schwerkrafterlebnis, der ihr es erlaubt, den inzwischen von
der Sonne zurückgelegten Weg in ihren Tanz einzukalkulie-
ren. Noch sind im Körper der Wunderwaffe die Organe des
Bewußtseins ihrer Flüge durch Atemgas und Wärmeschicht,
auch in ihrem Fall noch, nur Borsten – über Kopf, Brust und
Antenne zu Berge stehende Haarkleider, die den Gliedmaßen
ihre Eigenbewegung melden wie auch Schwankungen der
magnetischen Felder, der Erde, der Stunden, der Minuten.
Der ›Schrei vor der Zeit‹, der Warnruf der geschlüpften
Königin, läßt das noch ungeborene Volk in seinen ersten, be-
wegten Lebensäußerungen sogleich erstarren – der Baß ihrer
Hupe, der Befehl, dem die in den Zellen auf ihre Geburt
wartenden Jungfern im Chor, durch die Watte der Zellwände
gedämpft, doch schrecklich, und, wie zur Unterwerfung bereit, an den Schienen ihrer Beine zitternd, zu Zehntausenden
antworten. Der Schall dringt bis ins Hörhaar der *Deutschen
Dunklen*, die selbst längst, im Ei schon, rufen gelernt hat und,
ohne Honig, nicht nach dem ersten Stich, nein, nach siebenunddreißig Feindflügen erst stirbt! Ihr Tod, schallend die
letzte Antwort vor dem Fall, ist, in der Stille allerhöchster Erregung des jenseits der Zeit noch aufwärtsstrebenden Leibes,
alt wie ihre Sonnenuhr. »Im revolutionären Gleitflug erkennt
sie dich, über dir tanzend, pünktlich schwebend im Blind-,
im Sturzflug, an deinem Schweiß, deiner Angst, siehe meine
Anleitung zum Kampfeinsatz der modifizierten apis carnica – an
deinen Ausdünstungen, dich, Feind, an deiner Herkunft«.

Revolutionär war der im Januar 1967 von Vo Van Laï erdachte Lehrplan in der Tat, der die Ausbildung von Spürbienen als Tanzlehrerinnen vorsah, und revolutionär die Entdeckung, daß Ausdünstungen menschlichen Schweißes, der Duft von Handteller, Sohle und Achsel, die Anziehungskraft von Blumen, schien es, übertraf; daß die täglichen Ausflüge eines Volkes ebenso Besuchen von zwei Millionen Menschen gelten konnten wie Besuchen von ebensovielen Pflanzen; kurz, daß die sprichwörtliche Blütenstetigkeit der ehemals *Dunklen Deutschen apis mellifera-mellifera* sich unerwartet auf jene 2 bis 4 µm breiten Mündungen von Schweißporen ausdehnen ließ, auf vorsorglich ausgewählte Teile des feindlichen Körpers, und also sich selbst, ihrem Auge wie auch der Kundschafterin folgend, in die Ferne projizierte und, tanzend in Zielnähe vordringend, Wasser riechend, Flüsse, Tränen, Kohlendioxid wahrnehmend wie auch den Schweiß der Drüsen, die warmen Tropfen zwischen den Lippen und Gurgeln der angepeilten Schädel tatsächlich die Identität des Feindes wie ihren Stockgeruch im Gedächtnis trug und ein für allemal für die Rückkehr in die Heimat wiedererkannte und, stechend in ihren, dem Honig anverwandten Feind, zurück in sein Blut flog. Jetzt beflog sie nicht mehr Apfelblüten – Menschen vielmehr, und lief – liebe neue Rasse! – nun derart in die Irre: Tänzelnde Dauerläufe übermittelten nicht mehr, wie ehemals, Mitteilungen über Futterquellen; sie führten nicht mehr in jene begeisterte, oft in Veitstänze ausartende Aufregung auf der Waben-Startbahn, welche die Aufklärerin mit ihren Meldungen über die Fülle von Pollenreserven, Himmelsrichtung und Entfernung hatten auslösen können; diesmal ging es um Truppenzusammenrottung, Belegungsdichte, Auffindung feindlicher Lager. Zielrichtungen bestimmte die Aufklärerin jetzt trippelnd, Hinterleib und Kopf schüttelnd, zunächst mit der Beschreibung einer Acht, deren Tempo, rasend bis gemächlich, die Qualität der Beute angab, sodann, fächelnd, auf der Mittelstrecke zwischen den beschriebenen Kreisen, durch den Abruf von Duftsignalen aus ihrem Haarkleid, die sie der wartenden, schon taumelnden Masse in die Glieder fahren ließ, und schließlich durch die Haltung des Kopfes im Flugwinkel zum jeweiligen Stand der Sonne. Alt wie die Nachrichtenübermittlung der Vorfahren war der Entfernungsschlüssel, mit welchem sie, verstandest du, Wegstrecke und Energieverbrauch über die Abnahme ihrer Futterreserven, die nachlassende Spannung in den Wänden der Honigblase, ermessen konnte. Wie *Dunkle* und *Westliche* unterschieden Geschwisterrassen sich ansonsten untereinander in ihren Schlüsseln lediglich durch einen oft anderen Völkern unverständlich erscheinenden Dialekt. Und ihre Zeit verfloß nun jeweils anders lautend; jeweils geräuschvoll. Das aus Licht und Gerüchen, aus dreihunderteinundsechzig, durch die Wahrnehmung von Schweiß bestimmbaren Tanzschritten bestehende Programm ihrer Zeichensprache folgte Regeln, die das klassische Ballett an Kunst übertrafen. In Lehrgang 2 schon, den die ersten hundert Völker in Muong Thanh im Spätherbst 1967 absolvierten, fußte ihre Choreographie bereits allein auf Erkenntnissen einer Arbeitsgruppe ›Tanz‹ des Armeeoberkommandos, die Anfang 1967, insgeheim, die Vereinigten Staaten bereist und dort Messungen veranstaltet hatte, welche, nach ausgewählten vierundvierzig Bundesstaaten geordnet, die durchschnittliche Zusammensetzung menschlichen Schweißes zu errechnen erlaubte.

Vo Van Laï war 1979 verstummt. Schwester X las ihm seitdem täglich, »zu Tagesanbruch«, die Geschichten vor, die er ihr erzählt und die sie aufgeschrieben hatte, und gehorchte den »mit Handzeichen geäußerten Bitten des Helden«, die nur sie verstehen konnte, »die Erzählung zu wiederholen, oft mehrmals«, denn er hielt sie, sagte sie, »für ein Märchen«.

Die neue Feuerkraft von der ›Lehre vom kalkulierten Miß-
verständnis‹ war auch auf die Schwerverletzten übergegangen, auch auf die Erloschenen. Vo Nguyên Giap schwebte in
Quang Trinh über den Betten, wachte über den halbleeren.
Vo Van Laï träumte von ihm. Er sprach nie mehr mit irgendwem sonst. Er sprach nur noch im Traum. In seinen Träumen,
gab er zu verstehen, verlangte Giap von den Körpern zuviel.
Wie »Impfungen, nicht gegen, für die Tollwut«, müßten die
»Stiche ins Herz des Feindes« wirken, hatte es in Vo Van Laïs
Lehrplänen von Muong Thanh geheißen – wie »Injektionen
der Mutlosigkeit in die Seele des Imperialismus«, jene er-
strebenswerte, »voller Kunstfertigkeit angerichtete, wild-
wuchernde Verzweiflung, die es den Söhnen des amerikanischen Volkes erlauben« würde, »ohne zu sterben das Land
zu verlassen«. Der Wunsch war fromm. Auch die in wilden
Gerüchten oft beschworene, inniglich angerufene, dem Bie-
nengift zugedachte Beifügung von zuvor den Speicheldrüsen
der Mücke entnommenen Sichelkeimen des Erregers *plasmo-
dium vivax* der *malaria tertiana* änderte nichts daran. Die Ein-
atmung von Ammoniakgasen, Salmiakgeist, und auch das
Kauen von Salz rettete nicht vor grenzenloser Atemnot.

Als 1968 die Têt-Offensive mit 16.000 amerikanischen Verwundeten und 4300 Gefallenen endet, die nun folgenden
Schlachten mit 37.000, der Krieg, 1975 dann, mit 57.044 Toten, 153.303 Verwundeten, 587 Gefangenen und 2020 Vermiß-
ten, haben in dieser Statistik nur Amerikaner gezählt. Auch
die den von Völkern der Vaterländischen Tanzschule außer
Gefecht gesetzten und in die Heimat zurückverschifften Divisionen sind darin – wie die Toten des Viêt Cong – ungezählt.

In Muong Tranh, im Tal, konnte, wer wollte, im Sommer der
nun geschlossenen Schule, 1975 noch, die Jungfern hören, den
Siegesschrei der alten, jetzt überflüssig gewordenen Königin,

die ihre geisteskranken Schwestern, den Honig alter Tage in fremden Wunden leckend, abgelöst hatte und in den Körper und, mit ihm, in die Stammesgeschichte der *mellifera-mellifera* zurückgeschlüpft war.

Nur manche, versehrte, Helden, die, wie Vo, in ihren Heimen dahindämmerten, störte damals noch, auch in ihren letzten Atemzügen noch, die landesweit wie in guter Hoffnung willkommen geheißene Eröffnung einer Filiale der Schnellimbißkette McDonalds am Regierungssitz, wie auch, schon im Frieden, in der alten Kaiserstadt Hué. Insofern fiel ihnen der Abschied leicht.

Im Juni 1994 erschien in der Sankt Petersburger Ausgabe des *Komerssant* eine Todesanzeige, die von der Gesellschaft *Memorial* aufgegeben worden war, und die, genau genommen, aus zwei Todesanzeigen bestand. Aus ihnen erfuhr man, daß eine Haushälterin Else Kurz und ein Soldat Iwan Kuusinen gestorben waren und daß in der Peter-und-Paul-Basilika eine Gedenkmesse für sie gelesen werden würde. Wer es genau wissen wollte, aber wer wollte schon, wollte es wohl deshalb nur, weil Sammel-Todesanzeigen eine Seltenheit waren und weil der verstorbene Soldat offensichtlich nichts in der Anzeige für die verstorbene Haushälterin zu suchen hatte, und umgekehrt, die Haushälterin nichts in der Anzeige für den Soldaten. Die Haushälterin war, las man, vor wenigen Tagen zweiundsiebzigjährig an Herzversagen in Selenogradsk verstorben, einem Ostseebad an der Kurischen Nehrung, und der Soldat, sechzehnjährig, in einer turkmenischen Oase ertrunken. Was also hatte die alte Frau und den Knaben in der gleichen Anzeige mit dem großen schwarzen Trauerrand Unterschlupf finden lassen? Nun, wer genauer hinsah, verstand sofort, daß sich hinter der Todesanzeige eine Geschichte verbergen mußte und daß es nur eben diese verborgene Geschichte sein konnte, die erklären würde, welches Unglück es wohl gewesen sein mochte, das die Geschichte der Haushälterin und die Geschichte des Iwan so eng miteinander verknüpft hatte, so daß die Else und der Iwan mit dem großen schwarzen Rand in ihrer Anzeige wie in ein und demselben Totenbett zu liegen schienen und eine gemeinsame Gedenkmesse für sie gelesen werden sollte. Wer es noch genauer nahm, machte alsbald eine Entdeckung: er errechnete nämlich, daß zwischen dem Sterbetag der Haushälterin und dem Sterbetag des Soldaten neunzehn Jahre, elf Monate und zwei Tage vergangen waren, und kam zu dem Schluß, daß es ein neunzehn Jahre, elf Monate und zwei Tage dauerndes Unglück nicht geben könne und es sich folglich um etwas anderes, viel Wichtigeres als ein bloßes Unglück gehandelt haben mußte, etwas Geheimnisvolles, das die Verfasser der Todesanzeige veranlaßt hatte, mit ihrer Seelenmesse für Iwan neunzehn Jahre lang zu warten. Wer bei *Memorial* nachfragte, wurde am Telefon mit einem Hinweis auf »die Verleihung einer Medaille der Erinnerung« beschieden, eine »dem Gedächtnis« zugeeignete Ehrung, mit der beide, Haushälterin und Soldat, unlängst von *Memorial* bedacht worden waren – »dem Gedächtnis«, so die Urkunde, »das uns im Trubel der Lüge vor dem Verlust unserer Seele bewahrt hat«. Im Moskauer Büro erfuhr, wer es wollte, aber wer wollte es schon, daß die Haushälterin Kurz wie auch der Soldat Kuusinen an der Rettung eines Spielfilms beteiligt gewesen sein sollten, genauer, an der Rettung des Negativs eines bis dahin unbekannten Spielfilms mit dem Titel *Das ewige Leben des Yaakow Karlowitsch Morgenštern*, eines Films, dessen Vernichtung sich das Komitee für Staatssicherheit in den frühen achtziger Jahren zum Ziel gemacht hatte, und daß dieser Film in Kürze im Moskauer ›Sputnik‹ zur Uraufführung kommen sollte. Der junge Mann, der im *Memorial*-Büro offenbar nur ungern Auskunft gab, gewährte erst nach einigem Zögern und durch Anfragen wohl auch von Dritten in Bedrängnis geraten, Einblick in ein Protokoll, das anläßlich der Preisverleihung in Selenogradsk von einem Gespräch mit der alten Dame angefertigt worden war und die Rettung des Films und die Gefahren betraf, die sie dabei auf sich genommen hatte: Für wen tust du das? fragt der Delegierte von *Memorial*, Ich weiß nicht, antwortet sie, Für wen tust du das, für dein Vaterland?, fragt er, Nein, sagt sie, Für deine Kinder?, fragt er, Nein, sagt sie, ich habe keine Kinder, Für wen tust du es dann?, fragt er, Nein, antwortet sie, Für niemanden also tust du es?, fragt er sie, die Sachen, für die Sachen, sagt sie, es gibt so viele Sachen, die ich noch nicht gemacht habe, die warten auf mich, für die vielleicht, sagt sie, Für die Ungeduld?, fragt er, was weiß ich, sagt sie, ach, die Ungeduld! Mehr sagt auch der junge Mann von *Memorial* nicht, auch über den Knaben nicht, über Iwan. Aufschluß, wenn auch noch nicht über die alte Dame und ihre Gründe oder den Knaben, vielmehr über den Regisseur, über den Film und über den Grund, seine öffentliche Aufführung zu fürchten, erhielt, wer sich jetzt durch die Institutionen einen Weg zu bahnen suchte, durch Vermittlung des Sojus Kinematografistow oder Verbands der Filmemacher, der seinerseits wieder auf die Allunionshochschule für Filmkunst, WGIK, verwies und auf das Doppel der dort von Absolventen archivierten Kaderakte ›Morgenštern‹, die auch 1994 noch Daktylogramme verwahrt hielt – mäßige »4-Finger-Abdrücke wg. Unfall / Verlust Fingerbeere Zeigefinger rechter Hand« eines »Mannes von erheblicher Schönheit, Abkömmling spanischer Einwanderer, einziger Sohn des aus Nordmähren gebürtigen, durch den Umgang mit Bleichmitteln seiner Stimme verlustig gegangenen Hutmachers und späteren Kommissars der spanischen Republik Karl [›Carlos‹]-Friedrich Morgenštern und der Schauspielerin Grete Meyer-Stoltzen«, die 1939 als politische Flüchtlinge in der Sowjetunion aufgenommen worden waren; Yaakow Karlowitsch Morgenštern habe im armenischen Leninakan die Primar-, dann die Oberschule besucht, sei, heißt es, nach Matura und Militärdienst in die Kameraklasse der Allunionshochschule für Filmkunst WGIK kooptiert worden, habe dort das Studium mit ›zufriedenstellend‹ abgeschlossen, sei, dann, nach seiner Diplomarbeit, einem Kurzfilm über den polnischen Regisseur Andrzej Munk und dessen Film *Die Passagierin*, zunächst als Assistent, später als stellvertretender Leiter des armenischen Dokumentarfilmstudios ›A. I. Chatschaturian‹ in Yerevan tätig gewesen und, nebenberuflich, als Übersetzer (Calderón de la Barca, Neruda) – »ledig«, liest man, »ab 1948 Mitglied des Jugendverbandes, 1949 der Partei … guten Rufes …«. Negativ und Kopie der Diplomarbeit Morgenšterns fehlen im Archiv der Allunionshochschule, auch jeglicher Hinweis auf sie – Zeugnisse, Spuren. Wer mehr wissen wollte, wandte sich an seinen letzten Arbeitgeber, der an den Filmtechnikerverband verwies, der wiederum an den Arbeitgeber zurückverwies, der die Antwort an die Hochschulleitung weiterzureichen gebeten worden war, denn: »Unserem Verband gehörte 1953 kein Vorführer dieses Namens an«, so wenigstens erklärt ein F. F. Martirossian, 1. Sekretär, der für *Armjanski Kino* das verräterische Schreiben abzeichnet. Aus der Erinnerung ist Morgenštern – rückwirkend vorausschauend – nun gelöscht. Auch dem *Kinozentr Yerevan* – letzter Arbeitsplatz – ist jetzt »ein Morgenštern unbekannt« – auch für die Miliz der Morgenštern unbekannt verzogen. Auch die Eintragung *Morgenštern Y. K.* im Telefonbuch von Yerevan war 1954 gelöscht worden, seine Wohnung schon 1953 versiegelt. Ein Grab ›Morgenštern‹ fehlt; unter die 36.310 Yerevaner Todesfälle der Jahre '53 und '54 fällt ein Fall Morgenštern nicht. Filme dreht Morgenštern nach seiner Diplomarbeit keine mehr. *Das ewige Leben des Y. K. M.* ist der einzige, erste und letzte. Wer nach ihm fragt, wird abschlägig beschieden: man kennt, man kannte ihn nicht, niemand hat von ihm gehört. Auch die Antwort von *Memorial*, das die Retter des Films ausgezeichnet hatte, kommt nur auf Umwegen: Der Verein empfiehlt, Georgij Rerberg zu konsultieren, Andreïj Tarkowskijs Kameramann *(Der Spiegel)*, den ein Schüler seiner Kameraklasse auf die Geschichte von der herzleidenden Else Kurz und dem ertrunkenen Jüngling Iwan Kuusinen aufmerksam gemacht hatte und dem *Das ewige*

Leben von *Memorial* am Schneidetisch gezeigt worden war. Rerberg hielt den Film für einen »Geniestreich«. Über Irakli Ossipowitsch, seinen Schüler, erzählt er, war ihm zugetragen worden, daß die Haushälterin Else Haushälterin im Hause des Regisseurs Y. K. Morgenštern gewesen war und der Jüngling Iwan, gelernter Melker, Schauspieler, Darsteller des Knaben ›Iwan‹ im *Ewigen Leben des Y. K. M.*, und daß Iwan ein Adoptivsohn Morgenšterns war und Morgenštern gleichfalls Schauspieler und die Rolle des ›Y. K. M.‹ gespielt hatte. »Hierbei sollte von vornherein klar sein«, sagte Rerberg, »daß Y. K. Morgenštern, dessen Name im Vor- und Abspann des Films gleichzeitig als Autor, Produktionsleiter, Regisseur, Darsteller und Cutter genannt wird, 1971, als er den Film zu drehen begann, bereits seit achtzehn Jahren tot war; seine Namensnennung im Film beruht also auf einer vorsätzlichen Täuschung«.

Im April 1953, so hatte es Morgenštern schon im Vorspann der Geschichte des *Ewigen Lebens* angekündigt – »Im April 1953 verhandelt der Oberste Gerichtshof in Tiflis die Sache ›Georgische Sozialistische Sowjetrepublik gegen den Vorsitzenden der Kontrollkommission des Zentralkomitees der Kommunistischen Partei der Sozialistischen Sowjetrepublik Georgien, Otar Issaiëwitsch Abashvili u. a.‹ wegen Verbrechens gegen das sozialistische Eigentum in einem Prozeß, der für sechs der insgesamt acht Angeklagten mit einem Todesurteil endet. Noch am Tag der Urteilsverkündung sucht Staatsanwalt Suladse bei den Strafvollstreckungsbehörden um die Aussetzung des Urteils nach und erläßt gegen den freigesprochenen Filmvorführer Yaakow Karlowitsch Morgenštern erneut Haftbefehl. Am 2. Mai 1953 erschießt Staatsanwalt Suladse den Yaakow Karlowitsch Morgenštern anstelle des Astrophysikers Otar Issaiëwitsch Abashvili in einer Hinrichtungskammer des Strafgefängnisses Batumi persönlich und verfügt ›einvernehmlich mit dem Herrn Vorsitzenden des Obersten Gerichts‹ die Verbannung des Otar Issaiëwitsch Abashvili ›bei Annahme des Namens des verstorbenen Yaakow Karlowitsch Morgenštern und seiner beruflichen Obliegenheiten als Filmvorführer‹ zunächst in ein Walzwerk am Pazifischen Ozean, alsdann, 1959, nach Preobrajenyie Pomorska oder Verklärung-am-See bei Selenogradsk an der Bernsteinküste, Kurische Nehrung. Dort entsteht in den Sechziger Jahren das werkeigene Dokumentarfilmstudio *Stalkino*«.

Die mit *Tathergänge* betitelte Erzählung, eine eigens ›für den späteren Vertrieb‹ von Morgenštern handgefertigte und -gebundene Broschüre, ein Werbeprospekt für *Das ewige Leben des Y. K. M.*, *35 mm*, *114'*, die sich später im vom KGB eingesammelten Nachlaß findet, fährt genau dort fort, wo sie im Vorspann geendet hatte: »1970 adoptiert Morgenštern den zwölfjährigen Iwan Arwowitsch Kuusinen, Waise aus Engels, Sohn Wolgadeutscher, zuletzt Melker im Kolchos ›Heroischer Käser‹ bei Petchenga am Eismeer, und lernt ihn als Filmvorführer und Schriftführer an, zuletzt als Schauspieler. 1971 entsteht der Spielfilm *Das ewige Leben des Y. K. M.*, in welchem Y. K. Morgenštern die Rolle des Y. K. M. übernimmt. Seinen Helden schreibt er sich auf den Leib: *Ein Verurteilter, den der Tod eines Unschuldigen vor der Hinrichtung bewahrt hat, sucht die Tilgung seiner Schuld durch die Kunst.*« Später streicht Morgenštern das Wort *Kunst* und ersetzt es durch das Wort *Wahrheit*. Er verfügt über Kamera, Tonaufnahmegerät, Wanderkinovorführwagen, über ein Pferd, ›Emilie‹, einen Wachhund, ›Ortipo‹, und einen Schauspieler – Iwan Kuusinen. 1972 werden die Dreharbeiten abgeschlossen. Im Oktober 1973 vergräbt Morgenštern den Film in den Dünen, erschießt sein Pferd, steckt Stalkino in Brand, verläßt Verklärung und Haff im Schutz der Novemberstürme, durchquert in sieben Monaten ein Siebtel des Planeten, erschießt im achten Staatsanwalt Suladse am Pazifischen Ozean, entkommt seinen Jägern in die Kolyma im neunten, stirbt – wer weiß wie.

Als der Astrophysiker Abashvili unter dem Namen Yaakow Karlowitsch Morgenštern den Beschluß faßt, einen Film über das Leben und den Tod von Yaakow Karlowitsch Morgenštern zu drehen, weiß er, daß man seiner Geschichte nur dann glauben wird, wenn er in einem Film erzählt, wie der Astrophysiker Abashvili unter dem Namen Yaakow Karlowitsch Morgenštern die Sowjetunion von einem Ende ans andere durchquert, um den Staatsanwalt Suladse, dem er sein Leben verdankt, zu erschießen, um dann, nachdem er die Sowjetunion von einem Ende ans andere durchquert und Suladse erschossen hat, den Staatsanwalt in Wirklichkeit zu erschießen und den Beweis für seine Identität in den Dünen von Selenogradsk zu begraben.

Iwan schlug sich nach der Festnahme des unter dem Namen Yaakow Karlowitsch Morgenštern in die Taïga geflüchteten Abashvili noch im Juni nach Selenogradsk durch, an die Nehrung, die er im Spätherbst erreichte, um dort in den Dünen nach den Filmbüchsen zu graben, über deren Versteck er Stillschweigen bewahrt hatte, und kehrte dann erst, nach getaner Arbeit, der Else Kurz zunächst unverständlich erschienenen erneuten Beerdigung der verzinkten Behälter unter Berberitzenstauden in ihrem Garten, ins Heim zurück, wo er »wieder der Iwan« war – »zurückgekauft«, sagt der Ziehvater, »für nichts – umsonst« – zehn Monate und einundzwanzig Tage, nachdem er mit seinem Adoptivonkel in Verklärung-am-See ausgezogen war, den andern Yaakow Karlowitsch Morgenštern in die Ewigkeit zurückzuholen.

Die Mordwaffe, eine Walther Parabellum 6.35, beschlagnahmt die Abteilung Inneres, Murmansk, 1975, bei einem ungenannten Mündel der Käserei ›Heroischer Melker‹, der sie Iwan entwendet hatte.

»Ich schritt«, schreibt Untersuchungsführer Hptm. Raich an Hauptabteilung 13, »am 1.9. im HQ GrenzKdo. 316 Oase Tschaatscha turkmen. SSR zur Vernehmung des wehrdienstleistenden mir vorgeführten Kuusinen Iwan Arwowitsch, welcher, zur Person befragt, der Miller Alexis Immanuelowitsch, Sohn des Immanuel Feitowitsch Miller, verschollener Unterleutnant der Fernostflotte und der verschiedenen Miller Nele Filipowna geborene Kurtag, Näherin, zu sein angibt, obschon hier als Iwan *Arwowitsch* Ziehsohn des Kuusinen Arwo Arwowitsch zu Kolonia Finmanskaïa Rayon Petchenga geführt«. Tatsächlich vernimmt Hauptmann Raich das Kind für die Hauptabteilung erst im November; ein genaues Datum der Einvernahme fehlt auf dem Magnetband, auch in der Transkription; wie auch der erste Teil des Vernehmungsprotokolls gänzlich. Das Band selbst – ›Band 1‹ – ist beschädigt. Als das Gerät eingeschaltet wird, hört man zunächst lediglich Rauschen, die Stimme des Untersuchungsführers dann nach etwa einer Minute etliche Male hintereinander probeweise *Ostsee* sagen, mit *Ja* das Kind ihm schließlich antworten, dann es *Ja* schreien, dann die Männerstimme *Da warst du!* rufen, das Kind *Ja* flüstern, *Wann* gefragt werden, *wann* die Stimme sich jetzt erheben, das Kind *Ja* jammern, ja, ja, die Stimme *Ja wann denn* wiederholen, schreien, das Kind *Ja*, die Stimme *bei Selenogradsk über der Ostsee an der Kurischen*, das Kind *Ja …* *Bitte nicht!!* rufen, einen Schmerzensschrei ausstoßen, *Nehrung, wann du da warst? … wann?* die Stimme jetzt brüllen, *Ja …* »Der Besch. schluchzt«, trägt Major Sturua später in das Transkript ein, um, so scheint es, ein von der Stenotypistin vermerktes ›Knackgeräusch (Nuß?)‹ sowie ›anhaltendes

Wimmern‹ zu deuten – … *Bei Selenogradsk* hört man alsdann die Männerstimme ausrufen, *bei Selenogradsk … da legt die kleine Seele also jetzt ihr Feuerchen!* sich jetzt überschlagen, *Neinnein!!* das Kind rufen, *und vernichtet sozialistisches Eigentum* den Vernehmenden, *Das hab ich aber nicht!!* das Kind, *Also nix? – Bomben!* den Offizier, *Hab ich doch nie!!* das Kind dann flehen, *Nie?* die Männerstimme dröhnen, dann lachen, dann *Hast du auch nie geschrieben Kuusinen das Wort* ›*Feuer*‹ brüllen, *Nein, Genosse Offizier* das Kind schreien, *hab ich doch nicht* das Kind noch einmal vergeblich schreien, *Daß du das legen wolltest nein?* den Offizier brüllen, *Neinnein!* das Kind dann, *Wer denn sonst hat das?* die Männerstimme plötzlich sagen, fast einschmeichelnd, *Gelegt?* fragt das Kind zurück, *Geschrieben!* stellt die Stimme fest, *Der Onkel, das war der Onkel!* das Kind, *Onkel?, welcher Onkel?* die Männerstimme, *Mein Onkel Yaakow* die Kinderstimme, *ist doch gar nicht dein Onkel* sagt der Offizier, *ist er aber der Bruder von meiner Mutter!* bettelt die Kinderstimme, *Wo ist die denn deine Mutter frage ich!* hört man die Männerstimme mehrmals wie gemütlich fragen‹ eine Faust dann auf den Tisch schlagen, dann um sich schlagen, dann wahrscheinlich auf das Kind einschlagen, klatschen, das Kind dann schreien *Ich weiß doch nicht!!*, *Was erzählt er uns denn da für Räuberpistolen erzählt er uns da der Kuusinen der nicht mal weiß wo seine Mutter* sagt der Mann, *Weiß ich auch nicht* fleht das Kind, *Wo die ist!* schreit der Mann, *Nein* das Kind, *Und deine Mutter in Petchenga ist das keine?* der Mann, *Das ist eine andre ist das!!* das Kind, *Andere Mutter?* der Mann, *vielleicht hast du gar keine* der Mann, *Ja* das Kind, *Hast du eine oder hast du keine?* sagt er, *Ja* sagt es, *Ja oder nein?* fragt er, *Nein* sagt es zweimal, *Auf der Nehrung!* sagt er, *Nein!* antwortet es, *Da hast du euern Film versteckt bei ihr!* herrscht die Männerstimme es an, *Ich hab keine!*, schreit das Kind, *An der Ostsee!, an der …*, hier bricht der Mitschnitt ab. Erst einer nach den Novembervernehmungen redigierten Notiz

Tathergänge wird man später entnehmen können, daß »der Besch. die ihm vorgelegten Asservate 103 und 104 als von ihm redigiert wohl wiedererkannt [hat] (s. a. graphologisches Gutachten, Asservat 112)«, denn »er schluchzt«.

Die Hauptleute müssen noch am 4. September Grenzkommando und Oase verlassen haben, denn ihr folgender Bericht vom 6. *An Dir VI* erreicht das Zentrum (nach einer für die Kaukasusstadt Adler gemeldeten Zwischenlandung) bereits aus Engels an der Wolga, wo sie, mit Haftbefehlen bestückt, nach der vom Rat der Stadt schließlich als ›verschieden‹ beurkundeten Miller Nele Filipowna geb. Kurtag Mutter des Miller Alexis Feitowitsch gen. Kuusinen Iwan Arwowitsch sowie allfälliger Komplizen gefahndet haben werden: »ERMITTLUNGEN HINS KUNSTFILM ANFÜHRUNG EWIGES LEBEN ABFÜHRUNG ERGEBNISLOS NEUERLICHE ABSUCHUNG MOLKEREI KOLONIA FINMANSKAÏA DURCH SICHERHEIT PETCHENGA SOWIE VERNEHMUNG ZIEHMUTTER KUUSINEN VON HIER AUS VERANLASST OTDELENIYE MILIZII 1 KALININGRAD ZUSICHERT BAGGERARBEITEN SELENOGRADSK BEGINN MONTAG 09 09 JAHR 74 R[aich) Lt«.

Der Schatz, in sieben Büchsen, verzinkt, sieben Akte des Films *Kinematograf – Das ewige Leben des Y. K. M.* – wurde 1989 gehoben, fünfzehn Jahre später erst. Else Kurz, Yaakows Mamsell, hatte ihn »gehütet wie«, sagt sie, »das Kind, ihr liebstes, Herrn Yaakows Pfläumchen, Augäpfelchen, sein Einundalles«. Das Negativ erreichte, auf Umwegen, die *DeLuxe*-Kopierwerke in Denham, Uxbridge, erst 1993. Else starb, einundneunzigjährig, kurz nachdem sie Archivaren der *Mosfilm* das Beet in ihrem Garten – »Holunder, Berberitzen« – hatte zeigen können, unter dem sie das Kunstwerk seinerzeit verscharrt hatte, wessenthalben sie von der Moskauer Gesell-

schaft *Memorial* mit der ›Medaille der Erinnerung‹ ausgezeichnet worden war »dem Gedächtnis zu Ehren, das uns im
Trubel der Lüge vor dem Verlust unserer Seele bewahrte«.
Else hatte, hieß es im Kaliningrader Gebiet, ›bei Gott das
Hirn verloren‹, das alte Licht der zuletzt hinter Schleiern einmal noch sich wie kurz vor ihrem Übergang in die Abwesenheit aller Bilder verjüngenden, flimmernd nichts, niemandem
mehr nachjagenden, nur noch ihrer, der Schwalben, Schnee-
flocken, sich vergewissernden, der erahnten Flugkörper mü-
den, längst im Trüben durch Pigmente bis hin in die Farb-
losigkeit abgeschirmten Netzhaut der einstigen Köchin von
Selenogradsk, letzte uneheliche Tochter der Roten Flotte, zu
Baltijsk, Pillau, gebürtige graue Schönheit, die sich »gut an
den Herrn Yaakow erinnern« konnte, »ans Kind, ja, an das
Feuer«, so sprach sie es aufs Tonband, »jaja«, als wir am Ufer
der Lauke im Haus *Deutscher Hof* auf sie trafen, einer Gast-
wirtschaft halbwegs heimgekehrter Kasachstan-Schwaben,
denen sie, obgleich uralt, noch als Haushälterin zur Hand
ging, auch noch, als sie schon schlief. Arkadi Waksberg wid-
mete ihr in der *Literaturnaïa Gaseta* anläßlich der Erstauffüh-
rung des Films *Das ewige Leben des Yaakow Karlowitsch Morgenštern* seinen Aufsatz *Vorworte zu Walter Benjamin – Von den
Ursprüngen des Wahnsinns.*

Zu Beginn des Sommerseminars 1993 der Filmhochschule
WGIK über Dziga Wertow und seinen Film *Der Mann mit
der Kamera* gab Grigorij Rerberg eine Erklärung ab. Er sagte:
Otar Abashvili hat eine neue Gattung des Kinofilms erfunden:
Die inszenierte Wirklichkeit. *Das ewige Leben des Y. K. M.* bedurfte keines Drehbuchs, der Film war ihn in der Wirklichkeit gedreht worden. Er war ein »Dokumentarfilm«. Nicht
nur gab es kein Drehbuch, es gab auch keine Wirklichkeit,
die mußte erst erfunden werden, in Szene gesetzt. Abashvili
erfand seine Reise ans chinesische Meer und reiste und filmte

dabei. Otar Abashvili erfand den Mord an seinem Retter und ermordete seinen Retter und fand dabei seinen Tod, er erfand den Spielfilm *Das ewige Leben des Y. K. M.* und gab Yaakow Karlowitsch Morgenštern sein Leben zurück. Er gab es ihm zurück bis in alle Ewigkeit.

Hoch, höher als, über Jakobselv, der Sund, dort, wo, zwischen Linakhamari-Wasserturm und Molkerei ›Heroischer Käser‹, der Nyk in die Barentssee fließt, liegt im Eismeer – liegt, steht noch nicht – vor Bjørnstad, ein Denkmal, rostbraun, verkommen, in 69 Grad 46 Minuten nördlicher Breite 30 Grad 49 Minuten östlicher Länge, doppelt, auf Rotnickelkies, sich in sich selbst spiegelnd, noch von Heringen umschwärmt und, bald, dann zweimal erhaben schon über die See sich auf- und himmelwärts richtend, landeinwärts, südwärts, mit Schlauchpilzen gelb bespickt geschminkt aus dem Schaum tretend, und tritt und biegt, bricht, an der Steilküste sein Ebenbild hinanwirkend an Land, auf und steht, siehst du, da, zwischen Käserei und Todesstreifen. Das Denkmal ist niedrig und schmal; es ist sehr lang; es ist 34.222 Kilometer lang; es ist zwei Mal 34.222 Kilometer lang mit Abständen von jeweils 22 Metern zwischen Mal Eins und Mal Zwei und zweimal dünn, zweimal 4 Zentimeter dick, zweimal, eisern, aus Schlingen endlosen Walzdrahts weiterwachsend und zur Entmutigung im Winkel von 23 Grad in etwa dem Jenseits zugeneigt, jetzt westwärts und zweimal höher als ein Mensch, und zweimal in Abständen von 405 Metern wachsen aus ihm Türme mit Spiegeln, Hohlspiegeln an Mal Eins, Rückspiegeln an Mal Zwei, und des Nachts schweifen aus Emaillelampen leuchtende Kegel das Umfeld ab über unaufhörliche, unaufhörlich verschlossene Male, die in der ganzen Länge und Breite ihres doppelten Dings sich nur 22 Mal öffnen, alle 1555 Kilometer nur ein Mal – sich selbst in ihrem Dunkel belassend, obschon, wer will, entlang seiner ganzen Länge und Weite und Breite in

die Weite des Endlosen und seiner ineinander verwobenen
Nebengeschwisterarme einsehen und, wollte er es nur, hier
Schiffe beobachten kann – ganze Flotten, Walfänger, schwim-
mende Lebertranfabriken, japanische Schönheitsköniginnen
zur See, S/M Helena Rubinstein und ihre norwegischen Neider, eisfreie Häfen durch in die Ferne getriebene Löcher
ansteuernd, die bisweilen Drittschwestern des Todes hier
stopfen kommen hinter Schallmauern und, gnadenlos fern-
gesteuert, Antikörpern, Nachtwächterinnen vom Ende der
anderen Welt – dort, lautlos, unter den Barentswinden pfei-
fend erhebt nun das Denkmal sich und steht dann und zieht
sich hin am Nyk und senkrecht hinter sich südwärts her und
in sich wie zurück, als zöge ein Fluß ohne Bett stumm an
sich selbst, an riesigen, graugrünen Ohren vorüber, an sechs
Meter im Quadrat messenden, über den Fjorden hängenden
Amerikanern, sagt man, Vorposten des letzten Lebenszei-
chens auf der Jagd nach Stille am Eismeer des antifaschisti-
schen Schutzwalls. Dort, im Sund, liegt es, und manchmal,
bei Ebbe, steht es auch schon, es hängt, weißsilbern, bald rot,
bauxitfarben, in Nikel, an Nikel entlang, wo der Nyk, durch
Alkali-Wald noch und noch einmal unter Pottasche alten
Strähnen der Kindheit nachströmend, sich vergessenden
Flußarmen hingibt, wirft und von warmen Stößen episodi-
scher Herzen von Grund auf wie unter Tage verwöhnt und
den Vögeln abgelauscht betäubt in inständiger Bewegung
seine fließende Grenze dort zieht, wo das Schöllkraut aus
der Unendlichkeit daherwächst und schon kein Gras mehr –
vergebliches, nur vom Irrsinn herbeigewehtes Zeug noch
entgeistert auf Schutt, Schlacke vertaner Öde nacheifernd,
Tundra mal und mal nicht, in Schwaden dunkelgelb frei
aufwärtsstrebenden Gifts im Knäuel der ununterbrochenen
Wolke schwitzender Schäfchen in Erwartung ihres Nieder-
schlags und, drinnen dann, in Nikel, Sperrzonengrenzstadt,
wenn, mit Atomen des Wasserstoffs längst verschworen, die

Elemente drei- und vierwertig in ihren Allianzen himmelwärts sich einander abräumen und die Tulpe, Kleinod der
Melkerkinder, unter Sonnenfoliendächern, unter Brennglä-
sern, heranwächst, der Pudel unter den sowjetischen Blumen.
Hier steht schon, stellt sich das Denkmal hin, endgültig, wie
und wo auch immer es sacht dem Vaggalenjärvi nach bis ins
Delta, ins Meer hin, in seinem alles abweisenden Metall sich
windet, schlängelt, als müsse es sich schon vorausgeeilt sein
und doch hinter sich zurückgeblieben: es muß; es zieht und
zog und wird sich als Mal Eins hinwinden und als Mal Zwei
und her in die Föhrenlichtungen des Bottnischen Busens und
dann wieder versinken, Seepferden den Ritt, Tauchern mit
seinem Walzdraht tief hin in die Vyborg-Schären den Weg
nach Westen verleidend, den wärmeren Strömungen zu, nur
das eigene Abtauchen sich unter Flutlichtern in die Ostsee
und, aus ihr, die Rückkehr an Land leichter machen und erst
hier wieder in Mamonowo-Grenze, am Haff, Ost-Preußen,
mit Lattenholz, Sichtblenden, vermummt, Gattern gegen
Wehen, Steinschlag, meterhoch undurchsichtig sich an Polen
vorbeischleppend und Ungarn am Theiß und bis in die
Donau sich in Spiegelbildern verdoppelnd Rumänien nach
und nach Galata hin und hinter den Kümmeltürken in den
schwarzen Schlickgrenzbach der Karsgrenze zu, stockend vor,
wie, aus ihnen, flußaufwärts, entsprungen, Stromschnellen,
dem Arax, Ararat, der Arche zu, Aserbaidschan, Stören nach,
Todesstreifen folgend, der Salzwüste unter Meeresspiegeln
spärlich, seicht, zwischen Schlick und Luft in Rinnsalen, der
Tebjenne, Turkmenien, nach, bevor es, Tagereisen weiter weit,
ein Denkmal, vom Berg Pobeda, ›Sieg‹, endgültig grenzenlos
sichtbar, Asien gleichmäßig durchwirkend, den letzten See,
Na-Kok, von undurchdringlichen Weben sich zweiteilend
versponnen dann mit dem Tiumen vor, durch, mit Korea ins
Meer zurückbricht wie, rückwärts, vor Jakobselv, so, in etwa,
Rost sich, schwarzbraun, abschält, dann, gekrümmt, stürzt,

liegt, abtaucht, sinkt im chinesischen Nichts, im Pazifik, an nichts mehr erinnert, an sich nicht, nichts; dann erst ist, dann, endlich, Ruh, So, Nein, Das weißt du doch.

Iwan, Melker, Waise aus Engels an der Wolga, Milchbruder
zweier Söhne des Sowchosevorsitzenden vom ›Heroischen
Käser‹ am Eismeer, diente in der Oase Tschaatscha. Er war
fünfzehn, als er zu dienen begann, und sechzehn, als er starb.
Er diente mit anderen Kindern im Grenzabschnitt 316 des
Ministeriums des Innern und, ausdrücklich, als Freiwilliger,
Rekrut der Staatssicherheit des Obersten Sowjets der turkmenischen SSR. Iwan, hieß es, bewachte die Sowjetunion; er
wachte über sie auf Meldegängen, er wachte in der Hunde-
schule, in der Kaserne der Jugend und, wenn das Los auf ihn
fiel, glitzernd unter Weichblechen in der Sonne, die Leere
mit Salz ausschlagend, auf einem Turm, der sich über einer
ihm zu Füßen hinziehenden Doppelreihe eisernen Hangs
über Persien und das Maschad-Gebirge erhebt und hier über
die sowjetische, an dieser Stelle bald dreihundert Kilometer
nach Osten strahlende Wüste. Das unter ihm liegende Land
besteht aus funkelndem Staub. Es ist der Iran. Ein sich unterhalb des Turms aus Kristallen erhebendes Haus markiert, am
Saum eines ihm vorgelagerten, hofartigen, offenbar als Gärt-
chen dienenden Quadrats mit hölzernen, sich gegenüber-
stehend die Farben beider Länder zeigenden Grenzpfählen,
das Ende des Reiches, sowie, vor dem großen Mal und dem
hier kleineren, schmächtigeren Mal, ostwärts einem Weg-
weiser folgend, den Beginn, kaum wahrnehmbar, einer durch
die Welt gezogenen, fast immer, auch dann, wenn von niemandem befahren, in Sand-, in aufgewirbelten Lichtwolken
versteckten Trasse, die sich, an Schneegipfeln vorbei, an den
Iran gelehnt, 266 Kilometer weit südöstlich der Republik-

hauptstadt Achschabad durch die turkmenische Salzwüste frißt am Rande des Rinnsals, dessen Namen Iwan, auch jedweder sonst in Tschaatscha, jeweils mit Ehrfurcht aussprach; denn Tschaatscha am Tebjenne ist nichts, und das Denkmal, hier und wo auch immer, zwei Mal einmalig, einmaliger noch in der Oase als sonstwo, Muttermal der Tebjenne, die, wie Tschaatscha, nichts ist, nichts als Salz, der körperlose Abdruck um Kristalle gelegter Arme, die, glaubte man später, Iwan erzählen gehört zu haben, sich nur dann füllen, wenn zufällige Niederschläge das Nichts erreichen und die Wüste für kurze Zeit blüht.

Die eigentliche Geschichte des Iwans der Kaserne der frühen Jugend wäre, ließe sie sich erzählen, eine Liebesgeschichte, wenn auch eine Geschichte, die sich vielleicht nie zugetragen hat, oder nur zu Zeiten großer Wirrnisse sich hätte zutragen können oder unter dem Schleier anderer Geschichten als etwas Mögliches erkennbar werden, das, wenn auch nur bruchstückweise, wahr und deshalb vielleicht erzählbar geworden wäre und in die Kindergründe Iwans zurückblicken ließe, in denen sie, wortlos, entstanden war. Daß sie, die so kurze, die Iwan für unendlich hielt, und deren Ende die Soldaten von Tschaatscha auch Jahre später noch in Bestürzung versetzte, überhaupt einen Anfang hatte, verdankt man den Erinnerungen eines Stubenkameraden Iwans, genauer, dem ›der Älteste‹ genannten, der, im Gegensatz zu anderen Soldaten des nämlichen Wachzuges 6, auch Militärstaatsanwälten gegenüber, die sich für die Geschichte Iwans interessiert hatten, gern das Wenige offenbarte, das er wußte, wie auch die folgenreichen Aufwallungen der Herzen, die Iwan während seines kurzen Dienstjahres in der Kaserne der Jugend selbst unter seinen Widersachern auf rätselhafte Weise auszulösen imstande gewesen war. Es war eben der Stubenälteste, der sie einem durchreisenden Tennismeister im Winter 1993 in Jekaterinburg erzählte, und Iwans Ziehvater, Arvo Kuusinen wiederum erzählte sie Urho, seinem Milchbruder, der sie mir anläßlich einer Reise auf der Suche nach den Quellen des *Ewigen Lebens* weitererzählte, mir, der ich, des Russischen kaum mächtig, sie weder verstanden zu haben noch auch nur annähernd wiederzugeben in der Lage zu sein glaube, sie dennoch und mit der ausdrücklichen Bitte um Verständnis dafür nachzuerzählen versuche, in diesem Zusammenhang auf das Wort *Ich* nicht ganz verzichtet zu haben – es war also, sagte ich, der Älteste, der es in der Milchwirtschaft jener zur Zeit der Sowjets in ›Swerdlowsk‹ umgetauften Hochburg des Parteisekretärs und späteren Präsidenten Jelzin, Jekaterinburg, zu einigem Ansehen gebracht hatte, und Kindheit, ›Leben und Tod des Iwan‹, wie er es nannte, in einem Bericht zusammenfaßte, welcher ebenso gut hätte erfunden sein können wie jede Wahrheit sonst. Schon die Melkerkinder vom ›Heroischen Käser‹, berichtete er – schon die Lehrlinge in den Buchten der Ställe des Petchenga-Rayons hatten Iwan ›den-Blöden‹ genannt, wie dann auch die Kindersoldaten den Stubenjüngsten aus dem Norden, der ihnen zugewiesen worden war wie der Blöde vom Dienst als Putzer und Tropf »und Clown«, erzählte der Älteste, »denn«, sagte er (er wußte das von Iwan), »wer in das Flußbett der Tebjenne blickte, und wie Iwan-der-Blöde, beim Anblick der Tebjenne an den alten Nyk dachte, der dachte an das Denkmal, der dachte an Kindheit und an Heimmutter und Ziehvater und an das, was Iwan liebte«, sagte er, »die Grenze«. Die Grenze, erinnerte er sich, war die seine; ihr diente das Käserkind als Soldat; den Duft der großen Aufgabe, berichtete später nicht nur der Älteste unter den alt gewordenen Kindern, die in der Oase Tschaatscha gedient hatten, vermittelten ihm das Kerosin der Kübelwagen, der Atem trunkener Kinder, der Geruch der Medizinbälle, der Schweiß der Böcke und Kinderstirnen, die dumpfen Säuren in Kinderachseln, Aborte, Suppen, die Mischung aus allem, der Vanillegeruch lediger Ärztinnen der Ersten Hilfe, die Binden, die schneeweißen Nachlässe erster Sehnsüchte, das handgetriebene Gold, das er aus den badenden Lenden der Göttinnen von Mykene hatte herabhängen sehen hin wie zu ihm und anderen Kindern zugewandt vor den Schachtgräbern der Kyklopenmauern des Museums der nationalen Geschichte im nahen Achschabad, Zauber heimlicher Menstruationen, Himbeerdämpfe, Salzluft – Iwans Norden und Süden und Geschlechter in einem. Iwan diente kommenden Geschlechtern, er diente ihnen an der inneren Front im vaterländischen Tschaatscha mit ihren sechzehnhundert Sechzehn-, Siebzehnjährigen, deren Bildungsweg es erlaubt hatte, frühzeitig den Beruf eines Kadetten zu erlernen und, früher noch, als einfacher Soldat zu dienen; Sicherheitszone 34-B zu sichern, Grenzabschnitt 316, das Hindernis Ungeduldiger, süchtiger Gläubiger auf der Flucht in das Magnetfeld des neuen Gottesstaates aus dem mit Tellerminen bis, Tagereisen weit, hin nach Korea, ans Chinesische Meer, sich wappnenden Reich der Sowjets. »Das Sowjetland ist kein Gefängnis, es ist frei, Lenin hat es befreit, die Hungerleider des Kapitals beneiden es«, hörten der Mittlere und Ältere Iwan sagen, »es erstreckt sich bald über die Welt, es wächst und wächst, es wächst ihr über den Kopf, es ist zu groß für ein Gefängnis, es ist ein Sechstel des Planeten groß, es hat die übrigen fünf Sechstel einfach ausgesperrt, es hat ihnen den Vorhang zugezogen, es hält sich die Welt fern, die in ihren Widersprüchen schon erledigt ist und nur reif noch nicht, das zu verstehen, viel zu dumm«. Iwan verstand das, und alles sonst auch. Er verstand und fand es einfach wie sich selbst einfach. Seine Geschichte sei ein Märchen, sagte er, und er selbst ein Teil von ihm, obwohl er, weil unwichtig, in ihm gar nicht vorkomme, oder wenn, dann nur in Gedanken. Iwan war, als er dies alles sagte, sechzehn, er war bald siebzehn, heißt es in der Erinnerung des Ältesten, er war Wassermann im Sternzeichen, und hatte einen Heißhunger, Hunger auf etwas, das er ›heißer essen wollte als er es gekocht hatte‹, so hätten die Stubengenossen gespottet, aber auf was denn bloß heißhungrig, das habe er nicht gewußt, also hast du Durst, sagten sie, zum Spaß und, dann, gleich noch einmal, ›Lebensdurst‹, als Iwan sie in Stube 6 anstarrte, sie alle, sie und ihren Kartoffelschnaps, und dann sein Glas umdrehte, weil er – Spucknapf des Stubenältesten, gestand der Stubenälteste, gedacht zu haben – blöd, einfach zu blöd war und, wenn einer ›Leben‹ sagte, ›Flasche‹ dachte bei Intelligenzquotient Null. Um die Wette intelligent sein, das war ein Trick, den der Zweitjüngste, 15, erfunden hatte, um dem Blödling den Spaß zu verderben – Sohn, auch er, eines milchverarbeitenden Waisenhauses auf Paakaapa, der Insel Ösel, in der Estnischen Sozialistischen Sowjetrepublik, die der Älteste für die lettische hielt. Der Jüngste hielt sie für nichts – Käse. Der Mittlere, erzählte der Älteste, schwieg. Der Mittlere war intelligent. Wie die Kaserne der Jugend ließ auch er seine Helle flimmernd nur während der Monate Juli – September sichtbar werden: Wolken schwarzer Kristalle, schwarzer, fragte ich, schwarzer, sagte er, schwarzer Kristalle, die die Salzstürme während der neun verbleibenden Monate heulend über den Sudpfannen der Oase absitzen ließen, hüllten seine und Tschaatschas mit ihm bald verschmolzene Silhouette selbst dort in ein Weichbild des Nichts, wo gigantische, nie erlöschende Scheinwerfer, ihr Licht in Tarnmänteln, wie mit ihrer Schwärze eins in die Wüste zu brechen suchten, als sei der Außenposten, sonst strahlend aus Salz, noch ernsthaft irgend jemandes Stützpunkt, in energetischen Wahnzuständen sich spiegelnd nicht längst, kaum mehr als zerschlissene Luft, Attrappe. Vom Tiger, so der Älteste, sprach der Mittlere, war es erst so weit, dann mit Verachtung. Seine Erleuchtungen hatte er bis in den Schwarzen September unter den Scheffel gestellt, Schwarzen, fragte ich erneut, aber Urho, der Milchbruder, fuhr fort: Dann war es soweit, bei Sturm war 316 ruhig, auch er, der Blöde, ruhig wie in den Flutlichtkegeln die Nacht sinnlos, und, wenn die Horde ausrückte, Schweigen auch nicht mehr Gold. Der Mittlere quatschte. Iwan sei, als er beim Ältesten Wachmann lernte, auf Patrouille, erzählte der Mittlere, so der Älteste, Jahre noch nach dem denkwürdigen Tod des Einfaltspinsels in der Tebjenne, mit ihm und dem Jüngsten ›Nachthorde‹ gewesen; er hätte es, erinnerte sich der Mittlere, der jetzt als Clown in einem tschuwaschischen Wanderzirkus arbeitete, ›mit dem Lernen schwer gehabt‹, denn Iwan mußte, sagte er, ›irgendwo unterwegs zurückgeblieben sein wenn Sie verstehn was ich damit ich meine vielleicht in seiner Entwicklung vielleicht weil was soll ich Ihnen sagen der merkte nichts den störte nie was nichts womit der irgendwann mal nicht mit was einverstanden gewesen wäre wenn die ihn schikanierten zum Beipiel Pumpen Kniebeugen machen ließen zum Spaß ohne Grund weil Grund hatten die ja sowieso nie einen weil dem Iwan dem war alles recht alles jede Sauerei jede die schluckte der nahm die gleichmütig hin nur eins nein Das nicht Das durftest du nicht Da wurde der wie wild beim Tiere-Ärgern wie ein Wahnsinniger als einer mal einen Ritterfalter den er an der Tebjenne gefangen hatte nach dem Regen plötzlich schrie er weil der lebte noch der hatte die Nadel noch gar nicht reingestochen du Schwein den Glaskasten da haute er rein trat erst in die Eier dann in das Dingda‹, sagte er, ›es war bei Hochnebel‹.

Die Zeit ›floß‹ dahin, sagten die Freunde, Nein, so erzählte ihnen Iwan, den der Ältere und der Mittlere jetzt ›Dicker Kopf‹ nannten, nicht die Zeit war es, die floß, es war etwas anderes, das an ihm vorüberzog, aber nicht verging; jeder Tag war wie der erste, er war weder kurz noch lang, er war gar nichts, er war, und weiter nichts, jeder Tag, jeder, verstrich, jeder, wie der erste Tag, nein, verstrich nicht, er blieb, als sei es irgendwo in der Luft, stehen, ja, sagte der Ältere, als der Älteste nichts sagte, auch die Nacht, auch jede Nacht war wie die erste, und Iwan wurde nicht älter, das war ein Wunder, gestanden die Kameraden dann doch allesamt sich erst ein, als Iwan schon nicht mehr lebte, und auch, daß er liebte, Libellen liebte und, mehr noch als alle Libellen, die Fliegen, denn die Fliegen in Tschaatscha flogen langsamer als andere Fliegen, man konnte sie mit der Hand greifen und versetzen, anderswo unterbringen, wenn sie einen störten, sie waren arglos, geduldig, und auch nicht nachtragend, wenn er ihre Flügel einmal beim Forttragen mit seinen Fingernägeln verletzte oder durch eine andere Leichtfertigkeit in ihren Entschlüssen, sich zu öffnen, behinderte; dann suchte er den Schaden wieder gutzumachen, schnitt sich die Nägel, tat dies, nach den ersten Erfahrungen mit ihrer Unempfindlichkeit, regelmäßig, fast jeden Tag, und versammelte die Populationen zum Trost dann in seinem Eßgeschirr oder auf einer Dienstvorschrift, deren Papier er, leicht wie die Zwiebelhaut von Luftpostbriefen, so gefaltet hatte, daß eine schiefe Ebene entstand, auf der Fliegen, die leichter als Luft waren, sich wohlfühlen konnten und sogar übereinander herumkrabbeln, was sie sonst nie taten, sagte er, außer in Augenblicken der Begattung oder einer anderen Verlorenheit; doch in solchen Augenblicken sah Iwan weg, oder löschte die Lampe, wenn das Leben der Fliegen zum Beispiel durch die Gegenwart einer allzugroßen Anzahl um die Lichtquelle trudelnder Motten gestört wurde. Einige Fliegen, die in jenen Nächten den Turm besuchten, erkannte Iwan bei dieser Gelegenheit, behauptete er, wieder, er erkannte die einen leichter wieder als andere, unscheinbarere, und begann, ihnen Namen zu geben, gab dann aber auf, als er, weiß der Stubenälteste noch, mit der Zeit jede Fliege, die aus dem Iran, so hatte er angenommen, nun zu ihm stieß, an bestimmten Eigenschaften oder Eigenheiten, Flecken, meist lilafarben, auf ihrem taubengrauen

Panzer, doch jeweils in abgewandelten Mustern an über Brust und Kopfkapseln verteilten Augen identifizieren konnte, was ihn auf Individuen schließen ließ, unverwechselbare, noch in der abendlichen Masse der Pendler das bescheidene Leben von Zweiflüglern führende Einzelwesen. Auf dieses Erlebnis kamen der Mittlere und der Ältere bei ihren Erzählungen jeweils dann zurück, wenn ihnen die Worte fehlten, Iwander-Blöde hatte sie nämlich, sagten sie, immer wieder auf die Seelengröße der in Tschaatscha mit Klatschen und Fliegenfängern verfolgten Zweiflügler verwiesen und auf einem Gesetz bestanden, demzufolge man keiner Fliege ein Haar krümmen dürfe; er wußte, daß Fliegen keine Haare hatten, aber sagte es trotzdem; er sagte es immer wieder, sagten sie; das Bekenntnis war ihm wichtig; er bezog sich dabei nämlich auf eine nur ihm, niemandem vor ihm zuteil gewordene Offenbarung, die er für ein Wunder hielt, vermutlich der Natur. Das zweite Wunder war, obschon er doch von ihm nie sprach, ein noch größeres Wunder als jenes der Fliegenseelen: Er hatte aufgehört zu schielen. Sein Blick, die Gradlinigkeit, mit welcher er diesen, den seinen, nun eigenen in den Spiegel werfen durfte, auf sich, auf sein Ebenbild gerichtet, auf eisblau leuchtende Augen, und das Glück, das er empfunden hatte, als er sich, wie mit den Augen Dritter, in ihnen strahlen sah, überzeugten ihn davon, daß er auf einem anderen Stern angelangt war, vielleicht sogar auf einem Stern, den es vorher nicht gegeben hatte; auf dem es Silberblicke nicht mehr gab. Was es war, das Iwan an einem spätsommerlichen Morgen anläßlich der November-Übungen an den Ufern der von Sturzbächen gefüllten Tebjennegewässer sich zu Bekenntnissen hatte hinreißen lassen, die in der Erinnerung seiner Kameraden von Wache 6 auch später noch als auf drohendes Unheil weisende Voraussagungen gedeutet wurden, wußte auch der Älteste von Jekaterinburg nicht zu sagen, jener Gesprächigste unter den wie verjährt dahintaumelnden

Kindern, die jeweils, dank ihrer Diplome, in Staatsbetrieben der Union ein bescheidenes Auskommen hatten finden können, ohne je seitdem in den Diensten der Sicherheitsbehörden Aufstiegsmöglichkeiten aus dem Nichts ihrer Ursprünge gesucht haben zu müssen. Mehr noch als der Clown und Jüngste, der den Traumberuf Iwan-des-Blöden ergriffen hatte, Käser, war es der Ältere, der sich der ›unterirdisch gebliebenen Ausbrüche‹ Iwans besann, wie die Gutachter der Abteilung Personenstand im Tschaatschaer Rayon die Gewalttaten des Kindes gegen sich selbst als die Handlungsweise unbestimmter, phantasieloser innerer Organe dargestellt sehen wollten, weil es ihnen an aufrichtiger Verzweiflung mangelte. Der Älteste weiß, er weiß, sagte der Milchbruder, welches die eigentlichen Bewegungen Iwans waren, die schließlich, noch lange vor seinem Tod, notgedrungen zum Stillstand des Herzens geführt und seinen Körper von Strömen finsteren Glücks hatte heimsuchen und dann erfolglos bewohnen lassen, als er, außer sich, wie von Sinnen, sich, flüsternd, angesichts seiner Spötter gehen ließ und dabei Geständnisse ablegte, einen Mord gestand, augenblicklich widerrief, abstritt, zweimal schrie, ein Messer ergriff, sich eine Fingerkuppe abhackte, das Bild seines Milchbruders Urho aus der Jacke zog, vor ihm kniete, ein Streichholz zündete, den Bruder verbrannte, den Namen ›Maschad‹ rief, den Namen eines Gebirges, wie sich herausstellte, mehrmals deutlich hörbar die Geräusche menschliche Schädel zertrümmernder Steine in seine jeweils gellend werdende Stimme einfließen ließ und, schließlich, schluchzend still wurde. Er habe, erzählte der Älteste auf einem Spaziergang durch den Fuhrpark der städtischen Milchwirtschaft noch, als die Sonne längst untergegangen war, mehrmals und inständigst, als wolle er sich des Vergessens entledigen und dessen gewiß werden – ja, er habe ›das Tosen seines Herzens‹ vernommen, die ›Gottlosigkeit‹ der Sinne, das Zittern, Leuchten, das Anschwellen der Röte auf den Käserwangen beobachtet, die Punkte platzender Äderchen im Wahn jenes ›Sumpffiebers‹, das die Abschnittssanitäter diagnostiziert haben wollten, nachdem am Donnerstag den 2. November, Vormorgen der ersten Salzstürme, Gardist I auf dem Turm schlafend angetroffen und, im Zustande völliger Verwahrlosung, heißt es, unerklärlicher Verlausung auch, auf der Stelle festgenommen und im Tschaatschaer Komplex B zwangsgebunkert worden war.

Rapport K34 notiert Verwüstung von Boden- & Kommandofläche, Scharten, Alarmanlage, Waffen- & Munitions-Reservespind, menschl. Ausscheidungen, Hunderte von erschlagenen Fliegen in Eßgeschirren, Bechern voller Flügel, Gläsern, 1 ortsfremde Objektsammlung i. Patronenkarton (Verlobungsring unter getr. Tulpen; hyg. Gummi; feindl. Propagandamaterial (Bibelforscher), 1 Brosche (Mutter?); 12 Murmeln (Schrotkugeln?); 1 ausgest. Vogel (mit Aufkleber ›Stieglitz‹!!!) samt Anordnung, heißt es, hins. Überstellung ders. an Asservatenkammer zu Rayon IV.

Iwan, durch Sicherheitsoffiziere über Ereignisse verhört, die sich erstmals schon im Frühherbst zugetragen haben sollten, in welcher er zu Wachdiensten an der Grenze abgeordnet worden war, erinnerte sich an nichts. Vorgesetzte und Kameraden, die ihm nachsagten, daß Intelligenz nicht seine Stärke sei, waren sich indes darin einig, ihm das Fehlen jeglichen Erinnerungsvermögens nachzusehen. Iwan galt nur ihnen als blöd; Wachsamere als sie hatten längst verstanden, daß jene, die vorgaben, ihn zu mögen, und ihn ›einfältig‹ hießen, nur, um mit derlei Leumundsversuchen ihre eigenen Dienstvergehen zu vertuschen, auf diese Weise erkennen lassen wollten, daß ihr Schützling nicht nur für die Aufgaben eines verantwortlichen Grenzwächters ungeeignet war, sondern auch ein Agent des Feindes.

Gewiß ist ungeachtet aller Gerüchte, denen Rapport K 34 den Vorzug gibt, daß sich in der fraglichen Nacht das leere Haus an der Grenze unter Turm 6 belebt haben muß; daß ein Licht jemandem den Weg geleuchtet hatte und Iwan auf Bewegungen sanften Glimmers im Dunkeln aufmerksam geworden war, die er vordem noch nie gehört zu haben glaubte, möglicherweise ein ›Rascheln‹. Gewiß ist auch, daß Kommando 316 bald darauf, obschon es nie regnete, ›Grenzverletzer in Regenmänteln‹ stellte, aus deren Häuten sich, so der Älteste, mühelos schließen ließ, wohin die Reise der Staatsfeinde gehen sollte, und wobei, so entsann er sich, den abenteuerlichen Erzählungen Iwans folgend, es von der Zahl der Gläser abhing, vom Gewicht des Kartoffelwassers, das die Streifen in sich hineingegossen hatten, bevor sie beschlossen, Flüchtige mit Leuchtkugeln abzuschießen und, lichterloh, wenn Zeit blieb, ihre ›Schneehühner‹ – turkmenische Wachteln. Iwan, der zu alledem schwieg wie immer, habe, berichteten später Kameraden, mit denen er seine nächtlichen Erfahrungen ausgetauscht hatte, bei Tagesanbruch das Klingeln eines Glöckleins, dann Schritte, gehört, dann, plötzlich, eine alte Frau auf den Hof treten sehen, ein lebendes Huhn in der Hand haltend, dann eine andere Hand das Huhn erwürgen und eine dritte das Huhn ausnehmen und im Brunnen waschen und, während erneut das Glöckchen klingelte, die Frau dann in das Haus zurücktreten hören, als hinter dem Haus ein Mädchen erschienen sei, das ein Schaf hinter sich herzog und dieses schließlich, in der Wüste, still und ohne weiterzugehen, hütete. Das Schaf fraß nichts, es gab nichts zu fressen, heißt es in der dreifachen Wiedergabe desselben Berichts; es blieb gleichfalls stehen. Iwan beobachtete das Mädchen, in welchem er eine Frau leuchten sah, und das Schaf, und fühlte jählings Bewegung in sich, »ein dem Entsetzen ähnliches Glück«, welches noch mit den Tagen zunahm, an welchen er ihr beim Brotbacken zusah und beim Wasserholen, Wäschewaschen, bei der Zubereitung einer Suppe auf offenem Feuer, wobei ihm auffiel, daß sie dies tat, ohne je den Befestigungsanlagen Beachtung zu schenken, oder gar aufzublicken, wenn die Scheinwerfer erloschen, die ihren Hof in grelles Licht getaucht hatten. Mit der Zeit kannte er sich auf dem Hof aus, als wohnte er dort, auch im Inneren des Hauses, in welchem er Schatten von Unbekannten an beleuchteten Fensterchen vorübergehen sah, wie es ihm auch schien, ohne sich je auf seinem Hochsitz anderen gezeigt zu haben, der Familie der jungen Frau vorgestellt worden zu sein, einer Großmutter, die das Haus nie verließ, wie auch ihrem Bruder, der bisweilen aus dem Dorf auf einem Moped zu Besuch kam und vielleicht gar nicht ihr Bruder war, sondern ein Briefträger, oder – auch dies war nicht ausgeschlossen – ein Freier. In seiner Erzählung, später, in der Kaserne der Jugend, beim Essenfassen, nannte er das Wesen, dem er begegnet war, geradeheraus ›die Schöne‹, und das Schaf ›ihren Freund‹, und löste damit bei Kameraden, die ihn ohnehin gerne des Schwachsinns verdächtigten wegen seiner Ausdrucksweise, aber auch deshalb neckten, weil er gesagt hatte, Schauspieler, Komiker, werden zu wollen, nichts als Hohn aus. Die Kameraden, die ihn, seinen Augenringen zuliebe, neckten, nannten die Schöne ›deine Sagenhafte‹, und neckten ihn umso lieber und regelmäßiger, als ihm das Wort ›sagenhaft‹ gefiel und er es künftighin selbst verwendete, auch dann noch, als das Kommando 316 von der Streife bei Turm 6 offiziell abgezogen und der Turm selbst, hinfort überflüssig nach Dafürhalten des Kommandanten, nun versiegelt werden sollte.

In einer der folgenden Nächte saß Iwan wieder auf seinem Hochstand, so gestand er, wobei er seine Abordnung zu Turm 7 kurzerhand vergaß, und wiederum erschien, vor Sonnenaufgang noch, die alte Frau, und schlachtete ein Huhn, und wieder auch die Schöne mit ihrem Schaf auf dem Weg in ihr Stück Salzwüste. Diesmal glaubte Iwan, die Schöne bei einem Blick ertappt zu haben, den sie auf den Turm geworfen hatte, auf ihn, der in großer Höhe über sie wachte wie über die Grenze zur Mohammedanischen Republik, und schlief über dem Gedanken auf seinem Turm ein. Iwan, der sich vorgenommen hatte, seine mögliche Ablösung oder andere Wachhabende, Kindsoldaten, die er, trotz verfügter Schließung von 6, erwartete, zu bestechen und, falls sie nicht willig waren, mit Mitteln einzuschläfern, die nur er kannte, saß dort vier Tage hintereinander und dann vier Nächte hintereinander und dann einmal Tag und Nacht, ohne selbst je einschlafen zu können. Er saß dort, hieß es später in einem Obduktionsbericht dessen, den die Offiziellen bereits als Fahnenflüchtigen suchen ließen, insgesamt siebenunddreißig Tage, befolgte Dienstvorschriften, und gab zu keinerlei Klagen Anlaß, die zu seiner Entdeckung hätten führen können.

An diesem letzten, siebenunddreißigsten Tag traf ihn die Wachablösung von Stube 4 bei Sonnenaufgang schlafend an, und dies wie zufällig, nicht etwa eingenickt, sondern derart tief in sich versunken, die Waffe, ungeladen, zwischen den Schenkeln haltend und von Zwiebackkrümeln, von solchen Krümelmengen wie magisch eingekreist, daß es wohl deshalb, befanden die Kindersoldaten, nur mit Mühe gelungen war, ihn in die Wirklichkeit zurückzuholen. Iwan hatte erbrochen. Was in dieser Nacht geschehen war, weiß niemand; auch Iwan wußte nichts; obschon es Hinweise gab, die auch ihn an seiner Unwissenheit zweifeln ließen; obschon die Sicherheitsbeauftragten des Grenzabschnitts Hinweise aller Art bereits gesammelt und in Plastiktüten an den Militärstaatsanwalt weitergereicht hatten. Was von der Nacht übriggeblieben war und über sie irgend etwas hätte aussagen können, war so gut wie nichts: abgenutzter, zerrissener Taft, eine dunkelblaue Haarschleife, eine Kneifzange und 2-Zoll-Eisendraht, der, hochgebogen, ein Loch, kaum größer als eine Katze, im Grenzzaun 1 freigegeben hatte – Tatbestände, die Rapport K37, wohlweislich vielleicht, unterschlagen hatte. Iwan war dicker geworden, erwähnt, grundlos offenbar, der Älteste, der dies ›der Nacht‹ zugute hielt. Die erste Woche, die ihr folgte, und, dann, eine zweite, eine dritte Woche lang, zur Strafe diesmal ›wegen zu vielen Redens‹ (Selbstgespräche, sollte sich später herausstellen), nachdem die Militärgeneraladvokatur ein Verfahren wegen unerlaubten Entfernens von der Truppe niedergeschlagen und der Fürsprache des Parteisekretariats nachgegeben hatte, dessen Gutachter auf seelische Zerrüttung plädierte, verbrachte Iwan, der das Blutbad unter den Fliegen angerichtet hatte, im Karzer der Oase. Er starb, nachdem er seine Uniform verbrannt und seine Mütze dem Wadi anvertraut hatte, kurz darauf in der Tebjenne, die, bei Tschaatscha, des Sommers, wie der heimatliche Nyk, seicht und nicht tiefer als zwei Fuß, ein Rinnsal war, aus dem er, schien es, hatte trinken wollen. Sein Leichnam lag, wie auf der Suche nach Fischen, halbeingetaucht ins Wasser, das sich in einem langen, in den Gründen der Maschadwüste bald verlorenen Nebenarm des Wadi sammelte, eingebettet in eine gläserne Landschaft aus Kristallen, deren gleißende Luftspiegelung, hoch über dem Iran, von schwirrenden Mückenschwärmen in eine wabernde Wolke der Schwärze und, unversehens, in das Zerrbild einer gläubigen Masse, in schwarze Burkas gehüllte Landbevölkerung, sich verwandelte, aus der Höhe sich auf die Oberfläche der Erde zurückrollte und in diese eintrat, um einen alten Mann dorthin zu begleiten, der, langsamen Schrittes und betend, einen großen, ihm offenbar kostbaren Gegenstand so und dergestalt in den Händen hielt, als handele es sich um etwas Lebendiges, das es zu verschenken galt. Ihn und den Felsbrocken, den er vor sich hertrug, als er, in der Nacht vom 24. auf den 25., den Hof und, zögernd, schließlich auch das Haus betrat, beobachteten die

Kinder auf Turm 5 und Turm 7 (wobei in ihrem Bericht die Angaben zu Monat und Kalenderjahr fehlen), wie auch, bei Tagesanbruch, die Ankunft einer Delegation, in der Mehrzahl bärtiger Männer, denen, im Schrittempo, zwei amerikanische Limousinen folgten, Taxis, schien es – Großväter und -mütter im ersten, Mütter ohne Kinder im nachfolgenden. Dem nachfolgenden entstieg eine Frau, die weder die Mutter der Schönen sein konnte, noch, wegen ihres fortgeschrittenen Alters, deren Schwester – aller Wahrscheinlichkeit nach eine Tante. Die Tante betrat den Hof; sie betrat ihn, und dann das Haus, allein; sie erschien kurz im Fenster, verschwand für eine Weile, und kehrte, den Wartenden ein Zeichen gebend, auf den Hof und, daraufhin, wieder in das Haus zurück. Zuletzt erschien sie auf der Schwelle in Begleitung der Schönen, die sie an der Hand hielt und, als das Geräusch der Bejahung eines ungehörten Vorschlags durch die Menge ging, in den Vorgarten führte und, durch ihn hindurch, ins Offene, in die Wüste. Dorthin folgte ihr die Menge und wartete. Sie wartete bis zum Mittag. Als die Sonne aufhörte, Schatten zu werfen, weil sie im Zenit stand, bildete sich ein Kreis. Dann wurde die Schöne in einer Staubwolke gesteinigt. Nicht nur Iwan hatte frühzeitig in seinem Schlaf die Wolke sich schon über ihr erheben sehen; auch seine Kinderkameraden waren es nun, die, unweit des Hauses an der Staatsgrenze, auf zwei anderen Türmen, mit Feldstechern die Sandkörner zählen konnten und sie, unversehens, glitzern und, dann, zu Diamanten anwachsen sahen, als deren Wolke die tote Unsagbare in einem schwarzen Automobil davontrug.

Von Iwan-dem-Blöden weiß man ansonsten so gut wie nichts. Es heißt, daß seine Urne vom Grenzabschnittskommando 316 an den Stadtsowjet Nikel zurückgeschickt und von diesem, versehentlich, an das Allunionswaisenhaus Pitkajärvi weitergereicht worden war, das ihn und zwei weitere Heimkinder seinerzeit an die Sowchose ›Heroischer Käser‹ verkauft hatte, deren Vorsitzender und Verdienter Arbeiter Arvo Kuusinen Iwans Ziehvater wurde und ihm seinen Namen lieh, und daß zwei alte Frauen in der Molkerei ein Gebet »für den da« gesprochen hätten, »den ein versteinter Vater erschlagen hatte«. Das Grab schaufelten sie ihm vor Bjørnstad, im Rotnickelkies, heimlich auf einem 70 cm breiten Grenzstreifen und, in 52 Grad 7 Minuten nördlicher Breite und 18 Grad 45 Minuten östlicher Länge, schon auf norwegischem Staatsgebiet, dort, wo kein Entrinnen mehr war und mehr ist.

An Todestagen kommen sie nun, noch vor Sonnenaufgang aus dem Lehrlingswohnheim des ›Heroischen Melkers‹ tretend, einem noch heute fensterlosen, aus dunkelrotem Backstein bestehenden Überbleibsel des auf der anderen Seite, in Norwegen, gelegenen Wasserwerks Nykvist, kommen sie nun, vor Linakhamari, über Minenfelder, Iwan zulieb, zwischen Wasserturm und Käserei, einen Apfel an ihm niederlegen oder Kochsalz, und lauschen, ganz und gar nun in Menschennähe, dem wahren, dem inständigen Geräusch des Plätscherns, Springens der Nyk-Schnellen, der letzten, die sie hinter einem mit Latten verschalten Jenseits das Eismeer brechen hören, doch nie sehen würden. Dies entnimmt man einer Meldung über feindl. Tätigkeiten des Vorsitzenden Dimitri Wladlenowitsch S. an den Genossen Gebietssekretär Abteilung Inneres, Murmansk.

Jedermann erinnert sich an die Begeisterungsstürme, die Marco Bellocchios dokumentarisches Filmkunstwerk *Matti da slegare*, »Entfesselte Irre«, in der Union ausgelöst hat, insbesondere in unseren asiatischen Republiken, und zu welchen Szenen öffentlicher Erregung es bei dieser Gelegenheit gekommen ist. Der Irrsinn der Ärzte, nicht etwa ihrer Patienten, der nicht nur Methode hatte, sondern auch zu jenem Befreiungsschlag führte, mit welchem sechsundvierzig Insassen der Görzer Nervenheilanstalt im hölzernen Bauch des riesigen, trojanischen, ›Blauen Pferdes‹ ihre Flucht nach Venedig einleiteten, um seitdem nie wieder eingefangen werden zu können, ist nicht ohne Folgen geblieben. Bellocchios Irre sind Muster-Irre. In unserer Republik suchen wir nach ihnen vergeblich. Ihr allseits bestauntes Geheimnis jedenfalls war die Erkenntnis, daß man sie zweigeteilt hatte – daß sie beides waren: in einem Atemzug Doppel und Original, und daß sie, als Doppel an ihre ehemalige, nun schon lange nicht mehr bürgerliche Existenz gefesselt, auseinandergebrochen waren, und daß sie durch die Flucht in den Holzbauch eines Pferdes, das der große Heilige der Geisteskrankheiten, Basaglia, in einem unerhörten Komplott gegen die Interessengemeinschaft der Fachärzte in einer eigens dazu hergerichteten Tischlerwerkstatt in Gorizia hatte bauen lassen, auf diese wunderbare Weise zu sich zurückfanden. Das Doppel, das sein Original, »in einem Anflug von Selbstverleugnung und, dann, in der als Selbstauslöschung stilisierten Attitüde des institutionalisierten Suizids«, eben hatte »fressen müssen«, war damals schon von Walter Benjamin in seinem, in der Urfassung in französischer Sprache verfaßten Werk *De l'origine de la folie*, »Von den Ursprüngen des Wahnsinns«, als der »schuld-volle Urheber« benannt worden, der, weit entfernt von den Termini der Medizin, die Quelle allen Unheils jener »in die Irre gelaufenen Hülle ist, der die Analysten unangemessener Verhaltensweisen kurzerhand das Menschliche entzogen haben«. Benjamin bezieht sich darin auf das Konzept des ›Lichtdoubles‹, eine Erfindung des Kinos. Es steht für den »Urzustand des Wahnsinns, den prähistorischen Schmerz des Abfalls von sich selbst«. In der Kinosprache, sagt er, ist das ›Lichtdouble‹ ein »anscheinend lebendiges Wesen, das für die Zeit des Einleuchtens eines Helden den Helden ersetzt, den Kino-Star, den Sternfahrer, das *monstre sacré*. Es ist in seinen Umrissen dem Star ähnlich; sein Gesicht zählt nicht; auch sein Beruf nicht; seine Dienste werden wegen des ihm eigenen Schattenwurfes allein, des vergleichbaren, lichtverdrängenden Körpervolumens wegen, seiner geborgten Vorbildlichkeit zuliebe, angemietet, und dies zumeist von Agenturen für Stuntmen und sogenannte Proxys, Statisten; seine Rolle endet, wo die Rolle des hl. Monsters beginnt; sie ist, so wie der Andere des Einen, Einzigen, eben Abfall und, von Anbeginn, schmerzlich die tätliche Anspielung auf eine von diesem nie erreichbare Wirklichkeit, ein Procedere, das in der Gaunersprache der zeitgenössischen Philosophie gern ›virtuell‹ genannt wird – so absolut möglich wie inexistent. Denn das Lichtdouble existiert nicht; es ist lediglich der Schatten des Sterns; ins Nichts geworfen und von diesem geblendet erst, dann abgestoßen, hört es auf, zu sein; »es hat das Nichts in den Schatten gestellt – *sorte de sacre*, sowas wie Weihe«, sagt Benjamin. Seine Umkehrung ist nicht weniger zweideutig: Das Licht des einen glänzt durch Abwesenheit des anderen. Mit Opfern, nicht etwa, um die Götter zu beruhigen, nein, um besser unter ihnen Platz nehmen zu können, entledigen Double und Original sich dabei ihres

Possessivpronomens; sie verleugnen ihre Aszendenten; sie sind, Siamesen wie kein anderer, Urzwillinge des Stars, dazu verurteilt, eineiig Brüder zu bleiben; sie gehören nur noch sich selbst; sie gehören sich und löschen, perfekte Simulanten, einander aus: *A Star Is Born*, »ein Stern ist geboren, *le monstre, sacré*« – Benjamin. Ein unlängst vom Hubble-Teleskop aufgenommenes, in jener Stunde entstandenes Photo, in welcher Gilles Deleuze sich im Spiralnebel des Adlers mit einem Sprung ins Leere stürzte, belegt, daß Sterne aus Eiern schlüpfen; daß sie, von unbekannten Müttern gestillt, jeweils Zwillingsbrüder sind – ein erloschener und ein aufgehender; daß ihr Erzeuger womöglich die Zeit ist; daß sie anstelle der Mutterschaften von Gaswolken ausgebrütet werden und die Zeit in ihnen Festkörper geworden und schließlich stillgestanden ist; daß die Dauer Körperformen angenommen hat; daß sie förmlich als direkte Abkömmlinge des Nichts und von diesem nur durch den freien Willen unterscheidbar Himmelskörper geworden sind und daß sie nicht aufgehört haben, geboren zu werden; daß sie nie aufhören, je geboren worden zu sein; daß ihre Eier ein Lichtjahr lang sind, das heißt 9600 Milliarden gregorianische Kalenderjahre lang, und ihr Ausschlüpfen zur Nacht der Milchstraßenstürme 7000 mal 9600 Milliarden Jahre lang erfolgt ist, die sie nun von unserem Planeten trennen; kurz, daß sie von der Ewigkeit befruchtet werden wie die Schauspieler in unserem Film – wie ich, wie du, der du am Kuß eines Riesen in deinem anderen Leben stirbst; wie das erstickte Sternchen, meine Schwester, im Ei des Wächters über den All-Schatten, der viel gerühmte, alte Lümmel Abashvili zur Zeit seines einzigen Lichtjahrs am Kinohimmel – lebendig verbrannte Doubles, in ihrer Asche schwelende Originale, gewaltige, der Leere hinterherfliegende Schweife aus Gas und Staub, verdampfende Weltkugeln, Blutkörperchen am Tage des Verdunstens, kosmische, dunkelbraun aus dem Einsturz in sich selbst entstandene, ultraviolett aus ihren Wolkensäulen durch Strahlen naher Sterne gelöste Tränen, zu klein, um Planeten zu werden. Oh welch seltsamer Beruf, Nichts zu sein und noch irgend etwas dazu! – oh welch seltsames irgend etwas, dem es gelingen sollte, von sich eingenommen sich seinem Nichtsein zu verweigern; welches Nichts, Double, das, wie der Taucher nach Atlantis, trunken prahlend aus Untiefen sich im rechten Augenblick wieder ans Tageslicht zu kommen sträubt, weil sich selbst erleuchtend, erlischt, aufgewühlt, Tote noch in sich stillend, auf Mord und Ewigkeit versessen, benommen seinem Abbild in den Abyssus folgend und, blutenden Herzens, in vollkommenem Einverständnis mit sich selbst unter den Drohungen von Beleuchtern seinen Platz wieder an die Sonne abtritt, um himmelwärts, fix, wenn die Zeit kommt, denn sie kommt nie, schreiend einmal noch zu glänzen, als wäre es sein eigener, sein erloschener Stern! Hier hört das Kino auf, und das Leben beginnt. Hier gehen wir mit ihm in die Irre. Schon Benjamin wußte das. In einer Annotation zum Vorwort der serbischen Erstausgabe von *Der Geist der Utopie* vermerkt er, daß es schier unmöglich ist, die Umwälzungen der Geschichte zu begreifen, »es sei denn, man befragte die Irren. Denn sie, die Irren – sie haben alles verstanden«. Benjamin setzt sie den Fahnenflüchtigen gleich; ihre Weigerung, sich an den Konflikten einer »unverständlichen« Geschichte zu beteiligen, verwandelt sie ipso facto in »Deserteure par excellence«, imstande, Ursache und Wirkung, eben weil auf der Flucht vor beiden, zu verstehen. »Ins Verderben sich, und nicht nur sich stürzend, elendlich verdorben, wahnsinnig, freiwillig Verlierer aller Schlachten«, haben sie es geschafft, sagt Benjamin, »die Brücken zwischen ihrem Verstand und dessen Verlust abzubrechen«; sie versuchen nicht einmal, ihn wiederzufinden, und denunzieren ihn als das »Ding da«, das ihnen schon nicht mehr gehört, das »Ding«, das sie wahnsinnig gemacht hat, der wunderbare Fremdkörper ihres

Bewußtseins, dem sie einen nicht weniger fremden Anti-Körper entgegengesetzt haben, um schließlich zu begreifen, daß jeder Körper ihnen fremd ist, allen voran der eigene. »Sich selbst schon beileibe entfremdet enden sie«, heißt es da, »im Dauerzustande ihrer Fahnenflucht, längst als Sache, Nicht-Person, als Tatwerkzeuge – corpore delicti – Dritter«. Wie also sich erklären, daß sie, nun halbtot schon, im *Geist der Utopie*, von den Ordnungskräften aufgegriffen und vor das Kriegsgericht des Verstandes gestellt zuerst, dann, gnadenlos, vor ein Exekutionskommando, plötzlich »Seher« geworden sein sollen? Daß sie, geschlossenen Auges, gegenstandslos, wunderbarer noch untätig als irgendwer und aus Berufung gleichgültig, sich dennoch gehen zu lassen entschlossen wären, wohl wissend, daß es in den Mülltonnen der Geschichte sein wird, wo sie, lebendiger Ausschuß, sich schließlich an ihrem Gebaren, ihrem Zipperlein, ihrem Zustand werden wiedererkennen lassen müssen, an ihren Müllgeschwistern, in deren Arme sie sich mit Haut und Haar geworfen haben, um zu nichts, wirklich zu nichts mehr nutze zu sein? Sie *sind* nicht mehr. Sind sie ›irre‹? Nun, auch wenn sie es in den Augen ihrer Ärzte sein sollten, in den Augen jener Handlanger der Wissenschaft, die sich von Amts wegen mit ihrem Ausschluß aus der Gesellschaft zu befassen haben, so doch nur deshalb, weil sie an der Grenze hausen; das Jenseits fürchtet sich vor ihnen: die Grenze hat sie irregemacht – gottesirre die einen, liebesirre die anderen, gräberirre, irre in den Höhen, schwindelig in den Tiefen, die Toleranzgrenzen großer Verbote überschreitend, die ihnen künftighin unerträglich erschienen waren: denn außer sich ist gewiß ein jeder auf seine Weise und noch immer und sich selbst übertreffend an einsamem Erfindungsreichtum von Gesetzesbrüchen und mit der Eröffnung neuer Fronten der Verweigerung genau dort, wo er, an den Nahtstellen, in den Abgründen zwischen Kopie und Original, wie Benjamin und sein Lichtdouble, aus nie geschriebenen Büchern zitiert. Mit ihnen setzt der Wahn endgültig ein. Die allen Fahnenflüchtigen gemeine Antwort auf die ›Realität‹ wird insofern immer dieselbe bleiben: als Gesprächspartnerin kommt sie nicht in Frage. Hier also fliegen sie folglich als lebendige Finsternisse, nun freigelegt wie Nerven, körperlose Flugkörper, aus dem Nichts in ihr Licht zurück, hier fliegt Y. K. M., hier, stellvertretend sozusagen, doppelt, dem Ermordeten nach, in den Tod, hier wandernd noch, ihm voraus, *Das ewige Leben des Y. K. M.* hinter sich lassend, aus der letzten christlichen Enklave zu allen Feinden schon wie übergelaufen und auf der Flucht, Iyob, sein Milchstraßenbruder, vor dem großen, allumfassenden Islam, wie, auch tot noch toll, der berühmte, aus der Oase Tschaatscha und Gregori Tschuchrais großem Film über den Todesstreifen himmelwärts das Licht ansteuernde Iwan der Blöde, den wir alle kennen, auch dort, so wissen wir ja nun, in seinen Wolken, ertrunken unter den Schäfchen, seinen Salzstürmen noch ausgesetzt – Überlebende allesamt wider Willen, auf Zeit, längst von ihren Originalen höchst hellsichtig zu Tode gesteinigte Zeitzeugen im Koran und in der Heiligen Schrift genommener Blutbäder. Der junge *Iwan* Tarkowskis hat sie längst alle, allen voran den Blöden, im Limbo eingeholt. Nur Gott weiß, wie dumm, »dumm wie ein Fuß«, der Blödeste gewesen sein mag, den die Kindsoldaten der Oase für die Einfalt selbst, für ihren irregewordenen Pinsel hielten, der, vom Blitz ungeahnter Gefühle erschlagen, den Rest des Verstandes, der ihm geblieben war, unbescholten an eine Jungfrau verlor, und den sie am Ende wie Iyob mit Verwünschungen eindecken ließen, weil er sie am Abschlachten von Fahnenflüchtigen gehindert hatte. »Augenblick des Idioten – radikale Nacht des Liebestollen«: Also sprengt, guten Gemüts, der Wächter seinen Tempel, und so der Grenzsoldat seinen Zaun: Beide wachsen hinaus. Nicht über sich, nein – wie Orient, Osten und Wahn, Liebe und Gott, Goldenes und Kalb nach Art der biblischen Lästerer, so sind auch Iwan und Iyob, heilige Verlierer hierin, Grenzfallbrüder. Während inmitten Tausender in die Wüste verbannter Kinderrekruten Iwan noch in seinem Wahn versinkt, ist der Gottesirre schon in ihm und dann doch der eine gleich wieder im anderen »ersoffen« – »uralte Meere«, sagt Benjamin. Und weil er mit dem Verlust seiner sieben Orientierungssinne längst aufgehört hat, noch Himmelsrichtung zu sein, wird, muß, denn was sollte er sonst tun, der Orient sie nun auch noch in seine Flutwelle mitnehmen und, ach, unter ihr begraben; wie seine Welle hat er auch sie unsichtbar gemacht und, bald auch, die Unsichtbaren sehend. Benjamin nennt sie »die einzigen Zeugen des Orients«, perfekte, vom Wege nur allzu natürlich abgekommene, gebrochen sich selbst erlebende Vorspiegelungen, Romanfiguren – Fälle sich selbst überschreitender Grenzen, »Lebenszeichen«, nach Iyob, »aus der Nacht der Zeiten«. Er hört sie noch »brummen«. Kaum flügge ihr Elend in Wesen verwandelnd fahren sie, der Luft nach, in die Stadt Ys.

nach Arkadi Waksberg, *Vorworte zu Walter Benjamin –*
Von den Ursprüngen des Wahnsinns in *Krassnaïa Swesda*, Wladiwostok,
anläßlich der Allunions-Erstaufführung von
Das ewige Leben des Y. K. M. im Moskauer ›Sputnik‹

Wann die Stadt Ys Ker versank, weiß Gott. Sie brach, unter dem Geheul der Sirene Maria Morgan, der unmöglichen Liebe König Gradlons, von der Landmasse der Britannia-in-paludis ab, und versank. Seitdem wandert sie. Sie wandert noch heute. Sie verließ, Schwärmen toter Seelen folgend, auf der Flutwelle von Saint Génolé die Bucht von Douarnenez, und wanderte, erst nordnordost-, dann ostwärts. 1944 erreichte sie mit den Novemberstürmen in 55 Grad 13 Sekunden nördlicher Breite 20 Grad 55 Sekunden östlicher Länge die Küste bei Neustadt-Kunzen, der schmalsten Stelle einer sich hier aus dem Samland lösenden Landzunge, der Kurischen Nehrung. Dort, zwischen Haff und Meer, grub sie sich ein.

Ihr erstes Opfer, Neustadt-Kunzen, zog die Stadt Ys an sich, als die Deutschen noch da waren; sie zog es mit den Deutschen an, auf halbem Wege zwischen Nidden, Nida, und Pillkoppen, Morskoïe, dort, wo Wanderdünen sie später begruben. Seitdem decken Neustadt-Kunzen Dünen zu, die jeweils im Monat November weiterwandern, so, als wäre es den Versunkenen nach, obschon sich doch Ys längst in den Festlandsockel gefressen hatte. Dort, unter Rußlands Grundwasserspiegeln, folgt Ys-die-Versunkene nun unterirdischen, auch von Wünschelrutengängern nie entdeckten, wohl magnetischen Flußläufen, Adern, der Laukne vielleicht, der Memel nach, und bleibt, im Frühjahr jeweils, oder des Sommers, stehen, still, doch für einen Augenblick nur: dann reißt sie, zieht sie die Dörfer an, und zu sich herab, die Städte, die Häusermeere, die Geschichten in den Häusermeeren, die erzählten und die nie erzählten, die sacht, freiwillig schon früh zu ihr hin sich absenkenden Ländereien, auf denen Geschichten wachsen und Tag für Tag einem anderen Wasserspiegel wenn nicht gar dem Toten näherrücken und, in den Gesichtern schon eingeschüchteter Anrainer, Kolonisten, Matrosen ihrer aller zukünftigen Untergang widerspiegelnd, abwärts in die Tiefe des Erdinneren drängen und von weitem das Meer schon sehen können, in dem sie bald ertrinken werden. Alljährlich erscheint dann, wie an Gedenktagen, über der Wanderdüne, die Neustadt-Kunzen bedeckt, die Turmspitze, ein Hahn, der Wetterhahn, und dreht sich, wirbelt, und die Glocke läutet Sturm; sie läutet, obwohl Neustadt-Kunzen nie irgendwohin mehr zurückkehren wird, die Rückkehr von Neustadt-Kunzen an die Oberfläche ein, und tönt, wenn die Zeit gekommen ist, aus der Erde, und kehrt in die Unterwelt zurück. Kein Hahn kräht dann mehr nach Neustadt-Kunzen, hier kräht jetzt die Krähe, hier klingt, im Sand, wo die Düne es, zwischen Kogge und Flut, bestattet hat, noch seine Glocke, fahrende Leuchttürme anrufend, Memel, in Seenot, im Rücken, und Sturm, und versinkt, alljährlich, noch einmal: Wo die Düne wandert, schlägt die Glocke zu. Wo das Weiße, der weiße, vor dem Schaum fliehende Sand seine Bänke sich noch, dich, in ihren Kristallen brechen sieht, spiegeln, dort, wo sie, spiegelverkehrt, sie alle, Mitversunkene, im vierblättrigen, warmen Blutklee, grün, überglücklich, sich zurück, laut, glänzend in die Erinnerung der Berberitzenstauden rufen, liegt, wandernd, für immer, unterm Haff kopfüber, strebend, hinter, über sich Hahn und Türme, Hahn und Türme sein lassend, und Neustädte und so Kunzen bis in alle Ewigkeit, abwärtsweisend, die Statt Ys. Seitdem treffen sich in ihr die Geschichten, die nie erzählt worden waren, alljährlich mit den Geschichten, die erzählt worden waren, und werden erzählt, oder, weil es sie nicht mehr gibt, erfunden.

Wer Ys anlaufen will, fährt besser zu Fuß. Wer die Wüste liebt, liebt das Unterirdische, das sich zu den schlafwandlerischen Erden rechnet, den sieben, den unabirrlichen, zu ihren Weltwundern, und geht es bestaunen. Dann bricht es mit sechs Strahlen ein, kehrt in seine Kristalle zurück, und du, du weißt: Das ist Ys. Was Ys ist, weiß, weißgott, der Allmächtige, ein Russe. Alljährlich treffen sich derweil, unter fliegenden Pferden, fliegenden Grafen, in der Heide, zwischen Haff und Rominten, dort, wo Ys dann ist, Aussiedler und Siedler, unterirdische Aussiedler und irdische, und Siedler – Russen, Straffällige, Italiener, Juden, Sachsen, unterwegs, Kirgisen, Verschickte, Litauer, Mörder, Familienangehörige der Sowjetflotte, und viele Niddener, Niddener aus überall, aus der alten Umgebung, viele, dort, wo die Ohrmuscheln vom Hörensagen die Sagen wahnsinnig machen und die Wildhüter ohne Wild nur noch sich selbst hüten – viele wissen noch vieles, sagen es aber nicht, doch keiner weiß, aber sagt, daß er weiß, daß jeder weiß, und fragt sich, jeder fragt, wohin denn der Mann aus Wien, wo Jeder-Stoß-ein-Franzos-Jeder-Schuß-ein-Ruß hin, wo Die letzten Tage der Menschheit, wohin, aus München, wohin der zweite, Mann aus Nida, Nidden, vom schönen Dom Tomassa Manna, so buntscheckig vom schönen Falbenhaus in Nida, gegangen ist, Nidden, kurz über lang, wohin, wohin der Mann, wohin bloß, ja, wohin er in so jungen Jahren nicht wahr von Unordnung und frühem Leid, wohin, als er das Ableben des, unpolitisch betrachtet, Karl Liebknecht beklatschte, wohin er, wohin wanderte, er, das Blut, das war für Bürger, Welsunger, heilig – man vergoß nicht gern. Karls schon lieber. Etwas, das alles in seinen Sog zog und zieht und, verdammt, in Santa Monica, noch Deutschland ist, Deutschland. Gerinn! Vergißmein! rufen sie dann. Dazu hängen sie an der großen Glocke. Der Klöppel hörte Händels Watermusic noch, blubberte, dann Stille. Das war Freitag.

Da kamen die Russen. Die kamen von Kirgisien her, Asiaten –
überall her. Das dauerte, das dauerte ziemlich lang, bis ich
das erzählt hatte, sagte der Mann, der das erzählt hatte, ein
Wünschelrutengänger und Imker; das sagte er anderen, die
das auch hören wollten, Schlesiern, die an Schlesien dachten,
die aber zu spät gekommen waren; dabei winkte er einen
Zwickauer aus der Reihe, einen Störenfried, der nichts an der
Kurischen Nehrung zu suchen hatte und auch nicht hier in
Jasnaïa Polana, Trakehnen, und nur nach Zwickau wollte. Erzählt hatte er noch nichts, und tat es auch jetzt nicht. Er war
müde. Erzählen macht frisch, sagte er, man frischt das Gedächtnis auf, plötzlich ist alles wieder weg. Dann schlief er
ein. Aus seinem Gedächtnis erzählten Leibwächter, wache
Burschen. Das war Freitag, endgültig der 12.

Ys ist Ostern Wallfahrtsort. Bei Vollmond erreicht es, es oder
sie, Trakehnen, und, bei halbem, die Heide, die Romintener,
und setzt sich unter Wilhelmssorge in die Buchenwurzeln
und Grenzzäune des eisernen Endes der Welt, und kocht.
Wenn die Glocke im Siedewasser schlägt, ist, sagt man, aller
Tage Abend; dann wird, spiegelverkehrt, gelacht, gefrüh-
stückt, erinnert, und nach Trakehnen gekommen als Pferde-
liebhaber, wenn Ys gerade dort ist, oder unter die Bäume von
Nordenburg-Nord und Wilhelmssorge, wenn Ys gerade dort
ist und, manchmal auch, wenn gerade nicht – Reiter, Herren-
reiter und gewöhnliche, oft Damen; sie wollen Mütchen
kühlen, das Gestüt verrotten und ihre Pferde fliegen sehen
über das alte, deutsche Ausgestorbene, ab aus dem Ausgestorbenen abfliegen und weit fliegen wie a tempo getragen sehen
in das Nichtsterbliche auf ihren berühmten Hinterhänden &
erhaben weltberühmt Wahrzeichen an den Backen plusternd
das noch glühende Geweih des Elchs, die Schaufeln olympi-
scher Sieger und nun, wie Schauspielerinnen, nun, ihr, vorwärts!, sagenumwobene Halbbraune!, siegreiche Häupter!,

Hengste über Hengste beflügelt im Stand lorbeern gelassen in fliegendem Wechsel stehend im Trab, abfedernd, im Luftrausch, stürmend Atem, in Piaffen, schon nicht mehr ihn holend im Schlaf loser Galoppirouetten bei Traversalen zu Udo Jürgens dem seine Gitarre eigens aus Prag herbeigezaubert mit den Zillertaler Schießbudenfiguren.

Ys ist Ostern Wallfahrtsort.

Bisweilen erinnert es unter dem Namen Jasnaïa Polana an Tolstoï und an das berühmte Gestüt im äußersten Osten, und manchmal auch an die versunkene Stadt, die nur dann Ys heißt, wenn alles still und das Dorf nur Jasnaïa Polana ist und niemand von seinen Geheimnissen ein Sterbenswörtchen, nicht nur nicht sagt, nicht flüstert, auch nicht denkt, dann, dann kehren die Liebhaber hier ein, Rennstallbesitzer aus dem Ausland, oder auch, ganz einfach nur, Ritter, heim, und zeichnen Geweihe, Geweihe des Ordens in den Sand, auf Frauen Geweihe, Brüste, Schultern, zuckend Geweihe, Backen, Hinterbacken wie auf die Hinterbacken der Trakehner, einst, eingebrannt in die Seide der zitternden Gesäße, den Schaft der schnellsten Pfeile der Welt. Dann suchen die Wallfahrer Felder nach Seelen ab von berühmten Pferden und sehen, zu Allerseelen, einmal im Jahr, schwarz. Einmal im Jahr treffen sie sich dort, im See, sagen die einen, wo die Glocke nach ihnen ruft und eine Stadt ist, oder in einem nahegelegenen Feld – Vertreter unerzwingbarer, nord- und südamerikanischer Arbeitnehmerseelenverbände, die nie in den Geschichten vorgekommen waren, mit all jenen, die in den zuletzt erzählten Geschichten vorgekommen waren, der tote Morgenštern und der tote Abashvili, sein seltsamer Nachfahr, Iwan, das Käserkind, der ertrunkene Fluß, seine namenlose Liebe, Oberst Iyob Kuntse vom Arax, John T. Tchaikovsky, Deserteure, Verlorene, Frauen, die im Zirkus auftretende Opfergruppe ›Die siebzehn Opfer vom Pamir-massiv‹ und, vorausschauend, ein letztes Opfer, Brandopfer, Frau, auch sie, Admiralsgattin, Katarina XXIII., die erst im nächsten Jahrhundert eine Rolle spielen wird, wenn auch nur eine stumme, sowie ihr liebster, verstorbener Gemahl – Klaus.

Das naheliegende Feld wie auch der näher, tiefer nahe-liegende See liegen im Russisch-Litauischen, das Feld liegt unmittelbar vor den Grenzbefestigungen, und der See, Wischtitz, Vystautas, genannt, und selbst, heimlich, wie unter Schwänen, auf-, zweigeteilt doppelt, diese Grenze einerseits bildend, gleichzeitig aber auch, in einigen hundert Meter Entfernung, die Grenze zu einem in Armut versinkenden, dahindämmernden, dritten Land, das, in den Tagen der Gebietsaufteilungen, in schlampige Raserei verfallen, einmal der Wahnsinn gepackt hatte und hier, nicht unweit von Goldap nun, an einem zweiten, zweigeteilten See gleichen Namens, ach Goldap, auch du, damals schon, Polen war.

Hier, zwischen Zäunen, wo das Land, Niemandsland, genau-genommen weder Polen noch Rußland, wo es, niemand, wo es liegt, ist, steht, steht, bisweilen, eigens für Stern-, für Wallfahrer eingerichtet, eigens für sie, ein Museum, Wander-museum: Bisweilen öffnet das Museum seine Tore in der alten Volksschule von Jasnaïa Polana, in der mit Kopfsteinen gepflasterten, Heldenplatz genannten Dorfmitte, bisweilen wandert es, es wandert ab, und niemand weiß dann mit Si-cherheit zu sagen, wo das Museum gerade ist, wohin es wan-dert. Es ist mal da und mal dort. Der Wallfahrer nach Jasnaïa Polana, nach Ys, erfährt seinen Standort erst in den Sekunden seiner verzweifelten Einweisung in die Verzweiflung der Gründe. Grund für die Wallfahrt, der eigentliche, er weiß es, ist nicht das Museum; Grund ist Weisung Nr. 2 für das zweite Leben. Die erwiesene Verweisung ehemals zweier Millionen

Seelen sei, heißt es, der Grund, wie die Einweisung, ehemals, in das von der Sowjetflotte aus dem Kriegshafen Baltiijsk heraus regierte Gebiet, den Kaliningrader Seelenoblast jener berüchtigten Million Obdachloser, Kasachen, Usbeken, Vorbestrafter, wolgadeutscher Schwarzhändler, Litauer, Zigeuner, Türken, Gebietseingewiesener, die allesamt keine rechte Herkunft mehr hatten, Wurzeln, Ureltern, Gräber, keine Steine, manchmal Inschriften ohne Stein, nicht einmal Worte, es fehlen ihnen die Worte, allen, allen der Grund, ein Anblick, nein, der einzige, die Sichtbarmachung, Ahnen, zum Beispiel, Beispiele; was Hauptlehrer Wassili Demianuk, ein gutmütiger Kriegsverbrecher mit Händen wie ein Gabelstapler und einem Kopf so groß wie ein Kürbis, groß und weiß, ein Wasserkopf, schon frühzeitig veranlaßt haben mußte, für Neuankömmlinge seines oder nicht seines gleichen ein Heimatmuseum einzurichten, auch die preußische Schloßruine neu als solche zu verputzen und, Gloria!, Gegenstände, Totems, endlich, der Erinnerung, zu ermitteln und, unter Glas, der Öffentlichkeit zugänglich zu machen: Knöpfe ehemaliger Uniformen, die sich in den Waldungen und Feldern gefunden hatten, Steißbeine, Fotos, Großmütter, ovale, in Sepia abgezogene Erinnerungsbilder vergangener Tanten, Schullehrer, Söhne, Gefallener, Feldflaschen, Säbel, Liebesbriefe, Rechnungen, Mittelzehen, Zähne, Hufe, Verdienstkreuze, auch, mit Familienwappen, Tafelsilber.

Manchmal aber auch war das Wandermuseum nach Süden abgewandert, in die äußersten, westöstlichsten Ausläufer des Drittseelengebiets der Romintener Heide, eben ins Innere des hier als Golfwiese schlummernden Todesstreifens zwischen Zaun 1 und Zaun 2 mit Blick in polnisches Gebüsch. Hier, unweit von Nordenburg-Nord-Krylowo, in Wilhelmssorge, waren, im Gegensatz zu Jasanïa Polana, das Museum ein lebendes Museum und die Ausstellungsstücke quicklebendig:

Vor Jahren hatte der Regionalsowjet der Seelendeponie beschlossen, an diesen, sicheren, Ort zwischen Kontaktzaun 1,
Kfz-Graben, Kolonnenweg, Laufanlagen ohne Hund mit
Hundeattrappen zu bestücken und Zaun 2 in ein ehemaliges
Jagdhaus des Reichsmarschalls und, nun, Allunionsaltersheim
der 366 Helden der Sowjetunion zu verlegen, von denen
jetzt drei Dutzend noch, bemuttert von Stäben fliegender
Schwuchteln, Mamsellen des Kommissariats für Staatssicherheit, Golf, Schach, spielend oder alte Kriegsspiele, am Brett,
matt dahindämmerten und das Areal mit einem Lager für
geistesgestörte Vollwaisen aus dreiundachtzig Republiken
teilten, dessen südlicher, an Polen gelehnter Zaunzipfel hier
mit der Staatsgrenze zusammenfällt.

Nürnberger Rotjacken strömten seelengewandert zum ersten
Mal im Juni 1991 als erste dort ein; dann kamen zweitens in
Zweiergruppen die aus W 1, Wotkinsk-die-Alte, in Scharen,
Unterirdische, allesamt, unterirdische Arbeiter der Rakete,
Arbeiter der Baumwolle, der Heroischen Spaltung, berichtete
ein Fachmann für Köpfe, gebürtiger Jude. Oberst, Käserkind & Morgenštern folgten, dann erlesene andere, zuletzt
die gesamte Autonome Zwergrepublik der Udmurten, so
schien es. Alle zu Fuß. M. lebte! Y. fast! Man feierte das. Am
Grunde des Sees läutete zur Feier der Schlamm Sturm. Schal-
lender Applaus. Sah ein Knab ein Röslein. Eugen Onegin
sang. Das war Mitternacht, Gründonnerstag. Jeder hörte,
auch Katarina XXIII. hörte, auch Göring, hörte, hörte und
schluckte, angesichts hörbarer Gewaltlosigkeit, ein zweites
Zyankali. Iyobs Kinder schrien aus dem Brunnenwasser. John
T. Tchaikovsky starb daran, urplötzlich vergiftet. Daran hatte
niemand gedacht. Die Zwangsarbeitervertreter spielten ver-
tretungsweise Golf, dann Bridge, übten sich in Mißverständ-
nissen, dann in unbeschreiblichen Siegen. Jeder siegte über
jeden und war froh drum.

Am Ende des Spiels – als der Schauspieler Naktschinskyi erschien, ›Klaus‹ auch für die Geringsten, ›Kläuschen‹, und, die Rolle der Katarina neu einstudierend, am Horizont von Gottes Gnaden innehielt, die Menge kunstbeflissen bedrohend, zu bedrohen schien, dann bedrohte, zu Unrecht dann, dann, zu recht, beleidigte, umarmte – stand die Frage, ob das Spiel abgebrochen werden sollte, es sollte nicht. Katarina XXIII., ehebrecherische Kaiserin aller Rußländer, beantwortete sie namens eben dieser Menge und des Oberkommandos der Flotte mit Nein. Das Nein war schrecklich. Die Menge wollte noch leiden. Jeder legte jetzt Feuer. Das Nein! Sonnenwende!, ruft einer aus Österreich. Zum Kotzen!! Die Geschichten überstürzen sich! Jeder erzählt jedem alles! Das war auf der Spielwiese.

Mittags Ball, Gruppe Exil, Schuhplattler aus Nestorow-Gumbinnen.

Major Sturua dozierte über Gedächtnis.

Spielverderber war der Genosse aus Zwickau: Ist das denn schön, was wir da machen?, hörtest du. – Antwort: Nein. Schön nicht, aber richtig! – Mußte man aushalten. Köpfe schütteln nur Mittelmeervölker. Der Genosse von Richtig soff. Das war Donnerstag.

Wie bewegend, zu beobachten, wie die, von denen nie die Rede war, sich mit jenen vertrugen, die sie sprachlos gemacht hatten – kein Mucks, und schon: Danke. Rührend nicht wahr, wie es gar nicht drauf ankam. Das spricht für die menschliche Seele. Das sagt alles. Helden erschienen wie zufällig, unauffällig gekleidet, bescheiden sich aus ihren Geschichten schummelnd, und waren, anscheinend, sich ihrer Wichtigkeit nicht bewußt. Zu recht! Es war kein Verdienst, erwähnt worden zu sein, und um wieviel weniger noch, ein Schicksal getragen zu haben, oft nicht mal das seine, sagte der Sachse, aber immer mit Würde, bitte. Für sein Leben gern war I. [Iwan] dankbar. Er spürte, wie schon im Wasser, deutlich, die Abnahme vom Kreuz seiner Erweckung. Christ war niemand, bestenfalls noch der aus Zwickau.

Abashvili kam in Lumpen. Frost hatte ihn wie die sibirische Zimtrose wachgehalten, knallrot, im Grünspan der kupfernen Knospe, die, aus der Schußwunde ans Licht wie, tretend, Rilkes Blatt, niemandes Schlaf verblüht nachdunkelnd, über sich wachte und nie schloß – im Eis der Bodentiefe auf immer gut verwaltetes Gefühl für Luftraum. Abashvili taute nicht; der Atem umgab ihn wie eine Schicht, Film, die Emulsion Ewigen Lebens. Ewig fanden es – und ihn – nur Dritte. Es war nicht. Der Block, fast rechteckig, sein Körper, ein Gefrierpunkte abdampfender Kubus, schüchterte die Erinnerung der Schlesier ein. Die Scholle, auf der sich, der eine bei Ratibor, der andere im Stettiner Bodden, in die rettenden Oderarme geworfen hatte, schien nur noch in den Sinn abzutreiben, den kein Schicksal so eindeutig, so verständlich wunderbar wiedergefunden hatte wie das deutsche jetzt ohne Schrecken. Schlesier waren leichter in Ostpreußen jetzt hier daheim als daheim. Hier Abschied, dort starb man noch. Es war der Stoff der Abschiede, der helle, von Textil entsetzlich ausgestoßene Laut, ein Tierlaut des Nylons, mehr noch als unzertrennliches Material, die Käser und Gott, den turkmenischen Aal und den deutschen Hecht, Schlesier und die Mütter vom Plaza del 3° Mayo zusammenrücken und ihre Verluste wie Silber putzen ließen, der Segen eingefleischten Unglücks, das Mensch und Kitsch, Mensch und Mensch sich, sich, ja, Mensch und Unmensch näher brachte. Unterschiede erschienen im Lichte von Ys, von Neustadt, von Kunzen, Nordenburg, Nord-Wilhelmssorge im Lichte der Finsternisse lächerlich, gegenstandslos, oh Mazzal!, sich einander erhellend wie Reste längst von Flintenweibern und Wöchnerinnen vermasselter jüngster Tage.

In Ys gab es Heckenschützen, weiblich, und, haufenweis, letzte Willen. Jeder wollte etwas Vorletztes. Nur die Lebenden wollten nicht. Zu denen zählte schon wieder Zwickau.

Der Kuntse kam leise, Schnee im Haar, Gipfel wie, im Auge, Querbalken, und das Auge, ewiglich, Glas, mit Zierfischen darin und, leuchtend, stumpf, Kiesel, bernsteingehärtet Föhren entflossenen Harzes, durchsichtig, vorsichtig weinrot aus der Vorzeit, galaktische Reste, Mütter verbluteter Milchstraßen, Sehnsuchtspartikel, die in die Ostsee abgestürzt waren. Ein Grammophon spielte von allen Glocken die vier einzigen Heiligen aus Rostow, donnernd Liëbjed, Polienyi, Golodaï, Sissoyï, in h-moll, Cis-, Fis- und D-dur und, Mundharmonika, ein Deutscher dazu – Seemann der ›Wilhelm Gustloff‹, ertrunken, Öl, 175 × 80 cm.

Um sechs antwortete Ys – unterirdisch die sehnsüchtige Faust. Alles starb ab. Nicht genug. Endlich! Gülle! Die Regel! Nordenburg-Nord roch, wieherte, Stäbchen schossen durch die Luft. Hexenkessel, du willst dich retten! Toll! Alle Pferdeseelen waren deutsch. Russen hatten keine. Im Kampf gegen das Untermenschentum waren sie überlegen. Rußland, du Deutsches! Die SU hat dich aufgelöst. O. hörte Kofferradio. Weiße Flotte übernahm null Uhr fünfzehn Urwald. Klar. Du wolltest sie alle abhacken, einen Verräter vom andern. Das war Ostern.

Mittags verloren die 528.960 Minuten des gregorianischen Kalenderjahrs im julianischen Kalenderjahr 8 Minuten und 32 Sekunden, aber in 2 Jahrhunderten und 25 Jahren 7 Monate und 1 Stunde. Stunde der Wahrheit! Kinder, alles ist möglich! Zeit dauerte vergeblich!

Brotzeit. Filmbeauftragte der baltisch-armenischen Industriezweige Hochseefischerei, Metall, Aufklärung, Binnenschifffahrt, Cardiganspinnereien, Kraftwerke, Aeronautik, Steine (VEB Edelsteine), Kohle, Papier entbieten fliegenden Pferden Gruß. Stand auf einem Flugblatt. Das war beim Abzählen der erzählten Geschichten, mittags.

Die nächste Geschichte nannte jeder Geschichtsbeauftragte nach Einäscherung alter Erotikknüller aus der Pferdewelt X kurzerhand die sechste. Die sechste war kürzer als alle anderen. Sie bestand aus nur einem Satz. Sie war eine, die nie wer erzählt hatte. Der Satz gab nur an, wo sie spielte. Der Satz war Es-war-einmal-im-julianischen-Jahr. Sobald er begann, brach er ab. Er ging nicht etwa im Lärm unter. Diejenigen, die ihn gehört hatten, meinten, er käme vom See. See erinnerte an Schwan, an unterirdisch, unter ihm, so ungezwungen, so ruhende, so schwänelose Seenplatten. Kaliningradskaya Oblast war irdisch, ein von seinem Gesang angetriebenes, doch getrenntes Etwas, das, in einigen hundert Kilometer Entfernung von seiner Stimme, obschon noch singend, ein Eigenleben am Band führte, bebend, wie an der Leine – die Kaiserin aller Rußländer sagte: ein russischer Schwan, er trauert um sein Land, wie denn, Bänder spannend, Stimmsehnen, Schreiläppchen, nur Kehlläuten, Beten, hörend, im Hals Sturm, Glocken, Reißwölfe, im Wasser, kurz, auch dort:

IwanderBlöde ertrank weder noch verdurstete, er kam durch, erfuhr man von Katarina XXIII. – schwamm, liebestrunken, nordnordost, ganz Fisch, als Fisch, dann Wasser, verdunstete, seinem Tebjenne um Lichtjahre voraus, regnete, herab, goß, bei Nikel, kurz vor Norwegen, tropfte, ab, benetzte, Sommer-

tulpen, haßte Tulpen, tropfte trotzdem, überlebte, die Sowjetunion als Chefmelker, dann Käsefabrikant, brachte nach Jasnaïa Polana Schmelzkäse mit, verschenkte Schmelzkäse &
Schuhwerk, Hosen, Gürtel, Ohrringe, alles, sich, liebte, liebte
seine Kaiserin, liebte die aller Rußländer, liebte, im Heu,
Bienchen, Kathrinchen, brummte: »Glück«, als sie ihm einen
Sohn gebar, zuliebe ihm Schönberg, Arnold, sich entriß,
gleich, ja gleich, Moses, gleich fütterte er Helden, fütterte mit
Hermanns Zahnfleisch, die sterbende Sowjetunion mit, mit-
umkoste sie, umkoste die Blöden, die Mitwaisen von Einst-
malsnordenburg, ja, Krylowo heute, die Waisen, die Kinder,
hatte sie, hatte sieben, sieben Vierfingerfurchen, hatte dreimal, dreimal hatte er, dreimal Elephantiasis, drei Dickhäuter-
kinder, zwölfmal die Öde des Blicks, siebenundsiebzigmal
Seitenblicke aus Gewässern, Wasser, -köpfen, -köpfchen,
600×, netto, 600, 600 Kindsverdrängungen, Bruttospatzen,
gewichtslose Würmchen, Härchenbreiten, flugbereite All-
unionsleuchtkäferchen, abgedankte schon, abgedankte Neu-
geborne, Gebärerinnenfotos, Vaterschaftsschnappschüsse am
Brett, Heim Rote Sonne, Vaterländischer Orden der Hingabe – ein Mensch, wirklich. Oh du Iwan!

Da ist der X. – kam nie in einer Geschichte vor, und da ist er,
sich ihr ebenbürtig erbarmungslos groß wähnend, mit breiten
Schultern – ein Grieche. Als er beschloß, nach Ys zu kommen,
beschloß er, mit siebzehn Frauen zu kommen, die ihm zuliebe
gestorben waren, siebzehn mittelsibirische Koryphäen des Be-
steigens, oh, da waren sie schon, die hartgesottenen Frauen-
zimmer vom Siegesgipfel Sieg, Spitze!, von Frauenlieben
angekränkelte Frauen oder von diesen gesundete, ehemalige
Ehebrecherinnen, Zerbrecherinnen ehelichen Glücks aus
gutem und besser noch mit dem besten Frauengrund der
Welt Medizinerinnen der inneren, der allgemeinen Medizin,
der Sport-, der Nuklearkrankenschwestern, Kranke, Schwer,

Leicht, Mütige, Federleichte, Lesben, Unsinnige, Erzköniginnen der Nacht, Zukurze, Abgeschnittene, Gekommene, von Eifer durchnäßte, triefende noch, Männeropfer, ob -opferstock, ob -stock, ob sauer, Schwein, aufgespart, ob geschlitzte, geschädigte ob oder nicht, ob Herz, oh ihr Nieren!, ob Liebste, ob Aller, Liebling der Frau, ja die Bildschöne, himmelhoch, die Bilder, mannsbilderhohe, jene der Abscheulichkeit, an die Gipfel, jauchzend, sich reckend, dem Geschlecht der Wurfgeschosse, kurz die noch mal Entkommenen, -flohenen, die waren, und, alles leid, gut. Das war in Wilhelmssorge, Garschino, in den Bäumen, im Feld von Nordenburg-Nord. Mittwoch. An Iwans Grenze. Weine!

Überflüssig, Gerettete, zu sagen, warum!, überflüssig, ihr Schändlichen, euch zu fragen. Schweigt endlich! Auch ihr! Schweigt doch!

Die Glocke schlug zu wie der Deutsche Nr. 1, still dreimal zu. Er hörte Murmeln.

Kuntse stand im Mohn, drogenabhängig. Er stand da plötzlich: Mitten im Raps, ein rotpunktdurchwirktes High – Dotter! Iwan sah das noch, vom Wald aus, dann nicht mehr, hörte nurmehr. Dotter!: Im Gelb: Glockenschläge, Sturm – Blinzeln, schrecklich, ganz metallisch, als würden sich Speere recken. Es stach laut zu. Stachel löckten wider sich. Wimpern trotzten, stemmten, enorm – Gerüste? – durch Tuch, mannshoch, in die Kuppel, ein Zelt, exorbitant, Auge um Auge, eisblau – die Flugbahn, bahnbrechend Luft – du – ewig. Ewiger Kuntse. Der lag da. Eisern tot, kalt, wie gestellt. Faßte es nicht. Stellte sich nochmal. Vom Mets-Kirss der Kuntse war. Zwinkerte jetzt Frauen tot zu. Man sah es geradezu: Tusch! Das Schweißtuch blähte sich, die Fock. Auferstehung! – unter den Pfeilern abtreibend der leere Blick der Scholle. Elche schaufelten die Gedenkstätte. Eine Combo amerikanischer Ozeanographen beerdigte ihn – einmal, und einmal nicht – ließ ihn fliegen, Ewigkeit & Einmaligkeit, beides. Auf dem Nachthemd lasest du: Ge-Pe-U – Baku – Abt. Inneres – gedruckt, schwarz, ins Linnen wie in Wolken ausgelaufene Druckerschwärze. Meer dahinter war nicht kaspisch, nur Enge mit, am Ende, Korinth, vielleicht auch nicht Korinth, nur Flammen. Iwan dachte: Raps. Das Feld wimmelte von Chinesen. Iwan liebte leberfarbene Rassen. Er selbst färbte sich durch bloßes Umdenken. Wie in Tiefkühltruhen, schwarz teuflisch unsterblich, hin in seine Geweide gelümmelt, lag er, abgetrennt, ganz Organ. Neger hatten ihn sich aus der Welt geschnitten. Jetzt keulten die Germanen Angola für Nachdenken! Reiner Wahnsinn! Orte der Erinnerung: Im Fell von Affen, im Darm der Vögel!, schrie er. Stille. Wo sonst?

Oh Menge! In die mengten sich alle. Alle. Alle schrien, alle Stars von irgendwas – Leiden, ja? Überall: Löcher. Die verstanden sich. Traumpaare! Aus der Tiefe traten denen die Mitgefühle. Flächendeckend Tränen!, schluchzten die – Kammer-Neutöner. Auch die Harrys – tot, der eine Sturm wie der andere, erschossene Dr. Der änderte seinen Namen, als er. Stimmgabelharry fand das sofort gut, auch der ter-Megreditschian-Bruder Aram fand. Bruder! Sitzt da nicht unser Majörchen? Sturua? Ahoï! Beide ohne Hosen wie mit nur Jacke WieEinMann mit den grünen Spiegeln der sowjetischen Innereien und nix sonst drunter & drüber, nur die Sau raus, Dreckshaufen! Ihr seht ja aus, als wärt ihr Nur-Einer, rief Harry – Ihr seid ja Eineiige! Eineiige! – Totenstille plötzlich.

Vor dem Café *Deutsches Königsberg* stand ein Mann. Niemand kannte ihn. Er kam in keiner Geschichte vor. Auch er hatte keine Hosen. Er sagte: Der Mann, dessen Leiche zweigeteilt auf den Schienen der Brücke der Freundschaft gefunden wurde, bin ich. Bin ich ist zutreffend. Ich bin. Andererseits war ich. Einerseits bleibe ich dabei. Den Ort, an dem ich bin, gibt es nur einmal. Obwohl er dort nie war, sagte der Mann den Satz gleich zweimal. Er spielte verrückt. Er sagte: Hier teilen sich zwei Republiken einen Fluß. Obwohl hier kein Fluß war, sagte er das. Den Ort gibt es vielleicht zweimal. Ich bin für ihn symbolisch. Wer dort steht, wo ich liege, denkt sofort: Ah!, hier liegt ein anderes Land, hier beginnt es. Nein! Zwischen die Länder zwingt sich ein drittes und hält sie voneinander ab. Das Land, das hier – hier zeigte er es, indem er mit dem Fuß das Land in den Sand zeichnete – seine Zunge unverbrüchlich der Freundschaft bis ins Innere der Brücke rausstreckt, besteht aus Drahtrollen. Es ist eigentlich kein Land, nur Draht, China, und ist nur elf Meter breit, und klemmt die Freunde voneinander ab. China sticht zu, dünn wie ein Stilett. Das hält kein Land aus. Die nach Norden ausgerollte, waagrecht zum Himmel schreiende Drahtrolle schreit senkrecht in gar keine Himmelsrichtung; sie schützt die nach Süden dahinrollende Rolle vor sich selbst, Süd- und Norddrähte berühren sich, Funken sprühen. China ist wahnsinnig! Man stelle sich voreinander Schutz suchende Engel vor! Das klingt überstürzt. Aber so war es. Kompliziert! Hier flog jetzt ein Teil von mir nach Korea. Fliegt. Meine Dreiteilung wird durch den Fund eines letzten Drittels im Schlick zwischen Blauwürmern am Ufer des Tiumen besiegelt. Ich weiß, Dreiteilung widerspricht allen bisher gemachten Angaben. Nichts ist anstrengender, als glaubwürdig zu bleiben. Jeder, der diese Zeilen liest, muß sich deshalb fragen: wieso kann da einer solche Zeilen schreiben, obwohl es ihn gar nicht mehr gibt? Recht hat er! Der Mann hatte nichts geschrieben. Er sagte: Dreiteilung ist so eine Sache, unwillkürlich denkt man an Vier. Die Zahl der Tode, die man mir gewünscht hat, ist unbegrenzt. Ich sollte doppelt sterben. Das sagte er einfach so. Er spielte nicht nur – er war verrückt. Er sagte: Mit dieser Anmerkung möchte ich die Leser auf eine erschöpfende Antwort vorbereiten. Die Zahl Vier kam einfach den Absichten meiner Arbeitgeber am nächsten. Jetzt starb ich in vier Hälften. Der Satz ist zweischneidig, nicht der Satz – der Gedanke, ich hätte alles überstanden. Ich habe nicht. Selbst das Gegenteil ist kein Trugschluß. Ich erkläre mich. Meine Arbeitgeber hatten mich beschwatzt; sie hatten mir weisgemacht, es ginge um den Tod meines Doppelgängers, nicht um mich, ich bliebe verschont, bitte. Selbst nach meiner Streichung aus allen einwohnermeldeamtlichen Registern, versehentlich auch der Geburten, bestand man noch darauf, ich hätte, brüllte man mich an, meine Rolle zu spielen, Punkt; zerfleischt würde ich nur im Film. Das war lächerlich. Ich wußte, daß Schnellzüge niemanden zerfleischen, das können nur Tiere, z. B. Hunde. Der Verdacht, daß ich irregeführt werden sollte, erwies sich als begründet. Als ich den mal äußerte, sagte man mir: Quatsch, Kino, das ist Kino! Tatsächlich gibt es im Kino verschiedene Arten Doppelgänger, nicht im Kino nur übrigens, Genosse Stalin, obwohl, der war noch Doppelgänger, als er schon tot war, hatte der noch, da fuhr er in vier Exemplaren aus dem Kreml noch raus mit seinen gelben wegen der Zirrhose Gesichtern weil die Lebern noch Jahre nach seiner heimlichen Balsamierung fuhr der immer noch weiter in seinen schwarzen 4 mal 4 SIL-Limousinen nicht wahr weil die Rolle Doppelgänger die mir angeboten wurde war zunächst auch nur um mich zu täuschen die eines Stuntman. Erst später trug man mir dann ›Lichtdouble‹ an. Noch während ich über die Rolle verhandelte, wurde beiläufig erwähnt, daß man lange nein daß da lange hin- und herüberlegt worden war, auf welche Weise ich mich am besten beseitigen ließe und zunächst mal auf Argentinien getippt hatte, wo Gefangene aus Flugzeugen auf gut Glück ins Meer geworfen werden konnten, sie sich dann aber eines Besseren besannen und für Selbstmord stimmten. Hier geht jetzt alles drunter und drüber. Das Lichtdouble dient dem Kameramann zum Einleuchten des Kinostars. Der Star soll geschont werden und sich in seiner Loge ausruhen dürfen, während die Techniker ihre Vorbereitungen treffen, das Lichtdouble leiht ihm jetzt seinen Körper, die Umrisse, den Schatten, zum Beispiel, eine Arbeit, die als qualvoll gilt und viel Geduld erfordert. Geduld hatte ich. Anstelle meiner Person überfährt die Eisenbahn dann eine Puppe. Das klang an sich glaubwürdig. Um mir die Arbeit schmackhaft zu machen und gleichzeitig meine Geduld auf die Probe zu stellen, mußte ich einen Dialog auswendig lernen. Das künftige Opfer wehrt sich darin gegen Anschuldigungen eines Metropoliten, eines ausgemachten Frauenhassers. Das war unverständlich, war es aber nicht. Der Metropolit, ein Kinostern des indischen Stummfilms, der hatte Augen, hochkarätige Diamanten anstelle von Pupillen, der sollte sich in Haßausbrüchen gegen mich ergehen, funkeln, und nach Anhörung meiner Person, während ich auf den Schienen liege und eingeleuchtet werde, seine Wut mit den Füßen an mir auslassen. So war das dann auch. An dieser Stelle läßt mich altes Unbehagen nicht los: Für die Fleischwerdung einer Puppe bedurfte es keines Lichts um wieviel weniger für einen Hinschied. Mit dem Lichtdouble verhält es sich so: Das Doppel opfert sich für sein Original. Beide berauben sich ihres Possessivpronomens; sie verleugnen einer des anderen guten Stern, ihren Aszendenten. Nein, nein, sie gehören sich nicht mehr! Das lehrt uns die Oologie, Eierkunde. Zur Eineiigkeit verurteilt, wie Siamesen ineinandergewachsen, löschen sie sich gegenseitig aus. Der Gedanke gefiel mir. Ein Licht leuchtet durch Erlöschen auf. Bravo! Ein Stern ist geboren! Oh Lichtdouble! Hier hört das Kino auf, hier beginnt das Leben, sagte man mir. Das glaubte ich. Als wäre es gestern, sehe ich zwischen grenzüberschreitenden Bohlen den Rost meiner Brücke der Freundschaft noch sich in den seichten Tiumen hinabschälen und dem Pazifik zutreiben. An mir wollte kein Staat schuld sein; mein Zerfall hier in drei Teile einige Meter südsüdöstlich des Tragwerks erlaubte schon, als ich noch dalag und wie üblich im Zeitraffer des Todes die Dinge vor mir ein letztes Mal ablaufen ließ, daß nach mir nicht weiter gesucht werden mußte. Ich fehlte auch da, wo ich war. Noch während das ferne Geräusch des einzigen Schlafwagens der koreanischen Staatsbahnen das Ende ankündigte und durch kurze Pfiffe hinter dem Fluß mich, meine Geduld, auf eine Zerreißprobe stellte und ich wahrscheinlich Zerfleischungsprobe sagen sollte, kletterte der Text, den ich gelernt hatte, in seiner vollen Fülle in mich zurück und ließ mich ihn wie am Schnürchen zum Abschied noch einmal aufsagen; noch während das schrille Schlagen der Wachteln das Quietschen des Graugusses der Bremsklötze die unsägliche Wucht der Mittelpufferkupplungen tief Schlafender in luftdruckentladbaren Sonderwagen einfuhr und von der nun zurückbleibenden Lokomotive aus Volksrepublik 1 über die Brücke der Freundschaft in Republik 3 verstoßen wurde bis nach Chasan, dort, in die russischen Weiten des Primorski Oblasts hinausgleitend; während also dies und also so gut wie nichts geschah und ich mich auf das Nichts vorbereitete, ja, meingott, wann das war, Donnerstag, 12. Mai, als, vielleicht, am 11., Karfreitag, das war Gründonnerstag, der deutschblütige Nordamerikaner Henry Kissinger auf dem elektrischen Stuhl hingerichtet wurde, das weiß ich noch; sonst weiß ich nichts mehr. Nein. Das Schöne läßt sich nicht im Bild festhalten. Ein Bild kann nur seine eigene Schönheit festhalten. Das sagte der Kameramann, der meine Leiche filmte. Er fand meine Leiche »schön«. Sobald ich vom Hundertsten ins Tausendste komme und an mich denke, denke ich an mich als Puppe, die nach meinem Bilde von der Reichsdeutschen Käthe Kruse geschaffen wurde, aber an jener Brücke im Dreiländereck der

Freundschaften als vollkommener Mensch verblutete. Rußland ist groß, warum muß es hier so klein sein, dachte ich,
dann dachte ich nichts mehr, das war alles weg mit mir, bitte,
ich lag auf der Brücke der Freundschaft, da konnte keiner mir
was anhaben mehr.

In diesem Augenblick erstrahlte am Eingang des Cafés *Deutsches Königsberg* Republikschachmeister im Schwarzsiegen
Otar Abashvili alias Yaakow Karlowitsch Morgenštern in
einem Eisblock. Er klopfte sich mit Worten aus dem Block.
Er sagte: Es ist Freitag. Er sagte das in einer toten Sprache –
zweimal: Karfreitag. Jeder verstand ihn. Es war doppelt so
einfach. Einer sagte: Schauspieler. Nein! Das war Gilles
Deleuze, ein Sternbild, kurz nach dessen Sprung ins Leere,
im Spiralnebel des Adlers, Paris, Boulevard Ney. Seine Erscheinung stand spiegelverkehrt im Kegelchen einer Taschen-
lampe und spiegelte sich in ihrem Glas. Sie klirrte, wenn sie
sich spiegelte; sie brach sich, glitzerte, wenn sie, gebrochen,
sich wiederzugeben suchte, und setzte sich jedesmal wieder
zusammen, weil jedesmal über sich hinweg. Die Schultern,
auf denen sie sich trug, erst einfach nur trug, dann durch
die Menge, von Hirschen begleitet, Deleuze selbst, zwei
Dackeln, und Bacon, Francis, voraus, waren Lichtjahre breit,
500, und so dünn, so spitz, wie jene der Plätterin in der blauen
Picassoperiode, so spitz – hauch, dachte ich noch, dann dachte
ich nichts mehr (er wiederholte den Satz des Geisteskranken
ohne Hose), das war alles weg mit mir, bitte, ich lag auf der
Brücke der Freundschaft, da konnte mir keiner was anhaben
mehr. Auch er sagte, im Sternbild: Keiner. Alle, die zugehört
hatten, wiederholten den Kosenamen. Das war ein Brummen! Keiner! Ein Chor unbekannter Widder und Stiere!
Diejenigen, die bislang in keiner Geschichte vorgekommen
waren, wiederholten den Text, aber leise, eigentlich traurig.
Jede Geschichte erzählte sich hier einer anderen, und wer

nichts zu sagen hatte, hörte auch nicht zu, auch nicht sich, er hatte sich nichts zu sagen; auch die anderen hatten nichts. Sie lauschten, weil sie alle dachten, daß es sie jetzt zweimal gab, einmal nicht, und einmal ja, auch die ohne Geschichte dachten, sie dachten: es gab sie zweimal nicht – Quatsch, es gab sie alle, mindestens einmal, sagte einer, der Ecke Karlmarxstraße stand vor *Deutsches Königsberg* und Hosenträger verkaufte. Das war Karfreitag. Jeder verkaufte was, das war rührend, niemand sich, das war das rührendste, mit einer Ausnahme: Eberlein!

Eberlein hatte das Café. Das Café hatte Eberlein schon vor Jahren aufgemacht, sozusagen als Vorreitercafé für Deutschland; er hatte es sage und schreibe importiert. Selbst die Mauern hatte er importiert, die Brandmauern hatte er, Keller, Klo, die deutsche Brille, Sperrholz, Blumenerde, Kunstwerke, -faser, Andenken, Grabsteine, Gräber, Wetterhähne, -hühner, -frösche, -leuchten, Leuchten, Eckchen, Nischen, Kochnischen, -bücher, Vergißmeinnicht pur, Vergißmein-nichttapete gar, Tapetensamen, Tapetinnen, Blümchen, Bayer-Leverkusen-Wachsmauer-Tums-Faktoren, Backöfen, -fische, -gammon, -hendel, -obst, -pfeifen, -pulver, Staub, ja was Sie nicht sagen, Lappen undsoweiter, und kein Streusel war so gut, kein Kuchen, wie der rechtsradikale Kuchen des *Deutsches Königsberg*-Eberlein aus Bremen, Haven, der da auf der Straße mitstand und an seinen knallroten Hosenträgern schnappte mit Hammer und Sichel und die Wurstfinger schön fest drin klitsch-klatsch im Gummi wie schnalzend, das war schon nach dem Tod der Sowjetunion, er wippte geradezu wie von Kopfstein zu Kopfstein mit Selbstzufriedenheit besoffen-gesteinigt, wo jetzt bald Teer drüberkommen würde für die Wohn- die Wagenkarawanen meine ich aus meinem Ems-land, von wo ich nämlich gebürtig, das verstehen Sie doch, da bin ich her, sagte er, da war er wippend, schnalzend, schnappend her halbwegs glücklich über beide Ohren, von denen eines halb weg war wegen des Weltkriegs, kosmetische Muschel, selchfleischfarbene Plastikkomposition des Gynäkologen und Bildhauers Dr. Müller-Dieskau aus, früher, »Halle, Musiker«, tippte die tote Ärztin, umgotteswillen, machte er, nein danke. Denn Eberlein schwieg. Wer dachte: der E., der hat ja rein gar nichts zu sagen, der irrte. Der sagte nur nichts. Das war so teilweise seine Natur. Sein einer Teil dachte sich ohne ihn. Teil Zwei lachte über mindestens ein Ohr. Der Schlitz war aus Deutschland. Eberlein liebte. Größer konnte das Land nicht sein als eine sagenwirmal Jugendliebe. Eberlein blieb jung. Das war Gründonnerstag, als er plötzlich blieb – als ihm der Schuft Morgenštern über den Weg lief. So empfand er das. Da kam die ganze Jugend raus.

Abends kam, rückwärts, alles anders. Zwickau sah Schneegipfel Mittwoch – Kuntse! Ganz oben. Sieger! Dienstag war seine Frau ein Huhn; Montag nahm er sie aus. Er haßte ihr Inneres. Sonntag übertölpelte ihn ein Geisterfahrer, da saß er nun da – Matsch! Sonnabend! Ostervorfreude! Wer zuletzt lacht, sagte er. Dann lachte er. Tod war noch dazu komisch. Nichts als Tränen!, schrie er. Er bog sich. Ein Tag fehlte. Dann Donnerstag.

Morgenštern kam ins *Königsberg* Donnerstag unterirdisch. Der Deutsche 1 und die wenigen Einwohner von Jasnaïa Polana, die bislang nicht an Gesprächen teilgenommen hatten und auch den Veranstaltungen ferngeblieben waren, erklärten später, glühende Abneigung verjünge. Deutscher 1 erschlug Morgenštern zum zweiten Mal, als wär es das erste, so schön. Wer ihn sah, dachte: Donner! Der Junge ist zwanzig. So schlug der Rußland. Nur Russen sahen übrigens beim Zuschlagen zu. Italiener zum Beispiel guckten weg. Es waren auch Deutsche da, die gutwillig hierhergekommen waren, ohne Arg, liebe Leute. Die litten plötzlich. Auch die hätten den Deutschen 1 am liebsten aus *Deutsches Königsberg* vertrieben, rundweg, und raus mit dir. Litten die oder litten die nicht, das war die Frage. Jünger jedenfalls wurde jeder, auch der Tote. Das klingt zynisch. Vorsicht! Nicht zu schnell urteilen! Was wißt ihr schon von ihm!

Abashvili flog zu spät ein. Was wißt ihr von Abashvili! Nach Dafürhalten künftiger Tatzeugen hatte er an menschlicher Größe eingebüßt. Unbeteiligte, die bei seinem Anblick mutmaßten, es handle sich nun doch um einen zu Recht Frühverstorbenen, starben vor Angst, als sie ihn im *Königsberg* Glas auf Glas leeren, wie ein Jahr lang wortlos dasitzen und den biergurgelnden Schwachköpfen im Biergarten gurgelnd ihr Bier wie ein lebensmüdes Echo schuldversessen in die Münder zurückspucken sahen: ein Kunststück! Die widerwärtige Beschreibung seiner Person beseelte keineswegs die Gefühle der Verjüngten, sie ließ vielmehr aus seelischem Schaden, den das Schwein zugefügt hatte, klüger werden, als der Betrüger und Hochstapler mirnichtsdirnichts Kunstfilmer ward, hallo, um seine Verbrechen noch schöner vertuschen zu können: noch ein Fall für unsere Sicherheitsbehörden!

Vorwärts! Minuten-Männer! Seifenkistelrenner! Außenbord! Vorwärts! Straffällige! Rückfällige! Privatunternehmer! Automarder! Totgeschlagen das Luder! Ahoi – Richtung See! See? Da zeichneten Junioren in ihn schon Schwäne auf Raketen; da schlug Zwickaus Kampfhund schon über Lautsprecher an: Singende Katzen brechen erst bei Mond ab!! Morgengrauen! Du meine Güte.

X., der Grieche, war Fisch im Wasser. Wer Fisch war, schwamm oben. Wer, ungeachtet der Chemikalien, tiefer wohnte, sah den Griechen von oben, eine optische, der

Eigenspiegelung der Abwässer verdankte Täuschung. Um gerettet zu werden, mußte, wer noch Land sah, auf die windabgewandte Seite des Waldes schwimmen; die Stämme hätten mit meterhohen Zweigen ihr Spiegelbild sonst erschlagen. Zwickau erinnert sich genau: X. bestieg, über den grünen Klee, mit Hufeisen beschlagen, die Brustkörbe seiner liebsten siebzehn Nuklearmedizinerinnen im Morgennebel heimlich noch Mittwoch, schwamm, Donnerstag, platt den Körper in den Meeresspiegel haltend, um sich nicht mehr zu sehen, dann hinter sich; dann war nichts mehr. Der Gipfelsturm blieb unerzählt. Auch der Donnerstag-Endkampf um Pokal 2, der auch.

Um den Pokal ›Polen-Erledigt‹ wetteiferten sofort noch Donnerstag sieben lettische Schutzstaffelabgesandte vergeblich freiwillig mit Staffelfreiwilligen Ostlitauens und Ostostpreußens im Staffettenlauf um siebenmal einen Kopf kürzer im Umfeld naheliegender Rümpfe, berichtete Eberlein – alles Tote! Brandrede! Ein Kind aus Görlitz hält den Kopf hin. Höher! Schrei: Essenfassen! Totenamt. Oh Bregen! Sie fressen dich!

Szenenwechsel: Sonnenwende! Programm: Der Metropolit Awwokoum verhört Abashvili im Roggen vor einer Leinwand! Auf der Leinwand verhört Awwokoum die Schachfigur Abashvili im Roggen das heißt einen Schauspieler im Roggen. Mein Text!, schreie ich [Abashvili], der Dialog! Hier ist er! Hier, wie es wirklich war!

Noch vor Eintreten des Winters wurden wir hinaus aufs offene Meer geschafft und dort?, hier, wie es war, es war Winter, noch vor … vor Eintreten des Winters wurden wir wurden aufs offene Meer hinausgeschafft und dort ertrunken sind dort nur einige Soldaten, die mit uns ertranken, ertränkt!

worden! waren! nein! die Soldaten, die wurden nicht von uns, die wurden i bewahre!, die mit uns ertranken, nein, nur einige, hier, wie es war, es war, wir wurden aufs offene Meer und dort hinaus und ertränkt und ein paar ertranken mit uns ertränkten mit uns aber einige Soldaten, aber ich!, Nein, einige Soldaten wurden, unterbricht mich doch mein Metropolit, wieso der mich überhaupt verhören darf, denke ich, sage aber: Wir wurden, sage ich, hinaus aufs offene Meer und, dort, Nein, sagt er, Doch, sage ich, doch, einige Soldaten, Ertranken mit uns, sagt er, ja, Hier, wie es wirklich war, es war so, Schön, Ich überlebte, weil, während ich dies sage, lehne ich mich vornüber, weine, erbreche mich. Awwokoum schneuzt sich. Auch er weint. Der beißende Rauch, nicht wahr, macht seinen Augen zu schaffen. Awwokoum steht auf, geht ans Fenster, aufs Ganze. Die Fensteröffnung in der Wand ist eine Attrappe, die sich auf eine Wand mit Fenster hin öffnet. Hier, wie es wirklich war, sage ich, Nein, sagt er. Es war Winter, weiter! Schnell!, sagt er, der Metropolit, Vor … vor …, und ich: … Eintritt vor Eintritt des Winters, das sagen wir jetzt im Chor, Eintritt wurden wir, zögerte ich, hinausgeschafft ins offene Meer hin und, dort, ertränkt. Einige Soldaten, sagen ich und Awwokoum, ertranken mit uns, und ich, allein jetzt: Hier, wie es war, Nein, so nicht!, einige Soldaten sind mit uns, sagt er, Ertrunken, ich aber, sage ich, Überlebte, sagt er, Änderte, sage ich, Änderte was?, brüllt er, Was, sage ich daraufhin, ja, was denn schon, meinen Namen!, jetzt hieß ich Fiodor Efremowitsch Obolenski wie einer der Soldaten, den ich kennengelernt hatte, ich war im Frühjahr da war ich zu den Waffen nämlich gerufen worden, als dann, also da kam der Augenblick, da absolvierte ich die Allunionshochschule der Flotte, da machte ich mein C.E.B. in Astrophysik an der Hochschule, der Allunionshochschule für Mechanik der Sowjetflotte, alsdann meldete ich mich freiwillig zum Dienst in der Brigade der Erbauer des Kanals

Wolga-Weißmeerkanals, ein Werk! von Riesen! für Riesen! Giganten! ich war, wurde gesund-, einsatz-, arbeitseinsatzfähig geschrieben, das war also, gegen Juli war das, da stießen ein paar Mann also Gefangene zu uns, im Herbst stieg die Zahl derer bereits auf dreißig-, auf fünfunddreißigtausend, das war während meines Genesungsurlaubs infolge Erkrankung an Sumpffieber, da war es mir gegeben, sie zählen zu dürfen, weil, wir hatten nämlich erfahren, daß, ein Großteil waren Kriminelle, Gewohnheitsverbrecher, Abgeurteilte, da wurde uns gleichfalls gesagt, man sagte allseits, daß sie zu Tausenden, die ertränkten die zu Tausenden, ja, wir ertränkten, nein, zweihundertundfünf, so war es, hier wie es war, es war Winter, noch vor Eintreten des Winters wurden wir aufs offene Meer hinaus und dort, jawohl, auf Ihre Frage antworte ich mit ertränkt!, später weiß ich nicht, weil, auf Ihre Frage nach später antworte ich: Später war ich schon nicht mehr, weil, das war schon immer so, weil, wenn man mich heute fragt, ob ich betrunken war in dem Augenblick, als ich, da kann ich nur sagen, daß, als ich ertränkt wurde, war ich unschuldig, als ich überlebte, war ich unschuldig, je länger ich überlebte, desto unschuldiger wurde ich, so ist das, so laufen die Dinge nun mal befragt hinsichtlich meiner Gefühle, jetzt, hier, an dieser Stelle, breche ich in Schluchzen aus, Betreffend Gefühle diese Tat betreffend, da kann ich nur sagen, daß, wenn ich den Beschluß gefaßt habe, mir das Leben zu nehmen, dann, weil, damit niemand mehr da ist, um sich an euch zu erinnern, oder, so ist der Lauf der Dinge, sagt schon wieder der Metropolit, statt mich das sagen zu lassen, das wurde jetzt nämlich langweilig wegen der dauernden Wiederholungen, weil, wenn man immer wieder die alten Sachen, so ist der Lauf der Dinge, es ist immer dasselbe, weil in diesem Augenblick nämlich war es, hören Sie mal genau zu, Zitat, daß das Verhör in Vorausahnung des Endes unterbrochen ward – Er sagt: ... denn der Metropolit A., ein Transvestit, wie sich herausstellte …, Nein, schreie ich, Er schreit: … sowie die Gerichtsschreiberin Elena T. sind soeben tödlich von sechs durch das Fenster abgeschossene Kugeln getroffen worden, Falsch!, Wobei der Häftling A., ich, entkam, Richtig!, er lacht, Mein erster Schuß trifft die Glühbirne, mein zweiter den Bauch, mein dritter mich. Meinen Metropoliten erschoß ich noch. Das weiß ich noch. Noch weiß ich das. Es war selten, daß ein Metropolit, daß ein Würdenträger, unsre Kirche, daß die sich dazu hergegeben hat, dachte ich noch, dann dachte ich nichts mehr, da war alles weg mit mir, bitte, ich lag auf der Brücke der Freundschaft, da konnte keiner mir was anhaben mehr – sagte auch er! Du Phantasieloser! Sind wir nicht alle Brüder? Alle lachten. Er sagte: Blicken Sie auf die Uhr. Es ist Freitag. Das war Aschermittwoch: kurz nach Zwölf. Die gleiche Geschichte hatte schon jemand mal dreimal Sonnabend erzählt, sagte wer.

Aber dann ereignete sich etwas: Es geschah nichts. Alle klatschten. Wöchnerinnen, dem Kindbettfieber erlegen, begannen zu tanzen, die Bilder von Neugeborenen vor Glück zu verschlingen, mit Schluckaufs in Trance zu verfallen, zitronengelbe, schwefelbeladene, versehentlich dem Licht ausgesetzte Filmnegative über den Grünspandächern von Sankt Petersburg flattern zu sehen – dankend abzuwinken. Von Magersucht, Pickeln, Gottweißwem, heimgesucht, hörte man sie in den Wolken mauscheln, zerknittert, Veilchen – sie selbst, nicht wahr, kaum gepflückt – wiederkauend, alte Münder im Nichts grasen lassend. Sinnlos! Sinnlose vermischten sich dabei jetzt mit Angeblichen. Auffiel, daß beide, sich dabei zur Zusammenrottung ermunternd, keinen zusammenhängenden Satz zustande brachten; der Versuch war jeweils durch äääh-Geräusche, oooh, seltener iiihgittigitt, unterbrochen; die Sätze, die sie zu bilden trachteten, um eins zu werden, gehörten ihnen nicht, sie bestanden aus erzwungenen

Leihgaben, Fertigteilen, fehlschlagenden Aneignungen; sie wurden mit ihnen nicht, mit nichts, fertig. Insofern waren sie weder Personen noch. Nur die Mütter waren; die waren still.

Verstand jeder. Das ist also unsere Ys-Bevölkerung! Schlag-abtausch-zwischen-Nichts-und-Wiedernichtsetwas? Groß-artig!, sagte Kuntse – Etwas siegt doch immer über Nichts! Klug! Kuntses Unfähigkeit zur Hingabe an die Brutalität machte, meinerseel (Zwickau spricht hier), allen, wem nicht, den Garaus. In den Kindbetten sang man rückwirkend davon Lieder. Was nicht abgestorben war, wuchs jetzt horizontal auf. So flach war mein Land.

Trunken kamen aus Wotkinsk zu spät die Udmurten tot an.

Doch Yeni! Sie lebte! 6 Uhr früh, 6 Uhr abends – immer. Ostern! Sie lebte wunderbar. Sie begeisterte nur Schuldige – niemanden: A. allen – ich ergänze: Abashvili – voran. Yeni las vor. Diejenigen unter den Geschichten, die sie vorlas, lange bevor sie geschrieben worden waren, hätten bereits, flüsterten die Udmurten, daran erinnert, daß das letzte Buch, das sie schreiben würde, eine Revolution nicht ankündigen, nein, sein würde, eine solche, die, ziellos, weil in der ihr inne-wohnenden Absicht, den Menschen vor Wachstum zu bewah-ren, ausbräche, und sich diesmal nichts auf den Oktober ein-bilden müßte. Das zukünftige Ereignis betraf jetzt und früher die schrecklich in ihrer Handschrift lauernde Stoßkraft eines zurück in den Sachverhalten gehaltenen Schmerzes, der Un-ruh einer ihr still widerstehenden Uhr – alte, Gerädeten ent-sprossene Schwingen der Ahnung – für den Blindflug neue Zähne. Yeni die Deutsche hieß Erpenbek, war in Kalchorst, in der Tundra, geboren, von einer mit murmelgroßen, spähen-den, Kampfhündinnen eigenen Basedowaugen ausgestatteten Kommissarin (Hedda!) unnachsichtig aufgezogen worden und in die Allunionshochschule für Familienangehörige der Streitkräfte des Warschauer Pakts eingeschult, um die Sprache ihrer künftigen Vorbilder zu erlernen, dann, als freiwilliges Waisenkind, die Eltern, nein, den Vater nicht, vergessend, in ein Heim gegangen; sie hatte viele ungeschriebene Bücher hinter sich und keine Zeit mehr für geschriebene, würden es nicht Anleitungen zur Rückbeförderung des Menschen in die Mitte werden des Weltalls der kleinsten Allen alles Kleinen. Yeni flog durch die Geister nur kurz; man hörte Vögel ihr folgen, anschlagen, sie und die Wachteln, in Münder fliegen, Sätze verändern, Salz in Honig streuen, Blutzucker in Wunden, vor der Süße von den Dächern warnen, vor den Toten schon die Auferstandenen. Zu spät! Das war – ausnahmsweise – kein Tag – Ostern, ein Wolkenbruch. So sehr weinten die Udmurten.

Am Kopfende der Schlange, die sich vor den einstmals gräflich Hardenbergschen Herrentoiletten während des Unwetters gebildet hatte, wedelte der Mann von der Brücke geschäftstüchtig derweil mit einer Veröffentlichung, die ihn zum Gegenstand hatte, und unter dem Titel ›Bekenntnisse eines Laiendarstellers‹ in Band XVII der von den FIAT-Werken Togliattigrad herausgegebenen Vierteljahreshefte für Kinderpsychiatrie in der Rubrik Vorgeburtliche Oligophrenie erschienen war. Freundschaftspreis!, rief er – Freunde! Schwachsinn. Was durch die Menge ging, nannte man hier nicht Raunen, vielmehr Schnappen – eine Anspielung auf dünne, trotz unserer Niederungen selbst Bergsteigern fehlende Luft. Der Mann von der Brücke der Freundschaft veränderte sich im übrigen jäh, während er erzählte; er glaubte nicht mehr, was er sagte; er erzählte umso absichtlicher atemlos. Das traf den Nerv. Am Ende lief ein jedes Gesicht blau an. Nur eines überlebte, einmal wenigstens, den zweiten Hinschied aller. Das war Karsamstag, fast schon am Kreuz.

Freitag trat auf die Wiese ein Kriegsverbrecher. Die deutschblütige Menge, die ihn umringte, bewunderte seine hagere, stille Gestalt, die heldische, die Ebenmäßigkeit seiner Züge, und wartete auf ein Zeichen. Der Kriegsverbrecher sagte lange nichts; er hoffte auf eine Lüge. Dann log er, sagte: Österreich, und sagte dann wieder nichts. Österreich habe, sagte er, als es in Lublin ein Volk umbrachte, seinen Spiegel zerbrochen; es könne sich nicht mehr sehen; jetzt hasse es sich blind. So erschien es auch Zuschauern, die nichts mehr sahen – fast allen. Wer unter den Verstorbenen für erloschenes Licht empfindlich geblieben war, sah es, weit hinter Königsberg, gottgewollt, hinter den Lidern, noch schimmern, dann sich seines Glanzes, unerinnert, entledigen. Außenstehende erklärten die anscheinende Willkür der Schuldzuweisung des Kriegsverurteilten oder Kriegsnichtverurteilten am Beispiel des Gesetzes von den Lichtwellen und Lichtquanten mit der Gleichwertigkeit nebeneinander bestehender Unschuld und Schuld, deren Größe, wie bei photographischen Emulsionen, jeweils nach Belieben durch ihre Belichtung bestimmt werden kann. Das machte sie aller Wöchnerinnen im voraus gedenken. Die Verstorbenen leuchteten, als sie sich ein Bild von sich machten, auf dem sie fehlten: Die letzten Lebenszeichen machten den Toten lange Beine – alles ›machte‹ was. Außenstehende gab es nach dieser Erklärung keine mehr, auch Erklärungen nicht: Man, ich, sah sie aus der Ferne, auch aus der Nähe, einander umschlingen, dann ineinander verschwimmen. Nicht die Strahlkraft der Schwärze war es, der Leere des Bildes, aus dem sie abflossen, die ihre Gegenstandslosigkeit zu der dem Tageslicht anverwandten, in Helle sich ausbreitenden, fließenden Oberfläche einer anderen Erde gemacht hatte; es war, jedweden Abbildes, seines Geschlechts letztendlich, beraubt, Jubel – die in Ton übersetzte, fürchterlich gestammelte Uneinsichtigkeit, Krach, blindwütig, des Abfalls des Engels von den Engeln, verwun schen, genau dort, in diesen, dem Engelsbild entflogenen Engeln wunschlos eben enthalten, wo du, Schuberts Winterreise-Müllerlied Nr. 1 »Gute Nacht« hörend an Deutschland dachtest und dich fragtest, wie weit es wohl von seinen ihm ergeben so unerhört in Lublin mit der Abschnürung von Atemwegen befaßten und von jeglichem Leben geheilten Krankenpflegern der Anstalten entfernt gewesen sein mag, oder auch, wie nahe es ihnen gestanden hatte, noch stand, und, ob es überhaupt je etwas gewesen war, irgend, lauteren Herzens, etwas, ein Land, nah oder fern, und, oder, ob es ein solches Land, Müllerland, je gegeben haben konnte, während du es ohnmächtig liebtest, sagte er, und stand, versteh mich nicht falsch, Küsse, Naktschinskyi, obschon an niemanden, verteilend, als er dies sagte, im Sauerampfer; dann sagte er nichts mehr; er griff mit seinen Fingern nur, die immer länger wurden, noch nach Luft. Wer griff, wer nach Luft, wer das sagte, dastand, wer, im Salat, Ampfer, meterhoch, wer weiß, sagten, weil sie es nicht wußten, andere, anderswo andere Außenstehende und, ihnen voran, ein Kunstflieger. Auch sie, auch, allen voran, er, erschütterten die Menge mit Küssen, er, rücklings, aus den Lüften, wie, fallend, aus Küssen stürzend, Wolkenquasten, im Regen, unmittelbar nach einer Brandrede *An die holzverarbeitende Industrie* gegen den Regenwald, ein Relikt der unternehmerunfreundlichen Natur.

Noch lebende Klangkörper von Zigeunern brüllten in Rumänien gestern auf Stimmbändern aus bei Vollmond geschlagenem Ahorn ihre Schmähungen bis nach heute – in die wandernde Stadt Ys. Insofern kam kein Friede auf. In memoriam Jascha Heifetz: der Eindruck täuschte. Das Gebrüll beklagte, umsonst, die Totenstille, den so guten Ruf Österreichs. Der Kunstflieger, ein Wiener, dessen Rede zu unterbrechen nie irgendwem gelungen war, wünschte ›ihm‹ den Tod. Wem – wer sollte das wissen? Der Kunstflieger hatte einen Sprachfehler.

Ein Mann im Publikum erhob sich, er sagte: ein Text muß tun, was er sagt – er sagt sonst nichts. Niemand verstand ihn. Der einzige, der sich für seine Überlegung interessierte, war ein Kind, Iwan, das auf der Wiese mit einem Salamander spielte, den es an einer Schnur befestigt hatte. Es ergriff, noch während es überlegte, einen Ziegelstein, hielt ihn hoch über seinen Kopf, rief Sieg!, und ließ ihn auf sein Lieblingstier fallen. Dann weinte es. Es dachte: Denkmal. Iwan war soeben jünger geworden, bemerkten Herumstehende, die sich an sein Gesicht aus der Zeit vor der Rede des Kunstfliegers erinnerten. Ja!

Endlich, Montag, Null Uhr: Los, Chor der Lämmer!, hieß es.

Jubeltrubel! Bald werden sie gehen. Sie kommen!!

Oh Ys! Dreht euch doch, ihr Kreise! Ausgestorbene brüten Schlaraffen. Aus! Erfinder! Erfindet sie! Schnell! Tor! Aus! Deutschland kriecht ins Ei zurück! Du Bern! Deutschland werf dich in Schale! Die Dr.-Adenauer hat dich erwischt! Warte nur, Bürschlein. Generation! Halte dich bereit! Neustadt lebt! Kunzen auf! Du Wilhelmssorge! Du meine! Oh Ys! Oh Irre! Oh ihr Lieben! Ihr Toten!

Anmerkungen

Bei den auf S. 46 genannten italienischen Genossen handelt es sich wahrscheinlich um LisaFoa, Rossana Rossanda, die nach Ausstoßung aus der KPI Mitbegründerin des *Manifesto* wurde, Clemente Manenti von der *Lotta Continua* und Aldo Natoli, der ebenfalls nach Ausstoßung aus der KPI Mitbegründer des *Manifesto* wurde.

Die Namensliste, die ›Osvaldo‹ übergab, fand sich im Jahre 2002 noch im St. Vaaster Archiv des *Potere Operaio* zusammen mit den verabredeten Codebegriffen und -zahlen. Die Liste unterscheidet ausdrücklich zwischen den ›Genossen im Untergrund‹ (U) und jenen, die bereits in Haft sind und auf ihre Befreiung warten (H). Die Liste ›U‹ enthält die Namen Ron Augustin, Andreas Baader, Wilfried Böse, Bernhard Braun, Gudrun Ensslin, Angela Luther, Ulrike Meinhof, Holger Meins, Brigitte Mohnhaupt, Irmgard Möller, Jan Raspe, Ralf Reinders, Karl-Heinz Roth, Werner Sauber, die Liste ›H‹ Monika Berberich, Irene Goergens, Manfred Grashof, Wolfgang Grundmann, Rolf Heissler, Marianne Herzog, Werner Hoppe, Heinrich Jansen, Klaus Jünschke, Horst Mahler, Rolf Pohle, Astrid Proll, Carmen Roll, Margrit Schiller, Ingrid Schubert, Ingrid Siepmann, Ilse Stachowiak, gefolgt von Paßfotos, Geburtsdaten und -orten sowie Unterschriftenproben beider Listen.

Bei den unter dem Titel *Aufzeichnungen des Kornetts Mustava Saté* zitierten Versen des I Y O B auf S. 117 ff. handelt es sich um eine freie Übertragung unter Zuhilfenahme der dritten Fassung von Guido Ceronettis Übersetzung ins Italienische.

Eine französische Kurzfassung von *Das ewige Leben des Y. K. M.* (S. 204 ff.) erschien 1995 unter dem Titel *Kinematograf* in der französischen Zeitschrift *Trafic* und wurde mit dem Drehbuchpreis Prix du Vercorin in der Schweiz prämiert.

Inhalt

Bücher, Hörspiele, DVDs von und über Thomas Harlan

Rosa. Roman (2002)
220 Seiten, gebunden mit Schutzumschlag, € 19,90; sFr 35,00
Die Lichtung des Jagens 77 im Walde bei Kulmhof in Polen. Aus der schneeverwehten Ebene wölbt sich das Dach eines Erdhauses. In der Höhle hausen Rosa Peham und Jószef Najman. Rosa wartet immer noch auf die Rückkehr von Franz Maderholz, ihren ehemaligen Verlobten, des Zahlmeisters des ersten Todeslagers, das hier im Zweiten Weltkrieg errichtet wurde. Jószef, den sie liebt, teilt mit ihr die Sehnsucht und das Grab – die Asche der Opfer, die den Boden der Lichtung füllt und jetzt Heimstatt des Paares geworden ist …
»*Harlans Prosa ist auf ähnlichem Niveau wie Claude Simon und W. G. Sebald.*«
Hans Magnus Enzensberger
»*Rosa rückt den verkümmerten Maßstab dessen, was Kunst zu leisten vermag, zurecht.*«
Süddeutsche Zeitung

Rosa / Die Akte Rosa Peham. Hörspiel. (2001)
Audio CD bei intermedium records, € 9,90
Text: Thomas Harlan. Regie: Bernhard Jugel. Bearbeitung: Michael Farin. Stimmen: Karin Anselm, Sophie von Kessel, Axel Milberg, Bernd Moss, Heiko Raulin, Manfred Zapatka. Produktion: BR / WDR.

Heldenfriedhof. Roman. (2006)
582 Seiten, gebunden mit Schutzumschlag, € 24,90; sFr 43,90
26. Mai 1962. Auf einem Soldatenfriedhof bei Triest macht der Wärter eine grausige Entdeckung: Das Grab eines ehemaligen SS-Führers wurde geöffnet und der Leichnam verschleppt. Und: 15 seiner ehemaligen Kommandomitglieder haben sich in derselben Nacht dort ihr eigenes Grab geschaufelt und sich umgebracht. Als die Nachricht bekannt wird, kommt es in Triest zu Tumulten – ein Tag zuvor war dort in einer Zeitung das erste Kapitel des Romans _Heldenfriedhof_ als Vorabdruck erschienen, der diese Ereignisse voraussagend beschrieb.
»*Wie Lanzmanns Shoa ein Werk, hinter das das Wissen der Zeit nicht zurückkann.*« taz
»*In seiner schneidenden Kälte und bitteren Konsequenz ist dieses radikale Buch einzigartig.*« Focus

Jean-Pierre Stephan. _Thomas Harlan. Das Gesicht deines Feindes. Ein deutsches Leben._ **(2007)**
240 Seiten, gebunden mit Schutzumschlag, mit Fotos und Dokumenten, € 22,95; sFr 33,50
Jean-Pierre Stephans biografisches Gespräch mit Thomas Harlan, angereichert mit Dokumenten, Archivmaterial und Bildern.

Christoph Hübner und **Gabriele Voss:** _Thomas Harlan. Wandersplitter._ **Dokumentarfilm.** (2007) DVD, 96 Minuten plus 160 Minuten zusätzliche Interviews. Erhältlich unter www.edition-filmmuseum.com. Thomas Harlan über sein Leben und seine Arbeit.

www.eichborn-berlin.de